魔法戒条

于雷————

著

北京联合出版公司
Beijing United Publishing Co.,Ltd.

图书在版编目（CIP）数据

魔法戒条 / 于雷著 . -- 北京：北京联合出版公司，
2024. 7. -- ISBN 978-7-5596-7682-5

Ⅰ . I247.5

中国国家版本馆 CIP 数据核字第 2024VU0989 号

魔法戒条

作　　者：于　雷
出 品 人：赵红仕
选题策划：雁北堂（北京）文化传媒有限公司
责任编辑：周　杨
特约策划：王黎黎　李　萌
特约编辑：樊效桢　李　萌
封面设计：沉清 Evechan
版式设计：冉冉工作室

北京联合出版公司出版
（北京市西城区德外大街 83 号楼 9 层　100088）
河北文盛印刷有限公司印刷　新华书店经销
字数 271 千字　880 毫米 × 1230 毫米　1/32　9.75 印张
2024 年 7 月第 1 版　2024 年 7 月第 1 次印刷
ISBN 978-7-5596-7682-5
定价：52.00 元

目录
CONTENTS

001　引子

第一章
003　魔力切割

第二章
017　纸人缠身

第三章
030　思维陷阱

第四章
045　攻心

第五章
060　木偶人

第六章
079　昔日美好

第七章
094　九天揽月

第八章
109　人间蒸发

第九章
126　夺命游戏

190
cm

180
cm

170
cm

160
cm

150
cm

140
cm

130
cm

120
cm

110
cm

100
cm

第十章
死亡倒计时 *144*

第十一章
因果 *158*

第十二章
罪与罚 *172*

第十三章
旋涡 *189*

第十四章
金蝉脱壳 *208*

第十五章
情仇 *222*

第十六章
案件重组 *237*

第十七章
入局 *257*

第十八章
谜底 *275*

尾声 *298*

番外 *302*

这些年，他无数次梦见那场大火。

那场大火让他在一夜间失去了一切，乃至锒铛入狱，

而那天，本该是他人生中最为辉煌的一天！

引子

　　对这个城市而言，那晚发生的一切，是一道无法愈合的伤口。那晚，汉昌市国际马戏剧院热闹非凡，星光璀璨。

　　三千多名观众翘首以盼，只为一睹被称作有史以来最伟大的魔术师，也有人称他为最后的魔法师——杨天明的风采。

　　自出道以来，杨天明凭借令人叹为观止的魔术表演，成为风靡全球的魔术师。今天，是他的新魔术——"火精灵之舞"首次进行公演。

　　晚上七点三十分，离开场还有半个小时，持票观众陆续入场。

　　许多慕名而来的粉丝虽然没有买到票，却也聚集在场外，渴望能亲眼见到偶像。

　　就在这个时候，天边忽然升起两团火球，直入云霄，片刻后，绚烂的烟花点亮了夜空。

　　烟火余烬中，一个穿着魔法袍的人骑着扫把从远处飞来，他面庞白皙，五官轮廓分明，浓密的眉毛向上扬起，一双幽暗深邃的眼睛像极了电影里的哈利·波特。

　　见到魔法袍上惹眼的"MAGIC 杨"标志，人群中爆发出一阵热烈的掌声。

　　杨天明飞过众人头顶，取下帽子挥手示意，姿态从容潇洒，转眼他就又冲向云霄，消失在黑夜之中。

　　现场气氛愈加热烈，观众们的情绪也愈加高涨，人们满怀期待地走进剧院，期盼着亲眼见证这神奇的"魔法"。

"女士们，先生们，欢迎你们！看到舞台中间这个玻璃球了吗？看到里面的燃油了吗？一会儿，这些燃油将被点燃，而我们的魔术师杨天明先生，将进入玻璃球，在熊熊烈火中起舞！你们期不期待？"

舞台中央摆放着一个直径大约三米的透明玻璃球，其中一半被燃油填满。通过主持人的介绍，观众们已经了解了即将发生的事情，但他们还是不敢相信有人能施展这样的"魔法"。

玻璃球内的燃油被点燃，剧院里的灯光慢慢熄灭，只剩下舞台中央的熊熊火光照亮剧院。坐在前排的观众似乎已经能感受到火球散发出的高温。

伴随着扣人心弦的音乐，杨天明优雅地飘至玻璃火球的上空，火球内喷涌而出的热流鼓动着他身上的黑色长袍。

杨天明的儿子杨乐乐激动地站起来，挥着手大声喊着"爸爸"。杨天明的妻子吴芳秀紧紧握着儿子的小手，虽然她知道丈夫一定设置了什么机关，足以保障他的人身安全，但她还是不由得紧张担忧。

听到儿子的声音，杨天明微微一笑，朝着妻子和儿子的方向眨了眨眼睛。

忽然之间，支撑杨天明的"浮力"消失了，他就像从天跌落的大鸟，急速坠入玻璃火球之中。

所有人不约而同地惊呼一声，不过很快，他们的惊呼就变成了欢呼。

身着典雅礼服的英俊男子在火球中翩翩起舞，宛如一只精灵，·在他的手中，火焰仿佛有了生命。

所有人都沉浸在这不可思议的华丽演出之中，却没有意识到危险正悄然而至。突然，大家听到玻璃碎裂的声音。人们原本以为这也是演出的一部分，但众人很快就发现，舞台中央的玻璃火球在刹那间爆裂，携着火焰四散飞射，没多久整个剧院都被大火点燃。

雄伟的国际马戏剧院顷刻间变成了人间炼狱，那是一个所有人都无法入眠的悲伤夜晚。

第一章

魔力切割

火焰，四处都是火焰，目之所及的一切都在燃烧。

一团团火焰就像一群面目狰狞的魔鬼，围绕着一个美丽的女人，向她步步逼近。

男人的身体被一股无形的力量拉扯住，悬浮在漆黑的夜空中，俯视着即将被火焰吞噬的女人却无能为力。

火焰所形成的圈子越来越小，女孩单薄的身影逐渐变得模糊不清。

"不要！"刘文昊大喊一声，从梦中惊醒。空荡荡的房间里，除了他，没有任何人。

刘文昊大口喘着气，抹了抹额头的汗，从床上下来，走到餐桌边，倒了一杯温水，一口气灌进肚子。他放下水杯，长出一口气，目光不由自主地投向了书桌上的相框。

照片里的女人短发、圆脸、大眼睛，穿着白色毛衣，戴着红色围巾，露出甜美的笑容。

他轻轻拿起相框，慢慢抚摸着照片，呼吸却急促起来。

已经快过去五年了。

某些回忆还是不容触碰。

他颤抖着放下相框，急步来到卫生间，拧开水龙头，匆匆洗了一把脸。

镜子里的刘文昊两鬓已生白发，眼周浮肿，皮肤松弛，眼神黯淡，看起来不像是还不到四十的男人，说他五十岁恐怕也会有人信。

刘文昊擦了把脸，换了一身衣服，出了门。

汉昌市公安局青秀分局离刘文昊的公寓步行也就十分钟的距离。这里位于老城区，面积不大，仅有一栋六层的老楼房，比起其他分局实在是有点寒酸。

刘文昊是分局的档案管理员，国际马戏剧院失火案发生前，他还是正科级的刑侦大队队长，但因为违反纪律，被撤职降级，如今在档案室负责案件卷宗的管理。

办公室在地下一层，里面就他一个人，管理的档案卷宗全是已经结案的旧档案，基本没有人再来翻查，这一岗位近乎古代的"发配边疆"，以前多半由快退休的或者身体不太好的老同志来担任，但自从刘文昊到了这里，这一岗位再没换过人。

刘文昊走进自己的办公室，习惯性地开灯、开窗，虽然窗户在半地下，但好歹也能透些风进来。

抬眼望去，他的办公桌上堆放着一摞摞案件资料，这些资料，全都与一个案件有关——国际马戏剧院失火案。

档案室的日常工作较为烦琐，但难度不大，剩余时间刘文昊都用来调查这起当年震动全城的大案。

国际马戏剧院失火案其实早已结案，官方将其定性为一起安全事故，活动主办方、相关官员和责任人都受到了相应的纪律处分和法律制裁。

但刘文昊并不这么认为，他坚信失火并非意外，而是一起有预谋的恶性案件。作为当时青秀分局刑侦大队的队长，他为了调查案件采取了一些违规手段——对事故责任人杨天明动了手。

随后刘文昊被人举报，因为他的未婚妻叶亚丹在这场大火中丧生，领导认为他公报私仇，撤了他的职，并给了他严厉的纪律处分。

刘文昊坐到办公桌前，深吸了一口气，打开了自己的牛皮笔记本。

厚厚的牛皮本上密密麻麻记满了笔记，有询问笔录，有监控视频的文字记录，有消防部门的调查记录，有火灾现场的各种物证照片、残留物的记录……这些全是他收集到的线索。除此之外，还有许多刘文昊自己对案情的分析。

这些年，他一直想找机会重启调查，但他已经不是刑侦大队的一员了，很多事情没有权限，因此他除了怀疑及查阅案卷，并没有找到决定性的证据可以证明这场火灾是一项有预谋的犯罪。

当然，刘文昊的怀疑并非全然没有依据。当时在受害者中发现一具被烧焦的尸体，尸体心脏处有利刃贯穿的痕迹，根据法医鉴定，他的死因是失血过多。

更离奇的事情是，警方查不到这个死者的身份，DNA 比对找不到人，也没有家属认领他的遗体。

正是基于这个疑点，刘文昊认为这场大火并不是简单的安全事故。

刘文昊看着笔记，一时间有些出神，这个时候，有人轻轻推门走了进来。

"刘哥。"

刘文昊抬头一看，是刑侦大队现任的副队长曹力。

"曹队怎么想起来看我了，快请坐，喝水就自己倒啊。"

"刘哥，你这话说得，我隔三岔五就来找你'汇报工作'，今儿我给你带了包好茶叶。"曹力说着就把一包茶叶放在刘文昊的办公桌上。

曹力从警校一毕业就进了刑侦大队，刘文昊是他的第一任直接领导，算是他的师父。两个人亦师亦友，曹力遇到棘手的案件还会来向刘文昊请教。

"怎么，刑侦大队现在很闲啊？"刘文昊放下手中的笔记本，拿起茶叶看了看，"不错，确实是好茶。"

"还闲呢，最近遇到一个案子，弄得我焦头烂额……"曹力说着微微一顿，拿起办公桌上的一张照片，"说起来，这案子和杨天明还有点关联……"

"你说什么？"刘文昊一下站起来，抓住了曹力的手腕，"快告诉我，到底发生了什么？"

按理来说，曹力不该来问刘文昊，毕竟刘文昊已经不是刑侦大队的人了，但这案子实在蹊跷，他迟迟找不到侦破思路，又怕拖得太久错失破案良机，只能向刘文昊寻求帮助，他深知这位前领导的能力。

"你先别急，听我慢慢跟你说。这案子是一周前发生的，一个拾荒老人在幸福宿舍的后巷里发现了一具尸体……"曹力叹口气，把案件的情况向刘文昊大致叙述了一下。

一周前，十月二十九日。

深秋的风虽不刺骨，但也能让人感受到足够的寒意。天蒙蒙亮，老邹便拎着编织袋去捡纸盒。

他首先来到幸福宿舍的后巷。这里住了不少年轻人，他们都在附近的电子厂做工，平日里喜欢网购，因此这里有很多快递盒。

老邹动作熟练麻利，按照以往的情况，最多十分钟，他就能把整条后巷的大小纸盒"一网打尽"。

今天他运气格外好，巷子中间有一个大纸箱，看起来像是装冰箱的箱子。

老邹欣喜若狂，三步并作两步，一把捞起大纸箱，生怕有人会跟他抢。可当他看到纸箱下面的东西时，顿时吓得直冒冷汗。

纸箱下面是一个黑色木箱，大小犹如一副棺材。木箱下隐隐渗出一点血水。

接到队员的汇报后，曹力立即前往现场。

"报案者是在附近拾荒的老头，叫邹光念，六十九岁，110接警中心六点零三分接到报警电话，巡警六点十五分抵达现场。法医对尸体做了初步的检查。"队员在现场向曹力汇报。

曹力抬手看了看表，现在是七点零四分。

"邹光念已经被带去分局做笔录。"队员说着拉开一条警戒绳，曹力和他一起弯腰钻了过去。

后巷里挤满了警察，搜证组的人正在小巷里搜集线索，采集指纹，把可疑物品编号后放入证物袋。

曹力戴上手套后进入现场。一具装在箱子里的尸体赫然出现在他面前。

这个箱子并非普通箱子，而是魔术表演用的魔术箱。

这是一个大家喜闻乐见的魔术，节目的名字或许不一样，但表演内容大同小异。两名表演者躺在一个大锯子或刀片下的箱子里，箱子里面有几个暗格。当大锯子或刀片缓缓落下，开始切割箱子的时候，两名演员躲进不同的暗格来避开锯子或刀片。看起来就像一个人被切开了一样。

此时他眼前的景象，就像是一场魔术事故。

原本应该完好无损的"表演者"是一名年轻女性，她被切割成六部分。一些血水顺着箱子的缝隙渗出来。

"李老师，初步的查验情况如何？"曹力语气尊敬地询问道。

法医老李回过头来，看到曹力，暂时放下了手中的工作。

"死者为女性，年龄二十岁左右，尸体有被冷冻过的痕迹，死亡时间暂时无法确定，除了切割伤口，身体其他部位没有明显的伤痕，具体情况还要进一步查验。"

"凶手如何肢解被害人的？"曹力不禁倒吸了一口凉气。

"应该是使用了电锯之类的工具，一次完成。"老李这时已经完成了对现场的检验，"我争取明天给你一份详细的验尸报告。"

"辛苦了，李老师。"曹力也算是见过各种形态的尸体，但眼前这具尸体还是让他有些手脚发麻。

他围着箱子转了一圈，发现箱子上某个不起眼的角落刻着一行小字。

"MAGIC 杨。"曹力瞪大了眼睛，他知道这个名字，这个曾经响彻一时的名字。

"MAGIC 杨，不错，这正是杨天明独有的标志，这么说来凶手使用的是杨天明的魔术道具!"刘文昊听到这里,忍不住在办公室里来回踱步,"箱子那么大,凶手把它运到后巷并不容易,监控应该拍到了吧?"

曹力闻言沮丧地摇摇头。

"监控坏了?"刘文昊追问。

"监控没有坏,而且巷子两头都有监控,但没有拍到可疑的人运送箱子,我们也走访询问了附近的居民,没有一个人看到有人搬运箱子去后巷,这箱子就好像从天而降……"

"说不定真是从天而降。"刘文昊坐下来,搓着双手,他知道自己必须冷静下来,虽然还没有证据证明这起谋杀案和国际马戏剧院的失火案有关,但直觉告诉他,事情不简单。

"死者的身份查到没有?"刘文昊问道。

"这个倒是查到了,死者名叫文静,二十一岁,在夜场从事陪酒工作,人际关系比较复杂,目前排查了她身边的人,暂时还没有找到有用线索。"曹力说道。

刘文昊从口袋里摸出一颗牛轧糖,打开包装纸,塞进嘴里。

曹力知道刘文昊好些年前就戒烟了,他的女朋友叶亚丹不喜欢他抽烟,所以他想抽烟的时候,就会吃牛轧糖。

"箱子上有杨天明的标记,你们肯定去过他了,他怎么说?"刘文昊盯着曹力,就好像当年盯着杨天明。

曹力知道刘文昊对杨天明恨之入骨,因为在刘文昊看来,如果没有国际马戏剧院那场大火,叶亚丹就不会死。

"我们第一时间就去找他了,他一问三不知,不过案发当晚他有不在场证明,而且按照常理来说,他要是凶手的话,实在没必要把自己的魔术道具放在现场……"

"尸检结果呢?"

曹力面露难色:"刘哥,这现在不能给你看,我大概给你讲讲吧。"

"我要去见见杨天明。"听完曹力的描述,刘文昊稍加思索后站起来,曹力急忙拦住他。

"刘哥，你可别去，万一出什么事，我可担待不起……"

"放心，我绝对不会给你惹麻烦。"刘文昊深吸一口气。

"保证？"

"保证！"

"那我陪着你一起去。"

"也好，你带路，省得我费时间去找。"

能见到杨天明，有机会查清当年那场大火的真相，对刘文昊来说比什么都重要。

国际马戏剧院发生火灾之后，杨天明因为过失致人死亡罪被判处有期徒刑四年，除此之外，他还要承担民事赔偿责任。

他几个月前出狱时，房产已被拍卖，妻子和儿子也在那场大火中丧生，他成了一个无家可归的人。

在社区帮扶人员的介绍下，他去了垃圾场做填埋工人，终日与垃圾为伍，没有人知道他就是当年那个风靡世界的魔术师杨天明。

刘文昊和曹力在距离垃圾场还有一公里的地方就闻到了阵阵恶臭，忍不住戴上了口罩。

这个垃圾填埋场足足有两个足球场那么大，场内有十几辆推土车。杨天明戴着工作面罩，穿着灰色的制服，开着推土车，正在进行填埋作业。就在这时，对讲机响了起来。

"三号车，三号车听到请回答。"

"我是三号车，请讲。"

"老杨，有人找你，到中控室来一下。"

杨天明将推土车靠边停下，从车上跳下来，一脚深一脚浅地踩着垃圾走出填埋场。

中控室就在填埋场的边上，是一幢只有一层的彩钢房。杨天明先往身上喷了些消毒水，这才走进房子里面。

"老杨，两位警官找你。"负责人看着进来的杨天明不由得皱起了眉头，这几天来了好几拨警察找杨天明，也不知道他惹出了什么大事。

杨天明机械地点点头，什么话也没说。

"曹警官、刘警官，你们聊，我先出去，有什么事随时叫我。"负责人说着就走出了中控室。

"杨天明，把面罩取下来说话。"曹力说道。

杨天明愣了一下，不过还是取下了工作面罩。一张宛如《巴黎圣母院》里卡西莫多的脸出现在刘文昊和曹力面前。

在那次事故中，杨天明全身烧伤面积高达百分之七十，面部更是完全毁容。

再次见到杨天明，刘文昊已经不会像先前那么冲动，不过他依旧铁青着脸，冷冷地看着对方。

"刘警官，好久不见。"杨天明记得刘文昊，当年他还躺在病床上的时候，刘文昊差点儿要了他的命，也正是因为这样，刘文昊才被免职后调职到档案室。

"你能活到现在，也算是个奇迹。"刘文昊不无讥讽地说道。

"我们这次来，还是为了那桩命案。"曹力生怕刘文昊再为当年的事情为难杨天明，立刻把谈话转入正题。

"我说过很多次了，那天我在值班，你们也调查过了，我实在没什么可说的了……"杨天明摇摇头。

"不，你应该还有很多话需要说。"刘文昊打断了杨天明。

"我不明白你的意思。"杨天明一脸诧异地看着刘文昊，那表情自然得丝毫找不出表演的痕迹。

刘文昊却并不相信："凶手专门使用了你的魔术道具，我从不相信巧合，这件事绝对和你脱不了干系。"

杨天明直愣愣看着刘文昊，沉默了片刻，忽然说道："就像当年那场大火，也绝不是巧合……"

刘文昊额头青筋跳动，不等杨天明把话说完就冲了上去，一把抓住他的衣领。

"你刚才说什么，再说一遍！"刘文昊紧紧揪住杨天明的衣领，仿佛抓住了最关键的线索。

曹力急忙上前来拉开刘文昊，劝说道："刘哥，冷静点。"

杨天明此时呼吸虽然有些吃力，但他面无惧色，一字一句地说道："我知道你恨我，但我现在也和你一样，相信那场火灾绝对不是意外。"

刘文昊盯着杨天明，他并没有完全失去理智，当年他调查国际马戏剧院事故的时候，杨天明极不配合，甚至是一言不发，他忍无可忍才对杨天明动手，现在杨天明突然提那场大火，到底有什么用意？

"你还在调查当年那场事故？如果有需要，我可以帮你。"杨天明继续说道。

"那就是一场因为你的狂妄自大造成的事故，你这种人渣就应该为你所做的事情赎罪！"刘文昊松开手，推了杨天明一把。

杨天明面无表情，仿佛一个没有感情的木桩。

"杨天明，别扯开话题，我们现在问你，你以前用过的魔术道具都去哪里了？"曹力怕刘文昊再动手，赶紧把话题重新带回到命案上。

"不知道。"杨天明摇摇头。

刘文昊知道曹力是在提醒他回归正题，他深吸一口气，平复了一下情绪，这才说道："凶案现场只留下了魔术箱，但是切割工具却没找到，凶手既然使用了你的魔术箱，那么切割工具有可能也是你用过的魔术道具，你需要告诉我们这个道具的外观、材质，以及生产厂家。"

"不记得了。"杨天明继续摇头。

"你这是什么态度！"曹力看到杨天明的样子，也忍不住发了火。

刘文昊能看出杨天明的抵触情绪，他来这里并不指望杨天明能给出什么线索，但他需要亲眼看看杨天明，无论是因为那场噩梦般的事故，还是如今的命案。

"你好自为之，我会盯着你的！"刘文昊说着用手指戳了戳杨天明的肩膀，然后转过头对曹力说道，"我们走吧。"

曹力也怕刘文昊控制不了情绪，惹出什么乱子来，如今他主动提出离开，自然再好不过。

然而他们刚走到门口，杨天明却突然开口说道："你们对魔术一无所知！"

"你想说什么？"

"什么魔术箱、切割工具都不重要，重要的是他怎么把箱子和尸体放到现场，这才是他要展现的魔术，了不起的魔术！"

杨天明扭曲的脸上第一次露出了笑容。

回到办公室，刘文昊坐在椅子上发了一天的呆，脑子里不断闪现出杨天明那张扭曲的脸，还有他所说的话。

他心里很清楚，杨天明在这场事故中几乎失去了一切，没有谁比这个人更希望证实国际马戏剧院的事故是一场人为惨案。如果抛开个人恩怨，杨天明所说的话未必没有道理，但若说去和杨天明合作，他内心也难以接受。

这一天的时间仿佛被冷冻过，流逝得十分缓慢，刘文昊总算熬到了下班，急匆匆出了分局。

幸福宿舍后巷是发现尸体的地方，但并非第一案发现场，根据目前的资料来看，刘文昊认为凶手是在作案后把尸体和魔术箱运到幸福宿舍后巷的。不过这仅仅是他做出的初步推断，他必须再到现场看看实际地形和周边情况。凶手如何把这么大的魔术箱和尸体一起运到后巷，确实是一个必须解开的谜题。

杨天明说凶手是在展示魔术，不过在刘文昊看来，魔术无非是唬人的把戏，而把戏总会被揭穿。

黄昏时分，正是工厂下班的时间，幸福宿舍周边车水马龙，小商小贩沿街叫卖，青年男女们拥挤在马路上，别说行车，就是走路都要时不时挤一挤才能过去。

通往幸福宿舍后巷的路线有两条，一条是从宿舍正门进去，再从后门走进后巷；另一条则是不进小区，从宿舍外面的一条小路走进后巷，这条路也是邹光念捡纸盒常走的路。

第一条路线门口有保安，会对外来车辆和人员做登记，沿路有五个监控摄像头，凶手要从这条路把尸体运进后巷难度非常大。第二条路虽然在宿舍小区外面，但路上也有三个监控摄像头，几乎覆盖了整条路，没有死角。

唯一没有监控设施的是后巷，但这里紧邻宿舍楼，只要动静稍微大一点，就会惊动宿舍楼里的人。

警方已经调查了所有监控，没有遗漏或者被删除的画面。

刘文昊没有权限看监控录像，但他相信同事们对于如此重要的证据不敢马虎，如果他们没有发现问题，那么只能是凶手设法避开了监控。

后巷出入口还拉着警戒线，不过证物搜集已经结束。

刘文昊来回走了几圈，在摆放魔术箱和尸体的附近停下脚步，从口袋里掏出一颗牛轧糖放进嘴里，然后闭上眼睛，在脑海里复现各种数据和现场状况。

巷子长一百二十七米，宽约三米；魔术箱长一百九十厘米，宽六十五厘米；受害者身高一百六十二厘米，肩宽三十四厘米。魔术箱被发现的时候顺着墙边放在巷子里，还有纸箱盖在上面，尸体被切割成六部分，分别是头、双手、躯干、双腿。

凶手使用的切割工具怀疑是魔术表演时使用的电锯，推算锯长七十五厘米，厚两毫米。

魔术箱加上尸体，总重一百公斤，箱子下有滚轮，一个成年人可以推动。

不过这么重的东西，推拉中必定会在路面上留下痕迹，但警方来到现场后，在后巷两侧和周边并没有找到相应的线索。

刘文昊睁开眼，抬起头，看着狭窄的天空。

后巷两边都是宿舍楼，两栋灰色的楼体之间是杂乱无章的线缆、晾衣绳，就像是盘根错节的树。

姑且不论魔术箱的重量，凶手如果想从空中把装着尸体的魔术箱放进后巷，很难不触碰到这些线缆。刘文昊看了很久，没发现线缆有被破坏的痕迹。

凶手究竟用了什么方法把箱子和尸体神不知鬼不觉地运到这里？刘文昊皱着眉头，一时间也没有头绪。

"魔术吗？那这究竟是什么魔术？"刘文昊自言自语，他此时有些厌恶自己想起"魔术"这个可耻的词。

杨天明下了班，坐着公司的通勤车回到市区。他原来的房产已经被法院拍卖，所得全部用于赔偿受害者家属。出狱后，财产所剩无几的他在一栋老筒子楼里租了一间房。这里租金相对便宜，房子虽然破旧不堪，但好歹在市中心，生活便利。

筒子楼一共三层，楼梯是木质的，有好几块已经腐烂破碎，人走在上面必须小心。楼里的房主早就搬空了，如今住在这里的全是租户。每层楼有一间厕所和一间厨房，几家共用。

老楼中间是个天井，三个孩子正在中间的空地上玩，看到杨天明，他们并没有露出诧异和惊恐的表情，反而喜笑颜开地朝杨天明跑过去。

"杨叔叔，杨叔叔，给我变个戏法呗！"一个小女孩冲在最前面，一把就抱住了杨天明的腿。

另外两个孩子也围上来，叫着："杨叔叔，我也要，我也要！"

杨天明笑了笑，伸手在空中一抓，手里立刻出现三朵鲜艳的小花。

"一人一朵。"杨天明把花递给身前的孩子。

"我不要……"一个小男孩嘟着嘴，一脸不高兴，"女孩子才要花……我想要奥特曼……"

杨天明蹲下来，摸摸小男孩的头，说道："叔叔给你变个奥特曼，那你以后吃饭别挑食了，好不好？"

"好，拉钩！"男孩立刻笑起来，伸出小拇指。

杨天明也伸出小拇指，和男孩拉钩。男孩只感觉眼前一晃，手上就被杨天明塞了一个奥特曼玩偶。

"谢谢杨叔叔！"男孩立刻高兴地跳了起来。

"杨叔叔，我想要发卡……"

"杨叔叔，我也要……"

见状，两个小女孩也异口同声地缠着杨天明要礼物，仿佛他就是能实现所有愿望的圣诞老人。

"叔叔今天的法力用完了，下次，下次一定给你们变出来。"杨天明苦笑着抓了抓头。

"你们三个别缠着杨叔叔了，他刚下班，别打扰他休息了！"这时候一个四十多岁的中年妇女走出来，喊住了三个孩子。

"李大姐，不碍事，不碍事。"杨天明连忙笑着挥手。

"小杨，吃过饭没，我这正准备开伙，一起吧。"李大姐也是这里的租户，那个男孩正是她儿子。

"李大姐，您别客气，我不饿。"杨天明一边说着，一边就往楼上走。

"那你先休息，晚点我给你送几个自己蒸的大馒头。"李大姐热情地说道。

"好，那我先谢谢了。"杨天明说着上了楼。他住在二楼最小的那个房间，不过对他而言也足够了。

老楼里虽然居住环境简陋，但是租户大多淳朴善良，他们都是来此地艰难谋生的异乡人，所以对杨天明这样外表的人并不排斥，反而很关心他。

杨天明回到自己的屋子里，并没有立刻去洗澡，只是用毛巾简单地擦了擦身体，就坐在了书桌前。

书桌上有一台旧电脑，显示屏的外壳已经有些发黄了，键盘鼠标也是不知道从哪里淘来的旧货。杨天明按下开关，老旧的主机发出嗡嗡的响声，过了好一会儿，才启动完成。桌面壁纸是杨天明一家三口的合影，年轻英俊的魔术师搂着妻子和儿子，笑容甜蜜。

杨天明盯着壁纸发了会儿呆，随后才点开浏览器，在搜索栏里输入：幸福宿舍、命案。

　　警方并没有对外公布这起命案，更不愿在案件破获之前让外界知道详情。可尸体发现的地点是人流量较大的幸福宿舍，不少住户都拍下了照片和视频，甚至还有人在网上绘声绘色地编故事。在社交媒体上，人们将这起命案称为"魔术师杀人事件"。

　　与此同时，也有不少媒体关注这桩离奇的案件。正因为如此，警方也承受了巨大的压力。

　　透过这些图片和文字，以及此前警方的问话内容，杨天明大致推测出了幸福宿舍后巷里究竟发生了什么。他将那些图片一一存到电脑里，开始思考这些线索之间的关联。过了一会儿，他忽然想起了什么，从床底下搬出一个纸箱子。

　　箱子里乱七八糟地装了许多东西，其中有一个厚厚的笔记本。

　　杨天明翻开笔记本，里面记录了许多精心设计的魔术。他迅速翻到画着魔术箱的那一页，上面写着"魔力切割"四个字。

　　"失败的'魔力切割'……完美的'斗转星移'……这是我的道具，我的魔术……"杨天明拿着笔记本自言自语，走到窗边，推开窗户，让冷风灌入屋内。他深吸一口气，然后抬起头，看着远处宛如细钩般的月亮，忽然忍不住打了个冷战。

　　他和刘文昊，很快会再度见面。

第二章

纸人缠身

　　幸福宿舍后巷的命案闹得人心惶惶的，警方的压力可想而知。曹力自然没有时间等刘文昊破解什么魔术，只能从现有的线索着手调查。

　　曹力与刑侦大队的同事一起，全力调查受害人文静生前的人际关系，至少要弄清楚文静为什么被杀。

　　大多数情况下凶手杀人的动机可以分为四种：一是情杀，二是谋财，三是仇杀，四是无差别杀人。

　　最难办的凶杀案自然是第四种情况，因为凶手选择的对象并不固定，具有极强的偶然性和随机性，这类案件想从受害者方面找到线索几乎不可能。

　　不过曹力觉得文静被害的原因最有可能是情杀，其次是谋财。在夜场工作的人最容易遇到的就是感情纠纷和财务纠纷，从而导致谋杀案件的发生。

　　文静工作的地点是上海路街边的爱巢 KTV，这里表面看起来是个正规的娱乐场所，但如果你是熟客，经理就会为你介绍陪酒的女孩。

　　"警察同志，我们这里可是正经 KTV，哪有陪酒的女孩！"刚开始，经理罗天翔坚持否认文静在他们这里工作，更不承认 KTV 内有陪酒等非法服务。

　　曹力自然明白罗天翔心里的小算盘，但他手里有文静在这边工作的确凿证据："罗经理，我们可是刑侦大队的人，文静的案子是命案，你要是敢跟我耍花样，那可是犯了妨碍司法罪，值得吗？"

曹力轻轻拍拍罗天翔的肩膀，为了让罗天翔配合调查，只能软硬兼施。

罗天翔浑身一抖，额头直冒冷汗。

"曹、曹警官，我想起来了，是有这么个女孩在我们店里……偶尔陪客人喝喝酒。"罗天翔看着文静的照片，结结巴巴地说道。

"这就对了，别着急，咱们有时间，坐下慢慢聊。"曹力挥挥手，让同事开始给罗天翔录口供。

根据罗天翔的说法，文静是两年前开始在爱巢 KTV 上班的，起初，她只是做普通服务员，后来看到陪酒来钱容易，就"下了海"。

"她与别人有没有什么矛盾？比如感情纠纷。"曹力现在最关心的是文静有没有与人结怨，又或者有感情和钱财方面的纠纷。

"感情纠纷？"罗天翔听到这个问题，竟然放肆地笑了起来，"曹警官，姑娘们是来赚钱的，客人们是来开心的，什么都有，唯独没有感情。"

曹力皱皱眉头，问道："文静没有男朋友？"

"据我所知，应该没有，没多少男人能容忍自己女朋友做这行吧？"

罗天翔这话说得太过绝对，不过曹力也没反驳，只是顺着话题问道："那文静有没有什么熟客？或是经常来往的对象？"

"这……"罗天翔有些犹豫，毕竟透露客人的隐私，这实在有违他的职业道德。

"你放心，我们不会透露你的信息。"曹力敲敲桌子。

"倒是有几个……"

曹力递上一张纸和一支笔："把你知道的都写下来，名字、绰号还有电话号码，你这里应该都有。"

罗天翔接过纸笔，把他知道的都写了下来。

"那个，客人们都精着呢，名字大概都是假的。"

"我们会调查的。"曹力把纸拿过来，看了看，上面写了三个人，詹总、赵总、李总，后面有电话号码。但这些客人只留了姓，而且大概率也是假的。

"那文静在经济方面与人有纠纷吗？"

"没听说。"罗天翔摇摇头，"你可以找她身边的姐妹问问。"

罗天翔倒也不用曹力敲打，自己把文静好姐妹的名字和电话也写在了纸上。

"最近这段时间，文静有没有什么反常的举动，又或者值得注意的地方？"曹力照例询问道。

罗天翔沉默了一会儿，一副欲言又止的样子。

"别吞吞吐吐的，有什么就说。"曹力看出他有话要说，催促道。

"不是，这事说起来有些荒唐，我怕你们不相信。"罗天翔神情有些尴尬，抓了抓头，"文静前段时间说，她撞鬼了……"

曹力眼睛一亮，他倒不是相信怪力乱神之说，只是这或许是一条重要线索。

"说具体一些。"

"嗯，大概是一个月前吧，那天刚好给她们发工资——"

一个月前。这天是给姑娘们发钱的日子。因为姑娘们并没有签订正式合同，为了规避风险，公司都是用现金给她们结算工资。

罗天翔提着一个大包走进来，里面装着现金，姑娘们看到罗天翔，立刻叽叽喳喳地围过去，签字领钱，可那天文静却有些反常，一个人失魂落魄地坐在角落里。

"文静，来领工资了，钱都不要了？"罗天翔喊了文静一声。

文静回过神来，有些慌乱地站起来，魂不守舍地签了字。

"你要不舒服就早点回去休息，这个状态可陪不了客人！"罗天翔不悦地说道。

"我没事……"文静摇摇头。

"罗经理，静静撞鬼了！"一旁的小姐妹忍不住插嘴道。

"我靠，这么邪门，来，快说说是怎么一回事。"罗天翔闲着也是闲着，听到有八卦，立刻来了兴致。

文静刚开始不愿意说，但是经不住罗天翔和几个姐妹的软磨硬泡，便一五一十把自己遇到的怪事告诉了大家。

那是一周前，文静下了班，自己一个人回家。

她租的公寓，离爱巢KTV不太远，步行只需十分钟左右，所以虽然已经是凌晨三点多，她还是选择走路回家。

那天晚上，她喝了一些酒，带着微微醉意，哼着流行歌，走在熟悉的路上。不一会儿，她就来到了十字路口，抬起头，已经能看到自己租住的公寓楼。

往常她都会走大路，但或许是酒精的原因，又或者是心血来潮，她想快一点到家，就走了可以直通公寓的小路。

小路幽深黑暗，隔七八十米才有一盏昏暗的路灯。文静走进去一百来米就有些后悔了，可她也不愿意再走回头路。

这时候忽然窜出一只黑猫，吓了她一跳。

"晦气！"文静皱了皱眉头，不由加快了脚步，可她还没走几步，忽然感觉有人拍了拍她的肩膀。她回过头，却没看见一个人影。一阵风吹来，她吓得浑身一激灵。

文静以为是自己的错觉，摇了摇头，转身继续走。可没走几步，又感到有人从背后拉了拉她的裤脚，她一个趔趄，差点儿摔倒在地上。

惊魂未定的文静急忙回头看，这一次她看见了人，只是这人却非活人，而是一个纸人。

纸人是用竹子扎的，外面糊着白色的宣纸，面上绘着鲜艳的五官，在昏暗的灯光下，宛如地府的鬼差。

文静失声惊叫，连滚带爬地往小巷外跑。

"真的假的，后来呢？"罗天翔听到这里也不由得汗毛倒竖。

"后来……后来我一路跑回家……"文静似乎也没打算让人信自己的遭遇，所以对于罗天翔的怀疑也没有辩解。

"你八成是喝多了。"罗天翔一边笑着，一边趁机在文静白皙的大腿上摸了一把。

文静对于罗天翔的咸猪手完全没有反应，只是漠然地摇摇头："这只不过是开始……"

罗天翔一愣，看到文静惨白的脸和惊恐的眼神，原本以为在听笑话的他不由得打了个冷战。

文静原本也以为是自己喝多了，产生了错觉，虽然有些害怕，但也没有将此事放在心上。可没想到，第二晚，纸人又出现了。

有了前一晚的遭遇，文静不敢走小路，还让同事陪着自己回家。

同事一直把文静送到楼下，回到家里，文静这才舒了口气。她泡了一个热水澡，热了一杯加蜂蜜的牛奶，敷上面膜，美美地窝在沙发里看电视剧。

紧绷的精神放松下来，疲倦感便悄然袭来，文静看着电视，躺在沙发上睡着了。不知道过了多久，她惊醒过来，发现屋子里一片漆黑，也不知道是谁关上了灯和电视。

文静揉揉眼睛，撕下脸上的面膜，感觉有风吹进来，便往窗户的方向望去。

月光下，紫色的窗帘随风摆动。

文静披上外套，走到窗边，想要关上窗户。正当她合上窗户，准备扣锁的时候，纸人从天而降。

那纸人头朝下，红扑扑的脸蛋，黑溜溜的眼睛，仿佛活物一般，在窗外直愣愣地盯着文静……

"喂喂，你们在这儿干什么呢，来客人了！"这时候，一个浓妆艳抹的中年女人来到休息室，催促姑娘们去招待客人，围着文静听故事的姑娘们都惊得吓出了声，随后立刻散开了。罗天翔摸摸额头的汗，拍拍还沉浸在回忆中的文静说道："别想那么多，改天我给你介绍个道士，驱驱邪！"

"后来呢？"曹力打断了罗天翔，问道。

"那天后她就没见来上班了。"罗天翔说着抓抓头。

曹力沉默了一会儿，罗天翔说的这些事实在有些离谱，而且只是他的一面之词。

罗天翔也知道曹力不相信自己刚才说的事情，于是补充道："当天屋子里好多人都听到文静说的这件事了，你们要是不信可以去找文静的朋友莫小兰，她可能知道得更清楚。"

曹力拿起那张纸，上面有莫小兰的名字。他当然不相信什么怪力乱神，如果罗天翔所言不假，那么一定是有人故意吓唬文静，这个人极有可能就是凶手。

刘文昊一夜没合眼。他用废纸盒在书桌上搭建了一个幸福宿舍及周边区域的模型。他手里还有一个金属小砝码，用来替代魔术箱。

借助这些模型和道具，刘文昊得以站在上帝视角上，重新审视这场奇异的"魔术"。

清晨的阳光透过明净的窗户，洒落在他的背上。由夜幕到晨曦，他浑然不觉，只是把目光投射在模型上。

他慢慢移动脚步，把手里的砝码放进了那条"后巷"。手拿开的一瞬间，窗外的阳光恰好落在砝码上，反射出斑斓的光芒。

"什么魔术箱、切割工具都不重要，重要的是他怎么把箱子和尸体放到现场，这才是他要展现的魔术，了不起的魔术！"杨天明的话毫无征兆地浮现在刘文昊的脑海里。他的身体微微一颤，就像是在黑暗中忽然看见光，又像是在迷雾之海中抓住了一块浮板。刘文昊顺手抓起挂在椅子上的外套，急匆匆出了门，一路小跑来到单位。

早上七点，鉴证科的同事们还没有上班，刘文昊便在门口守着。

过了大约一个小时，鉴证科的小李一手拎着袋包子，一手握着杯豆浆走了过来："刘哥，好久不见，您怎么……"

"小李，有个急事找你帮忙！"刘文昊打断了小李的客套话。

"客气什么，刘哥有事就说，我一定尽力。"

"我想看一下幸福宿舍命案的那个魔术箱。"

"这……"小李一时间有些为难，虽然刘文昊也是警察，但查看证物需要刑侦大队的批准。

"你放心，我回头给小曹打电话，我只是看看。"刘文昊看出小李的顾虑。

"刘哥，瞧您说的，自己人，我还信不过您吗？"小李点点头，领着刘文昊进了证物室。

魔术箱因为体积较大，被放在证物室里面的空地上，上面盖着塑料膜。

小李打开灯，揭开塑料膜，魔术箱里的尸体已经被法医清理出来，但箱子里里外外依旧血迹斑斑，令人触目惊心。

刘文昊打开手机电筒，仔细查看魔术箱分割处的接口。

"这箱子是能够拆分的，你们重新组装过没有？"刘文昊忽然问道。

"我们检查了接口的卡扣、螺丝和活动部位，上面还有油漆，而且没有重新组装摩擦的痕迹……"

"不对，不对！"刘文昊戴上手套，摸了摸卡扣和螺丝上的油漆，然后用鼻子闻了闻，"这些油漆是新刷上去的，你们取样测过没有？"

小李闻言一惊，也蹲下查看，卡扣上的油漆和箱体上的油漆看起来并没有区别。

"看起来不像……"

"不能光看，凶手对油漆做过处理，但没办法去除油漆的气味，你凑近闻一闻，卡扣和螺丝处的油漆味道明显，而其他部分则没有油漆味道。"刘文昊指着接口处说道。

小李之前倒是没有注意到这一点，于是上前闻了闻，正如刘文昊所说，虽然两处的油漆看起来别无二致，但气味确实大有不同。

"你分别取一些样品去检验一下。"刘文昊站起身，脸上露出笑容，心里已经有了十足的把握。

"好的，我这就弄。"小李知道这是重要发现，立刻开始取样。

"我去找小曹，你这边有了结果跟我说一声。"刘文昊说着就往外走。

"刘哥……"小李抬起头叫住刘文昊，"您这是回刑侦大队了吗？"

"没有，我协助……协助调查一下。"刘文昊有些尴尬地苦笑，不等小李再问，已经出了证物室。

同刘文昊一样没怎么睡的人还有曹力，他忙了一整夜，想着一会儿除了找人问话，还要继续和同事们一起调阅各种资料，分析案情，便准备去休息室打个盹，这时刘文昊的电话打了进来。

"小曹，你在哪儿，我知道凶手怎么把箱子和尸体运到后巷的了！"刘文昊难掩语气中的兴奋。

"太好了，刘哥，我就在分局……"

"那我过去找你。"

"我去找你吧，去你办公室，那边安静。"

"那好，办公室见。"

挂了电话，曹力急匆匆赶到档案室，只见刘文昊悠闲地坐在办公椅上，手里玩着一个魔方。

"刘哥……"

"等我一下，马上就好。"刘文昊一边说，一边来回扭动魔方，大概十几秒后，魔方终于全部拼好。

刘文昊笑着放下魔方，端起茶杯喝了口水。

"哥，快别卖关子了，你真是急死个人啊。"曹力见刘文昊不慌不忙的样子，急得直搓手。

"别急，我跟你说，破案指日可待！"刘文昊信心十足，他轻咳一声，继续说道，"我们一开始就被误导了，箱子和尸体根本不是一起被运到幸福宿舍后巷的。凶手把魔术箱拆解成几个部分，分别运到后巷，而尸体也是在切割后才搬到后巷，然后重新组装在一起的。"

曹力闻言一震，不过他还是有些疑惑地说道："可鉴证科那里没发现箱子有被拆卸的痕迹……"

"凶手在漆面上做了手脚，我今早去了鉴证科，小李已经提取了样品进行化验，相信很快可以证实这件事。"

"就算凶手是化整为零，但这么进进出出十几次，不可能没有留下线索……"曹力说到这里，忽然想起了什么，"刘哥，您是说凶手可以把拆散的魔术箱和尸体从楼上吊下来？"

"算你没白跟我学这么久，不错，凶手应该就住在幸福宿舍里，也只有住在那里的人才有机会把魔术箱和尸体放入后巷。"刘文昊说着又喝了一口茶水，"而且凶手很有可能现在还住在幸福宿舍，因为一发生命案他就搬家，那未免太显眼了。"

幸福宿舍靠近后巷的住户一共有一百九十二户，住在这里的人全部是幸福电子厂的工人，每户都是单人公寓，换言之，警方需要从这一百九十二个人里找出凶手。

曹力受到刘文昊的指点后，立即安排人手开始排查，重点调查对魔术感兴趣或者有相关从业经历的人，还有就是和死者有过交集的人；另一方面他也在继续从被害者文静下手寻找线索，期望能进一步锁定凶手的特征。

文静的好友莫小兰用的是个假名，所以曹力为了找到她也费了一番功夫。最终，曹力查到她目前在一家名叫"珍品足道"的按摩店做技师。

为了便宜行事，曹力叫上队里新来的女同事吴淑涵，陪他一起去珍品足道找人。

吴淑涵今年二十三岁，警校刚毕业，白白净净，一头齐肩发，看上去斯斯文文的。她通过公务员考试进了青秀分局，本来考的是文职，后来申请调到了刑侦大队。

曹力觉得她没有刑侦经验，所以一直安排她在队里写报告，可如今所有人都去幸福宿舍做排查了，他也只能赶鸭子上架了。

听说要出外勤，吴淑涵愣了一下，虽然有些兴奋，但心里不免也有些七上八下的。

曹力见吴淑涵一脸紧张地准备出门，眉头立刻皱起来："小吴，你穿着这身警服去，怕是咱们还没进场，人就跑完了！"

"啊？那……那我换个便装？"吴淑涵胆怯地看着曹力，问道。

"嗯，去换个衣服。"曹力挥挥手，他看着吴淑涵慌忙离去的背影，忽然感觉头疼，用力按了按自己的太阳穴。

曹力和吴淑涵穿着便装来到珍品足道，装作客人，点了68号和77号两位技师。

"莫小兰"正是68号技师。她的真名叫张奕兰，二十二岁，与死者文静是老乡，两人关系很好。

曹力确认68号技师正是张奕兰后，才亮明身份。另外一位技师被请出房间，曹力和吴淑涵一左一右堵住张奕兰，确保她无路可逃。

张奕兰以为是自己涉"黄"的事情暴露，急忙分辩道："我在这里做正经按摩，你们没有证据，别想冤枉我，不能乱抓人……"

"你别误会，我们来找你，只是想了解一下文静的事情。"曹力长话短说，简单介绍了文静被害的案情。

张奕兰明显愣了一下，似乎没想到文静竟然出事了。

"天啊，难怪这些天我都联系不上她！"

接下来曹力按照惯例，对张奕兰进行了常规问话，例如案发时她在哪里，做些什么，以及文静有没有与人产生感情纠纷和财务纠纷等。

张奕兰的回答跟罗天翔没有太大区别，他们都否认或者说根本就不知道文静与人有任何纠纷。

"干我们这行的，出来做事都是小心翼翼，生怕得罪人，又怎么可能与人结怨……"张奕兰眼圈红红的，看来她对文静确实有几分姐妹之情。

曹力等张奕兰的情绪平复了一些，才继续说道："我们从罗天翔那里听到一件事情，想找你核实一下。"

"什么事？"张奕兰拿出纸巾擦了擦眼泪。

"听说前一段时间文静撞鬼了？"曹力直接问道。

"啪嗒"一声，吴淑涵手里的笔掉在了地上，她本来在埋头记笔录，可没想到曹副队会问出这种问题。更没想到的是，张奕兰咬了咬手指，然后点了点头。

"一开始她跟我说这个事，我还笑话过她，不过后来……我也看到了……"张奕兰说到这里脸色惨白，"有天晚上，她慌慌张张来找我……"

"具体哪天？"曹力打断道。

张奕兰想了一会儿，说道："好像是十月十七号，对，就是十七号。"

那天晚上十点多，她正在给母亲打视频电话，门外忽然响起紧促的敲门声。

张奕兰走到门口，透过猫眼，看到文静披头散发，穿着睡衣，神情慌张地站在门外。见状，她急忙打开门，把文静拉进房间。

"你这是怎么了？"

"小兰，我害怕，今晚能住你这儿吗？"文静一边说，一边忍不住回头看。

张奕兰也探身往外看了看，并没有人。

"怎么了？"

文静没回话，自己走到客厅沙发上坐下，似乎在瑟瑟发抖。

张奕兰倒了一杯热水递给文静："先喝口水，什么事情把你吓成这样？"

文静木然地接过杯子，却没有喝，只是喃喃自语道："纸……纸人……那个纸人又来了……"

"静静你又喝多了吧？"张奕兰本以为是什么凶徒，结果听到是"纸人"，扑哧一声笑了出来。

张奕兰这么一笑，文静的七分恐惧倒是化作了三分愤怒："连你也不相信我！我这几天都没出门，更没喝酒！"

"我信，我信。"张奕兰抱住文静，"酒壮怂人胆，姐妹别害怕，我陪你喝几杯就没事了。"

文静清楚张奕兰还是不相信自己，但她却很难拒绝"喝两杯"这个提议。

张奕兰拿来一瓶酒，又从冰箱里拿出冻好的冰块，陪着文静喝酒压惊。

"我打算回老家。"文静说着一仰头，将满满一杯酒干了。

"哪天走记得跟我说一声，我去送送你，顺便你也帮我带点东西回老家。"张奕兰陪着她喝了一杯。

两人一边喝酒一边闲聊，不一会儿，张奕兰感觉有些困了，便要去睡觉。

文静想去上卫生间，她不敢一个人去，却也不好意思让张奕兰陪自己去。犹豫了片刻，她还是屈服于身体的本能，起身去卫生间。

张奕兰看到上厕所都胆战心惊的文静，不免笑了起来。屋子里的灯全开着，卫生间离客厅不过只有几米，有什么可怕的？

"别怕，什么纸人，敢来我就一把火烧了它！"

文静没理会张奕兰的嘲笑，她深吸一口气，走进卫生间。

可就在这个时候，屋子里的灯突然全部熄灭了，紧跟着，就听到文静一声尖叫，摔倒在卫生间的地上。张奕兰被吓了一跳，不过她以为是跳闸，毕竟楼里电路老化，这种事很常见。

"没事，没事，跳闸了，别害怕……"张奕兰一边说，一边走进卫生间，想要把摔倒的文静扶起来。

结果，她不经意间看到了卫生间里那面全身镜。

卫生间里虽然十分昏暗，但窗外路灯暖黄色的光晕却透过纱窗落在屋子里。

那面全身镜里并没有反射出文静苍白的脸，又或者是张奕兰惊恐的双眼。

镜子里只有一个纸人，一个脸带红晕、眼如墨汁的纸人。

"啪嗒"一声，吴淑涵的笔又掉了，这一次她是结结实实被吓到了。

"后来呢？"曹力不是来听故事的，他需要理性地分析整个事件，并推敲事件与文静被杀是否有联系。

"没一会儿，电就来了，我也有点害怕，所以叫来了物业保安，帮我们检查了整个屋子，但没发现镜子里出现的那个纸人。"回忆起当时的情景，张奕兰的身体还微微发抖，"第二天早上，文静给我发消息说她回老家了，那之后我就再没联系上她。"

曹力眉头紧锁，他想不出罗天翔、张奕兰两个人在这件事上有什么理由撒谎，又或者编故事。

可如果这是凶手所为，他又为什么要大费周章地吓文静？但无论如何，曹力是不相信有鬼的，如果有鬼，那也是有人在搞鬼。

第三章

思维陷阱

发现了箱子上的"秘密"，刘文昊再次来到幸福宿舍进行调查。幸福电子厂是汉昌市的纳税大户，生产的电子零件行销全球，有将近两千名工人。幸福宿舍是幸福电子厂的员工宿舍之一，这里一共住了七百多名工人。这些工人并非全都有资格住单人间，大部分工人都住在四人间或者六人间里。只有在工厂工作超过三年的老员工才有资格申请单人公寓。紧贴后巷的两栋公寓楼，也就是 C 栋和 D 栋，便是给老员工准备的单人公寓，各有八层，每层有十二户，一共是一百九十二户。

凶手要神不知鬼不觉地把魔术箱和尸体搬进宿舍，避免引起别人的注意，就需要分多次，甚至花相当长的一段时间来做这些事。

由此可见，凶手杀人并非一时冲动，而是早有预谋。

刘文昊来到宿舍楼门口，一楼入口处有电子门锁，进门需要刷卡。不过这种设施只要尾随有卡的人，便能轻易混进去。

他跟着前面的人，走进了宿舍楼。这栋楼看起来至少有十年的历史，走道内昏暗不透光，即使是在白天，也给人一种阴森的感觉。

现在这个时间点，大部分住户都去上班了，只有一些轮休的工人在楼里，显得这里格外冷清。

刘文昊在楼里这里看看，那里瞧瞧，试图找到一些不寻常的蛛丝马迹。忽然他听到背后有人叫他。

"刘哥，您在这儿呢。"

刘文昊一回头，看到了曹力。

"嗯，随便看看。"刘文昊点点头。

"小吴，你先去问话。"曹力支开吴淑涵，把刘文昊拉到一边，"刘哥，你是不是有什么头绪了？有线索可赶快告诉我，省得我们在这里做苦力。"

"暂时还没有。"刘文昊摇摇头，反问道，"住户的资料都拿到没有，有没有找到和杨天明有联系的人？"

"没发现……"曹力搓搓手，一副欲言又止的样子，"不过我们查到一件稀奇事……"

"什么事？跟我还吞吞吐吐的。"刘文昊白了曹力一眼。

"那哪儿能……"曹力轻咳两声，把死者文静在出事前"撞鬼"的事原原本本地告诉了刘文昊。

刘文昊听完，紧锁眉头，他倒不是被这种装神弄鬼的伎俩唬到了，而是在思索，如果真如曹力所推测，是凶手干的，那凶手这么做的意图何在？

"凶手为什么这么做？"刘文昊摸着下巴，自言自语道。

"可能是想刺激文静，让她心智大乱，好下手！"曹力说着比了个杀人的手势。

"那不是多此一举？凶手有这样的手段，杀文静一个独居女孩，简直是手到擒来。"

"那就是凶手想通过这种方式来折磨文静。"

"这倒是有可能。"刘文昊点点头，"凶手不是随机杀人，而是早有预谋、目标明确地行动，可以推测凶手是和文静有仇怨的人！"

"但通过对文静周边亲人朋友的排查，我们目前还没发现可疑的对象……"曹力说着叹了口气。

"见不得人的事情是不会告诉亲人和朋友的，与人结仇不会是什么光彩的理由，文静会让人轻易知道吗？往这个方面去想想。"

"见不得人？"曹力若有所思地点点头，"会不会跟纸人有关系？"

"那个张奕兰既然说她也见过，就让她做个画像。"刘文昊说道。

曹力一愣，以前都是给嫌疑人做画像，没想到现在竟然要给"纸人"做画像。

"你忙吧，我随便走走看看，有什么发现再告诉你。"刘文昊拍拍曹力的肩膀。

曹力搞不懂刘文昊究竟在找什么，但是他知道刘文昊"鬼主意"多，自己再多问也没意思。

刘文昊爬上了顶楼，这里是一个开放式天台，上面晾了不少衣服，看起来杂乱不堪。

他站在天台边缘往下看，这里可以俯视整个后巷，目光向上偏移，越过巷道，他就能看到对面的公寓楼。

两栋公寓楼相隔三米多，因为距离太近，基本所有的房间都拉着窗帘，以此保护个人隐私。

凶手把"零件"放入后巷，如果是在深夜，只要不发出大的声响，几乎不会有人注意到这种"蚂蚁搬家"的行为。

刘文昊找来一块木板，从背包里拿出绳子，一头捆住木板，然后从天台往下放绳子。可两栋楼之间是风口，大风把木板吹得荡来荡去，不断碰到墙壁和电线，发出烦人的响声。刘文昊拉起木板，确认凶手不可能在这个高度放下"零件"。

他不断重复这个实验，直到三楼，他才能顺利把木板放入后巷，且不撞到任何东西，或者发出较大的声响。

这个实验证实了两件事，一是凶手不可能是外来人员，因为外来人员想要避开住户的耳目只能到天台进行操作；二是凶手所住的楼层在一到三楼之间，高楼层的住户是无法把"零件"顺利放到后巷的。刘文昊立刻把情况告诉曹力，让他把调查重点放在一楼至三楼。这样一来，刑侦大队的工作量就减少了一大半。

经过两天两夜的排查，入户问询，调阅资料，查看监控，刑侦大队终于锁定了一个嫌疑人。这个引起警方注意的人叫陈婧，是幸福电子厂的质检员，今年三十五岁，已经有七年的工龄。

警方查看了公寓外的监控，发现她每次进出公寓都背着一个硕大的黑色双肩包。最令人生疑的是十月二十九日之后，也就是文静尸体被发现的那天之后，陈婧就没再背过这个双肩包。

曹力立刻对陈婧展开背景调查，但她未婚、单身、无犯罪记录，与文静也没明面上的交集，一时间查不到她有任何作案动机。于是，曹力决定去陈婧家亲自调查一下。

下午六点，曹力和吴淑涵来到204号房门口，这里正是陈婧的公寓。

吴淑涵伸手敲了敲门："陈婧，在吗？我们是青秀分局刑侦大队的，麻烦开一下门。"

过了一会儿，屋里传来脚步声。

"吱呀"一声，门开了。

陈婧看起来很清瘦，一副弱不禁风的样子，令人很难将她与凶杀案联系在一起。

"关于后巷的命案，我们需要找你了解一下情况。"曹力的目光越过陈婧，查看起房间里面的情况。

"上次已经有警察来过了，我不是说了吗？我不知道……"

"同志，你别急，我们还有一些问题想问问，能不能去屋里坐下来聊？"曹力想借机去陈婧的屋子里看看。

陈婧脸色有些难看，委婉地回绝道："里面有些乱，不是太方便，你们有什么就在这里问好了。"

这样一来，曹力觉得她的嫌疑更重了，但现在他们也不能强行进屋搜查。

"要不你先进去收拾一下，我要做笔录，站着写字不是太方便。"吴淑涵举起手里的笔记本，面带笑容。

陈婧犹豫了一下，终于点点头，说道："你们既然不嫌弃，那就进来吧。"

曹力和吴淑涵跟着陈婧进了房间，正如她所说，屋子里有些乱，桌子上还摆着油腻的碗筷，沙发、椅子上堆满脏衣服，床上的被子也没有叠。

陈婧把椅子上的衣服随手拿开，扔到床上，算是给曹力他们挪出坐的位置。

坐下后，曹力没急着问什么，而是不动声色地寻找那个黑色双肩包。

肉眼可见的范围里，并没有那个黑色双肩包的影子，陈婧显得更加可疑了。

"你认识一个叫文静的女孩吗？"曹力单刀直入，拿出文静的照片，递到陈婧面前。

陈婧只是看了一眼，就摇摇头。

"仔细看看。"

陈婧不耐烦地又多看了一眼，还是摇摇头，说道："不认识。"

曹力收起照片，看着陈婧严肃地说道："我们发现你从九月二十七号到十月二十八号之间，每天都背着一个黑色户外旅行包进出，但二十九号后，你就没有再背包，关于这件事，我们想听听你的解释。"

陈婧愣了一下，不过很快两眼一翻，反问道："犯法了？"

曹力之所以问得这么直接，就是想看看陈婧的反应，然而她并没有表现出任何的慌张，反而还有点生气。

"那要看你做过什么了。"曹力继续步步紧逼。

没想到陈婧一下子站了起来，就像好斗的公鸡，瞪着曹力："你这是什么意思，你们是不是怀疑我？"

"你别激动，先把包的事情说清楚。"

"没什么好说的，我不想用了，就给扔了。"陈婧突然撒起泼来，伸手去拉扯坐在旁边默默记录的吴淑涵，"你们这些个警察，抓不到凶手，就知道欺负我一个女人，来来来，你们抓我回去交差。"

吴淑涵之前做的是文职工作，哪里见过这种架势，急忙劝慰陈婧，可手里的笔记本却被对方摔到地上。

曹力倒是见怪不怪，工作这些年，什么人没遇见过，他抓住陈婧的手腕，厉声道："陈婧，你如果不配合警方的工作，我就只能把你请回分局问话了！"

陈婧一愣，刚才的气势顿时没了，她慢慢松开扯着吴淑涵衣服的手。

吴淑涵松了口气，弯下腰去捡笔记本，她一歪头，猛然看到陈婧的床下有一个白色的纸人。

纸人的脸上涂着粉红的胭脂，黑色的嘴咧开，仿佛正冲着吴淑涵笑。

吴淑涵吓得连退好几步，腰撞到椅子上，险些跌倒在地。

"小吴，你怎么了？"

"纸人，床底下有一个纸人！"吴淑涵脸色苍白，指着床下，声音颤抖地说道。

杨天明和往常一样出了门，不过没走几步就发现有人在跟踪他。按理来说，他的穿着打扮不会让任何劫匪、小偷对他产生兴趣，不知道什么人要来跟踪他。

杨天明不想惹任何麻烦，也不关心跟踪者的身份，他加快了脚步想甩掉跟踪者。转了几个弯后，他终于找到一辆共享单车，急忙开锁，准备骑车离开，然而车尾却被人拉住了。

"杨天明，你就这么不想见我？"

听到这个柔美清甜的声音，他不需要回头也知道来人是谁了。

"没有想不想，只是没必要。"杨天明的语气十分冷漠。

"你就打算这样了吗？一辈子？"

一辈子这三个字像有千斤重，一下子压在杨天明身上，令他动弹不得。

女人绕到他面前，仰起头看着他。她穿着卡其色的风衣，一头长发蓬松却不凌乱，显然是精心打理过，是那种走在大街上会让人忍不住回头多看两眼的美人。但是，杨天明却只想躲开她。

"麻烦你让一让。"杨天明推着车想从女人身边绕过去。

两人擦肩而过的时候，女人忽然问道："'火精灵之舞'是怎么做到的？"

杨天明忽地停下来，原本没有一丝感情的声音此时犹如一把刺刀："你、想、也、不、要、想。"

说完，杨天明左脚蹬着自行车的脚蹬，右脚划了两步，迅速跨上了车。

"那场大火并不是意外！"看着杨天明的背影，女人不由得提高了音量。

听到这话，杨天明一个急刹车停了下来，转身来到女人面前。

"你说什么？"

"我说那场大火不是意外，你要是想知道真相，就把'火精灵之舞'的设计图给我。"女人嘴角扬起胜券在握的笑容。

杨天明浑身颤抖，不过很快便恢复了冷漠的神态："林雪瑶，你觉得我很好骗吗？你只是想要我的设计图对不对？"

这个女人正是杨天明曾经的助理林雪瑶，在"火精灵之舞"公开演出前被开除，不过也正因如此，她算是逃过一劫。

"我知道你在找崔光强，或许我可以帮到你，如果有需要，随时来找我。"林雪瑶说着把自己的名片递给杨天明。

杨天明眼角跳动了两下，没有说话。

"我等你来。"林雪瑶说完这话，没再停留，转身离开了，高跟鞋踏在路面上的声音渐渐远去。

"星光娱乐 CEO 林雪瑶……"杨天明举起名片看了看，随后，他用两指轻轻夹着名片，在空中晃了晃，一团火焰燃起，名片瞬间化作了灰烬。

他确实要去见一个人，但不是林雪瑶。

刘文昊整理完文档，抬头看了看时间，已经是晚上八点十五分。平日里，刘文昊很少加班，只是这几天忙着帮曹力查案子，所以积累了不少工作，不得不加班完成。

此时他的肚子已经发出"咕噜咕噜"的声音，仿佛是在抗议。他穿上外套，走出了办公室。

刚刚十一月初，天气就冷得不像话，寒风像水里的泥鳅，一个劲地往人衣服里钻。

刘文昊裹了裹外套，打算去隔壁的面馆吃碗汤面。迎面走来一个戴着帽子、围巾，只露出一双眼睛的男人。虽然只露出一双眼睛，刘文昊也认得出来这人正是让他咬牙切齿的杨天明。他似乎专门在等自己出来。

"你来干什么？"刘文昊强忍怒气问道。

"你弄错了，错得很离谱。"杨天明单刀直入，语调里没有任何情感。

"你想说什么就直说，我没空和你猜谜。"刘文昊冷哼一声。

"你以为凶手是把魔术箱和尸体拆散之后再放入后巷的吗？这个推断大错特错！"

刘文昊一把抓住杨天明，厉声问道："你知不知道，你说出这句话，如果不给出合理的解释，那么你就和凶案脱不了干系！"

杨天明根本不理会刘文昊的恐吓，只是继续说道："你很聪明，普通人能想到这里已经很了不起了，但你面对的是魔术。你要明白，魔术师想让你注意的，一定不是真正值得注意的，只有将观众的注意力引到无关紧要的事物上，魔术师才能在神不知鬼不觉中完成他的表演！"

"少他妈给我装神弄鬼，你真以为我拿你没办法吗？跟我回分局。"刘文昊下意识地去口袋里摸手铐，这才意识到自己已经不是刑警了。

"你的推断错了，行动方向就会跟着错，警方现在一定拼命在公寓楼里找凶手，但凶手绝不可能在那里，你们全都在白费力气。"

刘文昊深吸一口气，松开了手，杨天明的话不无道理，况且他们现在确实没有抓到嫌疑人。

"我期待你能早日找到答案，当然，你也知道在什么地方能找到我。"杨天明不再理会呆愣出神的刘文昊，离开了。

刘文昊动了动身子，想要拦下对方问个清楚，但他的手终究还是停在了半空，他只是看着杨天明的背影慢慢融入夜色之中。

杨天明回到住处，看到邻居家的小男孩站在他的门口，手里拿着一个漂亮的盒子。

"杨叔叔，这是爸爸给我买的巧克力，可好吃了，我分你一半。"小男孩看到杨天明，立刻跑过去，把手里的巧克力盒塞给他。

杨天明愣住了，他蹲下来，轻轻刮了刮小男孩的鼻子，说道："小鬼，叔叔怕长蛀牙，就要一块，剩下的你拿回去。"

杨天明打开盒子，拿出一块包着彩纸的巧克力。小男孩笑着收起盒子，一溜烟儿地跑回了家。

他摊开手掌，看着手心里光彩夺目的巧克力，眼眶里忽然涌出泪水。

出名之前，他在一个小剧团表演魔术，一个月工资到手就三千来块，妻子吴芳秀没有工作，在家照顾孩子，一家人的生活极其拮据。

乐乐爱吃巧克力，但夫妻俩平日里不怎么舍得给孩子买。有一天，乐乐去邻居家玩，偷拿了几块巧克力回家吃。这件事被妻子知道了，打了他两耳光。

杨天明回家前就已听妻子说了这件事，回来看到儿子红肿的脸，还是既心痛又自责。

"爸爸，乐乐知道错了，不能随便拿别人的东西。"乐乐的脸上挂着泪痕。

杨天明心疼地抱起儿子，揉了揉他的头发："乐乐乖，以后想吃巧克力跟爸爸说，你忘了爸爸会魔法吗？"

"巧克力也能变出来？"乐乐睁大了眼睛。

"爸爸绝不骗人。"杨天明伸出右手，摊开掌心。

"什么也没有啊。"乐乐看着爸爸，有些失望地说道。

"别急。"杨天明握紧手，把拳头放到乐乐嘴边，"吹口气。"

乐乐用尽全力吹了一口气。

杨天明再次打开手，一块金币巧克力出现在他的掌心里。

乐乐兴奋地拿起"金币"，剥开外面的金箔纸，巧克力散发出迷人的香味。乐乐咬着巧克力，脸上笑容粲然："爸爸，以后每天都给我变吗？"

杨天明抓抓头发，笑着说道："这个法力需要时间恢复，一个星期变三次，怎么样？"

乐乐舔舔手指，用力点头。

杨天明把手里的巧克力塞进口袋，抹了抹脸上的泪水。乐乐的笑容在他脑海里挥之不去，那样美好的日子仿佛就在昨天。

"乐乐，爸爸很快就会来陪你……"

曹力把陈婧带回了警局，同时申请了搜查令，对陈婧的公寓进行了彻底搜查。

可是警方没有找到那个黑色双肩包，也没有搜查到魔术箱或是文静尸体的残留物。唯一值得怀疑的物品，就是陈婧床下的纸人。

这个纸人是否就是文静所看到的纸人，如今唯一能确认这件事的人就是文静的闺密张奕兰。

曹力找来张奕兰，让她辨认在陈婧屋子里发现的纸人。

纸人以白色为主，只有面部涂有颜料，背面还用毛笔写着一行字：

周伟雄　己未　壬申　壬戌

张奕兰走到纸人前面，凝视良久，最终摇了摇头。

"不是的，这不是我和文静看到的纸人。"

"你确定？"曹力明显有些失望。

"眼睛不一样，颜色也不一样，我看到的纸人活灵活现的，这个看起来也太粗糙了。"张奕兰说。

曹力想起刘文昊的建议，他当时还觉得荒诞，现在看来还真有这个必要。

他带着张奕兰去做画像，负责画像的技术员听说要给纸人做画像，吓了一大跳，他从业十几年，给纸人做画像还是大姑娘上轿——头一次。

曹力留下张奕兰做画像，自己则去讯问陈婧。

刚被带到分局的时候，陈婧的情绪非常激动，一直骂骂咧咧，吵闹不停。

曹力把她一个人留在讯问室里，一个多小时后，她终于安静下来，曹力这才和吴淑涵一起走进讯问室，对她进行问话。

陈婧已不像刚才那般抗拒，终于开口说出了双肩包的下落，以及自己为何在床下藏着一个纸人。

然而，整个事情的真相，让曹力哭笑不得。

纸人后面写的周伟雄是幸福电子厂质检部主任的名字，也就是陈婧的上司。

陈婧利用职务之便，偷拿工厂的废弃零件倒卖。她每天把双肩包放在工厂围墙外的草堆里，等到休息时间就把一袋袋废弃零件丢到围墙外。下班后，她再把丢在外面的废弃零件装进双肩包，背到废品回收站出售，每天能赚个二三十块钱。

十月二十八号那天，她卖废弃零件的事情被上司周伟雄发现了。

厂里知道了这件事，扣了陈婧三个月的工资，她的双肩包也被保卫科的人拿走，一直没还给她。

陈婧气不过，就想报复周伟雄。听老乡说"打纸人"可以克小人，她就去请人扎了个纸人，写上周伟雄的生日，每天有空就用柳树枝抽打。

这些事实在丢脸，所以陈婧刚开始不愿意配合警方的工作。

曹力立即安排人去电子厂、废品回收站核实情况，并从保卫科找回了陈婧的双肩包，终于确认陈婧说的都是实话，这只是一场可笑的乌龙事件，她甚至连上司的生辰八字都没弄清。

案件再次走进了死胡同。

刘文昊一夜没有睡着，其间嚼完了一整袋牛轧糖。

他反复回想杨天明对自己说的话，甚至一度怀疑凶手就是杨天明，可除了那个有他标志的魔术箱，再没有任何证据能证明他与凶杀案有关。

刘文昊脑子里闪过一个可耻的想法——去找杨天明寻求帮助。

就在这个时候，手机铃声响了起来。

"刘哥，你到办公室了吗？我想过去找你喝杯茶。"

"你等我一下，我马上就到。"刘文昊看看手表，现在已经是早上八点了。

他洗漱一下，出门去早点摊买了个煎饼，匆忙赶去了办公室。

"您还没吃早餐呢？"曹力看到刘文昊拎着煎饼，问道。

"昨天杨天明来找我了。"刘文昊把昨晚杨天明来找他的事情告诉了曹力，"他说我们的调查方向错了。"

曹力抓抓头，他找刘文昊也是为了这件事，于是把陈婧的事情说了出来。

"我们现在已经把两栋楼三层以下的住户都查了一遍，可除了陈婧，再找不到任何线索了。"

"如今看起来，我先前的推断恐怕确实有问题。"刘文昊坦诚道。

"可是鉴证科那边已经证实魔术箱有被拆卸和组装的痕迹，接口的地方也正如你所预料，用的是新油漆。"

刘文昊摇摇头，叹了口气，说道："凶手恐怕是故意这么做的，把警方的调查方向引向宿舍楼的住户，这么多人，要一一调查，我们就会疲于奔命。"

曹力闻言，咬咬牙说道："我去把杨天明带回来……"

"用强行不通，我知道他的目的是什么，我去找他谈谈。"

"刘哥，你不会真的要跟他一起调查国际马戏剧院的大火吧？"曹力也明白杨天明的用意，但这是最让他担心的，那个案子牵扯太大。

"亚丹的死确实是我的心病，我承认我痛恨杨天明，不过当年的事情确有疑点……要解开里面的谜团，没有杨天明的配合恐怕难以成事。"刘文昊深吸一口气，拍拍曹力，这才继续说道，"我理解你的担心，但我是警察，不管是当年的案子，还是眼下的案子，找出真相，抓住凶手，都是我应尽的责任。"

曹力沉默了片刻，他所想的问题，以及心中的担忧远比刘文昊考虑的更多。不过他知道刘文昊心意已决，就算自己继续劝说也无济于事。

"刘哥，那你可悠着点。"曹力叮嘱道。

"我去找杨天明，有什么消息通知你。"刘文昊摆摆手。

曹力点点头："我继续追查受害人这条线。"

曹力已经有了思路，纸人这种用来祭祀的物品，不同地方的风俗可谓大相径庭。因此，曹力打算找一位民俗学家咨询一下，说不定可以找到什么线索，他打听到汉昌大学有个非常著名的民俗学教授，已经约好了一会儿见面。

汉昌大学就在市区，曹力和吴淑涵到达学校时，还不到约定时间。那位叫蔡宁的民俗学教授正在上课，曹力他们只好在教室外等待。

过了十来分钟，蔡宁下课出来，曹力和吴淑涵忙迎了上去。

"蔡教授，您好，我是青秀分局刑侦大队的曹力，这是我同事吴淑涵，我们给您打过电话的……"

"曹队长，好的，我们去办公室聊吧。"

三人来到教师办公室里的茶水间。蔡宁给曹力和吴淑涵倒了两杯茶水。曹力接过纸杯，但没有喝，而是拿出了纸人的画像。

"蔡教授，事情比较急，我们也不多耽误您时间，麻烦您看看这幅画像。"

蔡宁接过画像，仔细看起来。

纸人的造型并不复杂，手脚制作精细，如真人一般，脸上用红、黑、黄、蓝四种颜色绘出五官，透着诡异的笑容令人不寒而栗。

　　沉默良久，蔡宁才开口说道："扎纸人又被称为扎鬼纸，扎鬼纸祭阴阳。烧纸人的风俗从古至今都没断过，就算是如今推行火葬，也有人在祭祀先人的时候烧纸人。不过这个纸人的确有些奇怪……"

　　"怎么个奇怪法？"曹力见蔡宁欲言又止，急忙追问道。

　　"一般来说，祭祀用的纸人不能画眼睛，正所谓'画龙点睛'，传说纸人如果画上眼睛，会引鬼上身，不吉利。"

　　"这么说这纸人不是用来祭祀的？"

　　"嗯。"蔡宁点点头，"除了祭祀用的纸人，还有一种纸人，与古时候流传在西南地区的邪术有关，比如'打纸人''附灵术'等，这些纸人被施术者写上仇家的生辰八字、名字等信息，以此来诅咒仇家。你们画的这个纸人应该就是这种。"

　　曹力想起了陈婧床下的纸人，就是蔡宁所说的这种迷信习俗。

　　"蔡教授，我们想找到扎这个纸人的手艺人，您这边能不能提供一些信息帮帮我们？"

　　"扎纸人不是随便一个人都能做的，这是一门传承，像你们提供的纸人，精细程度比一般的高，应该是个很有经验的老手艺人做的，可惜你们只有一张画，如果有实物，我就能从材质、工艺上找出更多线索了。"

　　"有实物，我们就不用麻烦蔡……"一旁的吴淑涵脱口而出，但感觉有些失礼，就把后半截话吞了回去。

　　蔡宁笑了笑，并不介意，他把画放在桌子上，沉吟片刻，又说道："我认识一个资深的手艺人，曾经找他做过访谈，他是这方面的行家，你们可以找他问问。"

　　"谢谢蔡教授，麻烦您了。"曹力客气地说道。

　　蔡宁翻看了一下手机，然后把名字和电话号码写在一张便签纸上，递给了曹力。

"罗天翔……"曹力接过纸条，看到上面的名字，大吃一惊。

"曹队认识？"蔡宁看到曹力的表情，随口问道。

曹力本以为是同名，但是后面的电话号码和爱巢 KTV 经理罗天翔的竟然是一模一样的。

"蔡教授，您会不会弄错了，这个罗天翔我认识，是 KTV 的一个经理……"

蔡宁笑眯眯地说道："那没错，就是他，爱巢 KTV 对吧？扎纸是他家祖传的手艺，但这手艺如今混不到饭吃了，他只能到别处谋生了……"

曹力只感觉浑身汗毛都竖了起来，他没听蔡宁后面说的是什么，急忙拿出手机，打给了同事。

"安排人把罗天翔给我抓回分局……立刻！马上！"

第四章

攻心

刘文昊换了身便装，拎着包，赶去了天星里2号。

杨天明就住在这里。

中午十二点，楼里的租户基本都不在，周遭极度安静，刘文昊走进去，看到天井里摆着一张圆桌，上面放着茶壶、茶杯，还有一碟茶饼。杨天明坐在桌子旁，正悠闲地喝着茶，看到刘文昊进来，他放下了手里的茶杯。

"既然来了，不妨坐下喝杯茶。"杨天明说着拿起茶壶，给一个空杯倒满了茶水，仿佛他早就料定刘文昊会在今日来找他。

刘文昊在杨天明对面坐下来，火急火燎地赶过来他也真有些口渴，便拿起茶杯，一饮而尽。

"刘警官这次找我又要问什么？"杨天明又为刘文昊倒上茶水。

"以目前的情况，我更加怀疑你与文静被杀一案有关联。"

"这么说，刘警官是来抓人的？可不像啊，抓人，您就不会一个人来这里了。"

刘文昊并不介意对方的嘲讽，只是继续说道："一般凶手行凶后都会设法毁尸灭迹，而文静一案的凶手却大费周章，特意用你的魔术箱来装尸体，甚至模仿你曾经表演的魔术'魔力切割'来布置现场，而你也毫不掩饰地想借此让警方帮你调查当年国际马戏剧院失火一事，所以我有充分的理由怀疑你与这起案子有直接关联，甚至不排除文静就是你杀的！"

　　杨天明安静地听完刘文昊的话，并没有急于反驳，而是喝了口茶，慢慢抬起头看着刘文昊。

　　对于那张扭曲的脸，刘文昊已经没有了第一次见面时的不适，但那双眼睛里透出的冷漠和高傲，还是令人深感厌恶。

　　"你说得很有道理，不排除这个可能性。"

　　刘文昊闻言一愣，他没有想到对方会这么回答。

　　杨天明放下手里的杯子，继续说道："对于你未婚妻叶亚丹的死我很抱歉，无论那场大火是意外还是人为，我都有不可推卸的责任。三十七人遇难，这其中也包括我……我的妻子和孩子……如果不查清事情的真相，不给这些受害者一个交代，把我千刀万剐又有什么意义？"

　　刘文昊第一次看见杨天明露出悲愤的神情，也是第一次听见他充满情感的语调。但此时的自己，依旧不知道该不该相信对方。

　　"当年，我抓你的时候，你始终保持沉默，甚至不配合警方进行调查，是什么让你的想法改变了？"刘文昊想起当时的杨天明，一副要死不活的样子，就像丢魂的人。正因为这样，他当时怒火冲天，一时失控，忍不住动了手。

　　"那时候的我，其实已经死了……"杨天明说话的时候，眼角抽动了一下，"在监狱里，我自杀过三次，直到我看到了这份资料。"

　　说着，杨天明从身后拿出一个包，抽出一个文件夹，放到桌子上。

　　刘文昊打开文件夹，翻看了一下，这些资料他再熟悉不过，是当年国际马戏剧院大火的事故调查报告。

　　"这份报告是由警方和消防部门的联合调查组出具的，报告结论是玻璃球内温度过高导致气压升高，进而发生爆炸……"刘文昊对这份报告的内容一清二楚，脱口就说出了报告结论，不过他还没说完，就被杨天明打断了。

　　"一派胡言！"杨天明的拳头重重砸在桌子上，茶水四溅而出。

　　"玻璃炸裂，火星四射，然后整座剧院被点燃，调查结果和现场情况完全一致。"

"舞台上的玻璃球里根本没有火,所以这份调查报告完全站不住脚。"

"没有火?"刘文昊大吃一惊,"那你为什么不早点向警方报告?"

"舞台上的玻璃球里没有火,但是对应位置的吊顶上面,确实有一个同样的玻璃球,那个球里面是有火的。简单来说,观众看到的火,是来自另外一个玻璃球并通过特殊的光学折射呈现在舞台上的。可报告里面根本没有提到这个真正有火的玻璃球,这还不算……"说到这里,杨天明又从包里掏出厚厚一沓信件,"我看过这份报告后,在监狱里给有关部门写了几十封信,投诉事故调查报告有问题,可没有人理睬我。"

刘文昊简单翻阅了一下这些信件,有些是杨天明被退回的投诉信,有些是相关部门的回复,但从这些回复来看,相关部门大多是在"踢皮球"。

"可是根据幸存者的口述,他们都说看到了舞台上的玻璃球爆炸,如果你所在的玻璃球里并没有火,为什么会爆炸?"刘文昊紧锁眉头,"莫非是因为外在的力量……"

"我说过,下面的玻璃球等同于一面镜子,观众看到的火焰全部来自上面那个玻璃球的投射,换言之,观众第一时间看到的爆炸来自上面的玻璃球,然后才是下面的球体因为碎片、火焰和冲击力而破裂。"杨天明说到这里,呼吸都变得有些急促。

刘文昊放下手里的信件,拿起茶杯,抿了一口。他自然明白杨天明的意思,可他还是没办法完全相信对方。

"如果你直接来找我说这番话,我或许会相信你,也愿意与你合作找出事情的真相,但是如今你涉嫌参与文静被杀一案,我很难相信你所说的话,除非……"刘文昊说着把目光投向杨天明。

"除非我帮你们找到凶手,证明自己的清白。"杨天明自然而然地接上了刘文昊的话。

刘文昊点点头,这正是他今天来这里的目的之一。

那边，曹力叫人去抓捕罗天翔，可罗天翔却失踪了，又或者说逃跑了。

警方去了罗天翔的工作单位和住所，都没有找到人，他的手机也处于关机状态，完全失联。

曹力立刻申请了通缉令，全城搜捕罗天翔。

但这件事情仍有一些让人费解的地方，是他首先向警方提及文静遇鬼一事的，而他又是扎纸手艺人，一旦身份暴露，难道不怕警方怀疑他吗？又或者说这仅仅是一个巧合？

曹力思索再三，觉得罗天翔主动提及此事是有意为之，因为文静出事前的离奇遭遇闹得沸沸扬扬的，就算他不说，警方迟早也会从其他人口中得知。他主动说出这件事，警方对他的怀疑反而会小。如果这次不是曹力误打误撞，从蔡教授那里了解到罗天翔是扎纸手艺人，那么他们根本不会怀疑罗天翔和凶杀案有关联。

全力搜捕罗天翔的同时，曹力找到在 KTV 上班的女孩们进行询问，包括张奕兰在内，但她们对于罗天翔会扎纸人一事都表示不知情。

假设罗天翔是凶手，那么他杀文静的动机是什么？仇杀？情杀？谋财？

可无论是 KTV 里的服务生，还是文静的几个好姐妹，都不知道罗天翔和文静之间除了上下级关系，还有其他关系。

解铃还须系铃人，只有把罗天翔找出来，真相才会水落石出。

曹力没有其他选择，只能全力寻找罗天翔的下落。

罗天翔醒过来的时候，眼前一片黑暗，他很快就意识到自己的眼睛被人用布蒙住了。

他想扯掉眼睛上的布条，可发现手脚也被人绑住了。

他感觉脑子昏沉沉的，昨晚自己明明躺在床上睡着了，怎么一醒来会被绑在椅子上？虽然他看不见，但他能感觉到这里并不是自己家。

"难道是她？"罗天翔浑身一激灵，他的思绪瞬间被拉回两个月之前。

罗天翔下了班，神清气爽地来到停车场，他正准备发动汽车，可背后忽然伸出一只手，一把刀架在了他的脖子上。

"别乱动，喉管割裂会引起大出血，只需要三十秒你就休克了，一分钟后就会死亡。"一个女人的声音从罗天翔背后传来，他不由得打了个哆嗦。

罗天翔本能地抬眼看向后视镜，后座的女人戴着黑色的头套，只露出一双眼睛。

"你知道我是谁吗？敢动我？"罗天翔见对方是女人，不由威胁道。

女人的刀在罗天翔脖子上轻轻划了一下，鲜血立刻渗了出来。

罗天翔这才知道对方不是吓他的，这一刀虽然只割破了皮，但是只要再一用力，刀就会顺滑地割进喉管。

"别……别冲动，你要多少钱我都给你……"罗天翔话还没说完，他的手机响了一声，对方示意他查看。

屏幕上出现了一段视频，内容是罗天翔在暴打女孩并威逼对方从事非法交易。

罗天翔看到视频，额头上不由冒出冷汗。

陪客人喝酒，大多数姑娘都是听话的，毕竟有钱拿，可总有几个不懂事的姑娘，不理解他的难处，让他为难。这个时候，罗天翔就会把姑娘带到地下室，"教她们一些做人的道理"。罗天翔讨厌暴力，他喜欢用钱解决问题，可如果有人不买他的账，那么暴力是解决问题的最佳办法。

地下室位置隐秘，每次去教训女孩，他也是一个人进去。对方是怎么录下这些内容的？莫非有人偷偷装了针孔摄像头？

"你究竟是什么人，想干什么？"

"你可以叫我魔术师，别害怕，我只是想让你帮我做点事情。"女人冷笑道。

"你这是威胁我？"

"不错，当然，你有的选，要么帮我，要么把牢底坐穿。"

"你……你想让我做什么？"

"别急，我会再找你的。"说着，女人又用刀在罗天翔的脸颊上拍了两下。

"你是怎么……"罗天翔想多问几句，可是身后的女人却不见了，原本在播放视频的手机屏幕也瞬间变暗了。

一股寒意穿透他全身，罗天翔猛地推开车门，环顾四周，那个戴着头套的女人早已不见了踪影。

这么说，绑架自己的人是那个魔术师？

"魔术师……是你吗？是你吗？"罗天翔回过神来，大声喊道。

四周只有他的回音，根本没有人应答。

通过回音，罗天翔更加确定这不是在自己的住所。

"你别搞我了啊，我都按照你的要求做了，放过我吧，放了我，求求你了……"罗天翔像个害怕的孩子，声泪俱下道。

"她们也是这么对你哭喊的吧？"这时候，罗天翔的背后终于传来那个令他胆战心惊的声音。

"真的是你，为什么抓我？你要求我办的事我都办了，为什么还搞我？"罗天翔一边说，一边极力挣扎。

"我很守信用，放心，视频我不会交给警方，现在请你来，是为了让你参加我的魔术表演。"女人笑了起来，只是那笑声让罗天翔不寒而栗。

"不要，不要，你放开我，放开我……"罗天翔脸都扭曲了，他很明白女人所说的魔术究竟意味着什么。

"你越恐惧，我越兴奋。"女人白皙的双手搭在了罗天翔颤抖的双肩上。

"正如你所说，魔术确实只是把戏，只是这个把戏除了需要魔术师的智慧、技巧，还需要科学技术、心理暗示、团队配合等。"杨天明一边说，一边摆弄着桌子上的茶杯和茶壶，动作行云流水，令人目不暇接。

刘文昊坐在桌子对面，耐心地看着杨天明的表演。

只听"咔"一声，桌上的茶杯和茶壶停了下来，杨天明的手缓缓离开桌面。原本只有茶杯和茶壶的桌子上，多了一个木盒。

"魔术师要变出小的物件，只需要一个人就够了，好比一个木盒、一朵花……"杨天明随手一扬，一朵花就出现在手中，"但是要变出一个装着尸体的箱子，那就不是一个人可以完成的事情。"

"这么说凶手并非一个人……"刘文昊并不是没有考虑过这种可能，只是一般犯罪团伙不会做这些"标新立异"的事情。

大多数团伙作案更注重毁尸灭迹，以确保团伙中每个成员的安全，就算其中某一个凶徒有反社会型人格障碍，但只要其做出有损团队的事情，就会被其他成员阻止。文静被杀一案，凶手似乎在通过尸体传递某种信息，又或者是故意引起关注，这种行为多见于个体作案。

"在魔术表演中，魔术师通常会安排相应的助手，用你们的话来说就是'托儿'，所以你们警方想要破案，先要找出把戏里的'托儿'。"说着，杨天明拿出自己的手机，点开一个视频，放给刘文昊看。

刘文昊定睛一看，这是一段魔术表演的视频，分辨率有些低，不过他很快看清了视频中的表演者正是杨天明。

这个魔术并不算太新奇，刘文昊也看过类似的魔术，不过他还是耐心地看完了整个表演。

"你给我看这个是想说什么呢？"刘文昊放下手机，抬起头，看着杨天明问道。

"我想说，凶手模仿的并不是'魔力切割'，而是我的魔术'斗转星移'，这个魔术的看点在于表演者凭空变出某样物品，因此如何转移尸体才是凶手留下的谜题。如果你不介意，能否给我看看凶案现场的照片，我想我或许能帮你找到一些线索。"杨天明语气极为诚恳。

刘文昊没有说话，他并不能完全信任杨天明，沉吟片刻后，才问道："你的态度变化挺大，为什么愿意帮我们？"

"我帮你，你帮我。"杨天明简单直接地说道。

"你想让我帮你什么？"

"帮我找一个人，他叫崔光强。"杨天明从口袋里摸出一张纸片，上面写着崔光强的名字、年龄和一个地址，"他以前是我的助理，不过早在七年前就失去了联系，我一直找不到他，这上面的地址是他以前住过的地方。"

刘文昊接过纸片，皱了皱眉，问道："你找他干什么？"

"私人原因。"杨天明似乎并不愿意说出理由。

刘文昊双手抱胸，打量了杨天明一番，又问道："你怀疑他和当年的失火案有关？"

"或许吧。"杨天明耸耸肩，给了个模棱两可的回答。

刘文昊权衡利弊后，拿出手机，把他拍摄的案发现场的照片调了出来："只能给你看看尸体运走后的现场，你能看出什么门道吗？"

杨天明拿过刘文昊的手机，仔细查看每一张照片，不时陷入沉思。

所有照片都看完后，他把手机还给刘文昊，问道："凶案现场有没有发现一条手帕，准确地说是一条魔术手帕？"

刘文昊摇了摇头，他上次只查看了魔术箱。

"如果凶手想还原我的魔术，那现场应该有这条手帕。"杨天明非常肯定，"你再看看我的视频。"

刘文昊又看了一次视频，这次他注意到配合杨天明演出的女郎，手里始终拿着一条手帕。

"你是说这个女孩手里的手帕吗？"

"不错，这是整个魔术的关键道具。凶手如此精心谋划，想拖我下水，就不该遗漏这个关键道具，那么他们可能是故意为之。"

"真有这条手帕吗？"刘文昊虽然心中有所怀疑，但他回到分局后，还是立刻联系了搜证组的同事，请他们仔细清查现场所有的物品，看看是否有一条手帕。

事情变得越来越复杂了，刘文昊心中有不好的预感，但除了暂时与杨天明合作，他似乎已经别无选择。

初冬的雨，透着莫名的阴冷，打湿了遍地枯黄的落叶。雨来得突然，路上许多行人都没有带伞，不着急的人便躲在屋檐下避雨，着急赶路的人只能举着外衣，在雨中狂奔。

刘文昊很清楚，自己和杨天明合作是不合规矩的。但他实在太想查清当年那场大火的真相，告慰叶亚丹的在天之灵，也能解开自己多年来的心结。而且凭直觉，他笃定杨天明隐瞒了许多事情。这次合作很可能是查清事实真相最好的机会，他不允许自己错过。

可是对方也极有可能是在利用自己，最可怕的事情是，他并不确定杨天明与文静被杀一案是否完全没有关系。想到这里，他抹了抹脸上的雨水，心里有了主意。他和杨天明合作的事情，一切后果由自己来承担，不能连累曹力，所以调查必须自己亲自来，等有了明确的线索再告诉曹力。

刘文昊一路小跑，来到一家商铺的屋檐下，抬头看了看不远处的招牌——星空魔术店。

原来，在整理堆积如山的证物时，搜证组的同事真的发现了一小块碎布，周围还有烧灼的痕迹，但搜证组的同事没法确定这块碎布原本的用途。可刘文昊确认这就是魔术手帕。

凶手为什么要烧毁这条手帕？如果担心魔术手帕泄露了自己的踪迹，完全可以将其带走烧掉，为什么要在现场附近烧毁，而且还留下了残片。

刘文昊认为，这更像是凶手故意留下的线索，就像箱子上的油漆一样，都是凶手误导警方的伎俩。可即使如此，只要有线索，都有必要一查到底。

魔术表演并非大众爱好，整个汉昌市也就三四家售卖魔术道具的店，一番询问后，刘文昊查到只有星空魔术店有卖这种手帕。

刘文昊没急着进店询问，而是站在这家店对面，观察了一会儿。

今天是周一，但还是有不少人在这片商业区逛街。不时有一些好奇的人走进星空魔术店，不过真正买魔术道具的人并不多。

刘文昊观察了大概十分钟，只看到两个学生买了一套魔术道具，估计是学校演出要用吧。

此时店里只有一名店员，女性，看起来二十来岁，化着职业的淡妆，对顾客十分热情，努力介绍着店里卖的各种魔术道具。

刘文昊又观察了一下四周，目光停留在不远处的监控摄像头上。摄像头并没有对准魔术店，但能够拍到街上的行人。他又看了看手表，现在是下午五点五十一分。

一对情侣嬉笑着从魔术店里走出来，刘文昊见店里已经没了客人，这才走进去。

小姑娘看见刘文昊进来，以为是客人，笑着迎了上来。

"老板，随便看，有需要就喊我。"小姑娘热情地招呼道。

刘文昊装模作样地在店里转了一圈，并没有看到那种魔术手帕，但根据网上的信息，这家店确实有那种手帕卖。

"你好，我是警察，想找你了解一点情况。"刘文昊拿出警察证。小姑娘愣了一下，没看刘文昊的证件，只是点点头，显然，她没有跟警察打交道的经验。

"你们店里是不是有这样一款魔术道具？"刘文昊拿出手机，给她看网上找的魔术手帕图样。

小姑娘看了看，说道："我们店确实卖过这手帕，不过现在已经卖完了。"

"除了你们店，市内还有其他店卖这个道具吗？"

"应该没有，这是我们家独家定制的，您看，手帕上的花纹就是我们家的店标。"小姑娘有些得意地指着店铺中间的标志，是九颗亮闪闪的星星。

刘文昊继续问道："这款魔术手帕是什么时候上市的？"

"等等，我看看出库单。"小姑娘翻出一个本子查看了一下，"今年八月上市的，这是特别限定款，老板一共向工厂定制了二十条……"

刘文昊拿过小姑娘手里的出库单，正如她所说，魔术手帕是八月份才到货的，而且在文静尸体被发现前就卖完了。如果这条魔术手帕与凶案有关，那么至少有二十个嫌疑人需要调查。

"这些买手帕的顾客都有记录吗？"刘文昊觉得虽然可能性不大，但还是有必要问一句。

"这可没有。"小姑娘笑着摇了摇头，表示自己无能为力。

"那店里的监控录像能保存多久？"刘文昊看到店里装着摄像头。

"我不太懂，都在这个笔记本电脑里，您看看。"说着，小姑娘把柜台上的笔记本电脑拿过来，转了个方向，放到了刘文昊面前。

刘文昊点开监控软件，发现这软件只能保存一个月的记录，不过他还是把这一个月来的视频拷贝到了自己的 U 盘里。

"魔术手帕是做什么用的，你知道吗？"刘文昊把电脑还给小姑娘，随口问道。

小姑娘脸微微一红，摇摇头。

"我只是看店，不会变魔术，这个要问我们老板，她是个厉害的魔术师。"提起老板，小姑娘一脸崇拜。

"你老板的电话是多少，我找她问问。"

小姑娘从柜台里拿出一张名片，递给刘文昊。

刘文昊接过来看了一眼，名片上写着：

林雪瑶　星光娱乐　CEO

"别看我们店小，但也属于星光娱乐的直营店。"小姑娘仿佛生怕别人不知道这店铺大有来历，又补充了一句。

刘文昊收好名片，林雪瑶这个名字他似乎在什么地方看到过，一时却又想不起来。

"这是我的联系方式，如果你想起有什么可疑的人来买过魔术手帕，可以随时和我联系。"刘文昊留下自己的电话，离开了星空魔术店。

回到家里，刘文昊换了身衣服，立刻就开始查看从魔术店拷贝回来的录像。

一个月的视频记录里，只有一个小学生和一对年轻的情侣购买过这款魔术手帕，但看样子这三个人与命案有关联的可能性很小。

刘文昊抓了抓头发，揉了揉眼睛，靠在椅子上休息了一会儿，忽然想起那张名片，急忙从洗衣机里翻出换下的衣服，从口袋里摸出那张名片。

他回到书桌前，从抽屉里拿出自己的笔记本，在上面找到了一个名字：林雪瑶。

难怪他觉得这个名字眼熟，杨天明有个助理就叫林雪瑶，不过林雪瑶在剧院火灾发生之前就离职了。当年刘文昊调查过这个女人，并无可疑之处。

这个星光娱乐的林雪瑶是不是杨天明昔日的助理呢？

刘文昊立刻在笔记本电脑里搜索"星光娱乐"，找到了公司 CEO 林雪瑶的资料，证实了她就是杨天明当年的助理。

刘文昊看着屏幕上的照片，从口袋里摸出一颗牛轧糖塞进嘴里，他不相信这是巧合。

杨天明说这块魔术手帕是魔术"斗转星移"的关键道具，凶案现场发现的手帕恰好就来自林雪瑶的店铺，莫非她和杨天明之间有什么不为人知的瓜葛？

刘文昊合上笔记本电脑，拿起桌上的名片，沉思良久。

无论杨天明说的是真话还是假话，他都要去见林雪瑶一面。

书桌上的闹钟发出"嗒"的一声，跟着一个甜美的声音从里面传出来。

"亲爱的，睡觉了……亲爱的，睡觉了……"

夜里十二点，这是叶亚丹为他设置的闹铃，提醒他注意休息。

刘文昊伸出手，轻轻握住闹钟，却没有按下停止按钮。

叶亚丹温柔的叮嘱，一遍又一遍回荡在这空荡荡的房间里。

刘文昊一时间有些恍惚，仿佛她就在自己身边，故作生气地拧着他的耳朵，拖着他上床睡觉。

这个时候，一阵不和谐的声响打断了他的回忆，是他的手机忽然响了。

刘文昊从回忆中回神，按断闹铃，拿起手机。手机屏幕上显示着一个陌生的号码，虽然不知道是谁打来的，但他还是接通了电话。

没有人说话，手机里只传来"沙沙"的声音。

"哪位？"刘文昊问道。

电话那头除了杂音，没有别的声音。

刘文昊刚准备挂掉电话，那头忽然传来一个女孩细弱的声音。

"有，有人吗？救救我，救救我……"女孩声音颤抖，听起来很害怕。

"喂，哪位？你是谁？"刘文昊大吃一惊，急忙问道。

"是我……今天你来过我们店里，刘警官，是你吗？"女孩听到刘文昊的声音，情绪变得有些激动。

"你在哪儿？"刘文昊能感觉到女孩正身处危险之中。

"我在青龙山……"女孩话还没说完，电话就断了。

刘文昊急忙回拨，却无法接通。

那个小姑娘这么晚怎么会在青龙山？她究竟遇到了什么事？为什么会给自己打电话？

刘文昊心里有许多疑问，但是救人要紧，他来不及多想，立刻开车赶往青龙山。

青龙山离刘文昊的住处大约有四十公里，是位于市郊的一个旅游景点。

这里风景优美，山上还有一个湖泊，湖水清澈碧绿，因此天气晴朗的时候，会有不少游客。不过此时不仅下着大雨，还是夜里，山上空无一人。

刘文昊穿着雨衣，举着电筒，进了青龙山。这种鬼天气，爬山无疑是一件困难和遭罪的事情。

脚下道路泥泞，石板台阶就好像溜冰场的冰面，刘文昊摔了好几跤，但他顾不上这些，救人要紧。

刘文昊不是一个冒失的人。上山之前，他联系了技术处的同事，麻烦对方帮他查询了电话号码的来源，以及基站的位置。

根据同事发来的信息，电话号码的实名登记者叫熊星淇，二十一岁，女性。电话拨打的时间是晚上十二点零六分，接通的基站位置是青龙山游客服务中心，所以熊星淇应该就在那附近。

游客服务中心在半山腰，刘文昊对此很熟悉，叶亚丹还在的时候，他们喜欢来青龙山过周末。白天，从山脚爬到游客服务中心，大约需要一个小时的时间。今夜大雨滂沱，刘文昊花了差不多一个半小时才终于来到了游客服务中心。

陡峭的山路上难得有这么一块开阔的平地，这时雨渐渐停了，但几盏昏黄的路灯映射着雨水，还是给这里平添了几分诡异的色彩。

"熊星淇！熊星淇！"刘文昊大声喊道。

雨虽然停了，刘文昊的喊声仍然被淹没在黑夜中。

他跑到屋檐下，抹了一把脸上的雨水，四处晃动着手里的电筒，寻找熊星淇的人影，但没有任何发现。

他四处打量了一会儿，发现自己恰好站在游客服务中心的超市外面，超市门口挂着一把铁链锁。他上前推了推门，两扇门之间露出一条两根手指宽的缝隙。

刘文昊蹲下来，举起电筒，顺着光往里看。

超市里的货架整整齐齐的，收银台上的电脑还盖着防尘罩，地面看起来十分干净，没有脚印和水渍，工作人员应该是打扫干净后才离开的。

刘文昊正准备站起来，忽然听到里面传来"嗒嗒"的声音，这声音缓慢而富有节奏。

他挪动电筒，尽量压低自己的身子，轻轻调整头的姿势。一摊红黑色的液体，出现在散开的电筒光下。

电筒光慢慢向上方移动，一具充满仪式感的尸体出现在刘文昊眼前。

这是一具无头的裸体男尸，被吊在房顶，摆出一个状似英文字母"W"的姿势。

血从尸体的颈部溢出，滴落在地上。普通人看到这样骇人诡异的场面，一定会吓得失声尖叫，但刘文昊手都没抖一下，他继续移动电筒，寻找那颗头颅。

然而视线所及之处，都没有头颅的影子。

刘文昊深吸一口气，平复了一下情绪，举着电筒围着超市转了一圈，没有发现其他人，超市的窗户和门也都紧闭着。

刘文昊从警十多年，第一次碰上小说里才能看到的密室无头案。

案件升级，刘文昊深知不可再单打独斗，立即拨通了曹力的电话："马上带人到青龙山游客服务中心，这里发生了一起命案。"

"命案？死者是什么人？"曹力接电话时还没睡醒，听到是命案，一边问，一边穿衣往外跑。

"事情有些复杂，你过来再说。"

"好，那你注意安全，我们马上到。"

青龙山游客服务中心灯火通明，取证的警员们在四处拍照，收集证物。

刘文昊和曹力站在悬挂的无头男尸之下，抬头仰望，脑子里只有一个问题——他是谁？

第五章

木偶人

　　回到分局后，曹力从刘文昊那里知道了事情的前因后果，他能理解刘哥为了不牵连他独自行动的决定。可是理解归理解，他却不能放任刘文昊继续这么干下去。查案需要团队合作，单独行动既危险也不合规。

　　原本曹力找刘文昊寻求帮助，是希望他能提供一些破案思路，尽早破案，但现在事情显然已经不是那么简单了。他思虑再三，征求了刘文昊的意见，问他是否愿意借调到刑侦大队协助工作，他有把握向领导争取这件事。

　　刘文昊同意了，他明白如果要继续参与查案，只能这样，正所谓"名不正则言不顺"，以他现在的身份，曹力也不好给他安排工作。

　　得到刘文昊的同意，曹力立刻以案情复杂、人手不足为理由，向局领导申请调配民警协助刑侦工作。为了不表现得太显眼，他一共申请借调了三人，其中就包括档案室的刘文昊。

　　青秀分局的局长是去年才调来的，对刘文昊倒是没有什么印象，更谈不上好恶，但是对于连续发生的两起命案十分震惊，很快便批准了曹力的请示，并要求刑侦大队尽快破案。

　　刘文昊顺利被借调到刑侦大队，重回故地，让他颇有感慨。

　　善解人意的曹力没有安排队里的老同事和刘文昊搭档，而是让新人吴淑涵去跟刘文昊。

"刘哥，小吴可是你的粉丝，主动提出来要跟你学习。"曹力向刘文昊介绍道。

刘文昊抓抓头，他没想到曹力给他安排了这么一个小姑娘当助手。

警方以最快的速度完成了死者 DNA 检测、证物分析和法医解剖等工作，确认死者正是警方在搜寻的罗天翔，死亡时间是十一月十三日凌晨一点左右，也就是熊星淇打完求救电话之后不久，死亡原因为失血过多。他的身体除了头部被切割，踝骨和手腕部分也受到了严重的伤害。

警方在房顶发现了钢丝拉扯的痕迹，初步推断凶手使用了滑轮装置把死者吊上超市房顶。

得知死者的身份，曹力的感觉就好像自己正顺着绳索攀岩的时候，有人一刀砍断了绳子。

刑侦大队召开案情会时，曹力不得不重新部署，把文静和罗天翔的两起命案并案调查。

刘文昊也参加了会议，他坐在最后面，拿着本子，安静地记录曹力的安排部署。

曹力安排刘文昊和吴淑涵继续调查魔术手帕的线索，以及寻找熊星淇，目前她的下落至关重要。

杨天明来这里工作的时间也不算短了，但每次休息时，他都是一个人默默地坐在角落里，也不和同事、领导说话。

同事们都知道他的样子和脾气，时间久了，也就见怪不怪了。

领导觉得杨天明虽然长得吓人，性格怪异，但垃圾场不好招工，而且像他这样会开推土车又任劳任怨的工人更难找，所以也算对他照顾有加。

每天中午吃过饭后，有半个小时的休息时间，杨天明都是这个时间去和同事换班。他平日都十分准时，甚至提前去交接，可今天，他却晚了十分钟还没出现。

同事小王饿得熬不住，去食堂找杨天明。

杨天明正坐在食堂角落里，埋着头，手里拿着笔，好像正在写什么。

小王叫了一声："杨哥……"

然而，杨天明十分专注，握着笔在纸上写个不停，似乎根本没听到小王的喊声。

小王走近几步，这才看清杨天明并不是在写字，而是在画画。

这是一幅铅笔素描，一个无头人被吊在半空之中，四肢被绳子牵扯着，摆出一个"W"的形状。

画面栩栩如生，有种说不出的诡异感，令人胆寒。

杨天明画完最后一笔，顺手在纸边写上了"木偶人"三个字。

"老杨，画得真好，没想到你还有这一手啊！"小王和杨天明是一个班的搭档，他算是整个单位里与杨天明说话最多的人。

杨天明这时总算听到了小王的话，他收好画纸，然后才回过头来。

"不好意思，我这就去接班。"杨天明看了看时间，向小王表示抱歉后，快步离开了食堂。

星光娱乐公司最近在文娱圈里可谓风头正盛，公司接连承办了几场国际魔术表演，并大获成功，在国内掀起了一股魔术热潮。

公司 CEO 林雪瑶不但是一名成功的商人，也是一位备受观众喜爱的魔术师。不过也有一些苛刻的评论者，认为林雪瑶不过是在重复昔日魔术天才杨天明的表演。

面对这样的议论，林雪瑶也算坦荡，直言自己以前曾是杨天明的助理。

"关于国际马戏剧院的大火，林总如何看待，当时的您有没有参与那场表演？"记者问道。

"那个时候，我虽然早已离职，但对于这件事的发生还是感到十分遗憾和悲痛。"

有关林雪瑶的资料网上就能找到不少。刘文昊找来她的所有访谈，认真看了三遍，但里面提到当年失火案的只有这一句话。不过这种公开的个人资料，作用有限，毕竟人的真实面貌与外在表现可能相差甚远。

"刘哥，我给林雪瑶的秘书打了电话，约了一会儿见面，我们现在走吧？"吴淑涵说道。

刘文昊点点头，关掉访谈视频，与吴淑涵一起前往林雪瑶的办公地点——星光大厦。

星光大厦是星光娱乐公司的总部，是一栋极其现代化的大楼。外墙全部是钢化玻璃，在阳光下闪烁着光芒，倒真有几分星光璀璨的意境。

他们到时，林雪瑶的秘书已经在门口等着了，看到他们立刻上前来打招呼。

"刘警官、吴警官，你们好，林总已经在会客室了，我这就领你们过去。"秘书笑容满面，客气地说道。

"麻烦了。"刘文昊知道和商业人士打交道，少不了这些"繁文缛节"。

他们在秘书的引导下，坐上观景电梯，来到大厦顶楼，会客室就在这里。

秘书推开一扇磨砂玻璃大门，又绕过一个格调高雅的隔断，终于，在一间以白色为主色调的房间里，他们见到了林雪瑶。

林雪瑶穿着一身简洁干练的职业装，面若桃花，明眸善睐，没有企业总裁的威严感，倒是更像万人瞩目的明星。

"两位警官，有什么可以帮你们的？"林雪瑶开门见山道，没有客套寒暄。

刘文昊却不喜欢这样干脆的对话，显而易见，林雪瑶是有备而来，而有效的问话往往是需要出其不意的。

"林总认识杨天明吗？"刘文昊明知故问道。

林雪瑶点点头，说道："如果你说的是魔术师杨天明，我认识，以前我是他的助理。"

"据我们了解，当年杨天明给林总你的待遇相当不错，你为什么要辞职离开呢？"刘文昊的问题明显有些不礼貌，不过他是有意为之，激怒对方或者挑动对方的情绪，才能让对方在不经意间说出不想说的话。

林雪瑶却笑了笑，并没有直接回答刘文昊的问题，反而带着戏谑的语气说道："刘警官，我要是没辞职，可就没有今天的星光娱乐了。"

　　"林总的能力与才华自然毋庸置疑，但我想知道你当时辞职的具体原因。"刘文昊并没有退缩，他之所以关心这个问题，就是想摸清林雪瑶和杨天明之间的关系如何。

　　"当时我觉得助理工作的发展前景有限，所以就出来寻找更好的机会，这很正常吧？"林雪瑶依旧面带笑容，不像是在被警方问话，更像是被记者采访。

　　这个回答看起来并没有什么漏洞，但是刘文昊也是做足了功课，并不认为林雪瑶说的是真话，他继续问道："据我们了解，当时林总身上还背着一大笔房贷，甚至在随后的一年里，被银行列为失信人员，看起来那时候并不是一个辞职创业的好时机。"

　　林雪瑶脸上的笑容没了，说道："刘警官，我不明白你们问这些是什么意思，我私人的事情和你们要调查的案件有关吗？"

　　"我们正在就一桩命案调查杨天明，希望你能配合。"刘文昊毕竟是做过刑侦大队队长的人，深谙软硬兼施之法。

　　林雪瑶沉默片刻，叹口气，这才说道："杨天明当时对工作的要求十分苛刻，对手下的人动不动就责骂，不允许有任何差错。那时候我还年轻，忍受不了他的臭脾气，一冲动，就辞职了。"

　　"这么说你对杨天明有怨恨？"

　　"当时有意见，不过现在自己也做了企业管理者，能够理解他。"林雪瑶说得十分坦诚。

　　刘文昊看着眼前这个女人，她说的话都合乎情理，但却无法让人相信这就是事实。

　　"杨天明出狱后，你有见过他吗？"

　　"没有。"

　　问话进行到这里，似乎已经没有继续下去的必要了。刘文昊向后靠了靠，环顾四周，思索林雪瑶刚才所说的话，就在这个时候，他的手机忽然响了两声，是短信提示音。

一旁的吴淑涵见刘文昊拿起了手机，感觉气氛有点尴尬，于是随口说道："林总，您对魔术真是情有独钟。"

林雪瑶看着这个略显年轻的女警，只是礼貌地微笑了一下。

刘文昊看到短信，眼角抽搐。短信是杨天明发来的，是一张素描图，图上一个无头人的四肢被绳索牵引，摆出一个"W"的形状，旁边还写着三个字：木偶人。

这张图和罗天翔被杀的场景不谋而合，警方对案件信息严格保密，他不认为有任何同事会泄露案情给杨天明。

可杨天明怎么会画这张图，他又为什么发给自己？

"这是什么意思？"刘文昊回了一条短信，假意不知情。

"凶手杀文静用的是我公开表演的第一个魔术'斗转星移'，如果再杀人，有可能会用我的第二个魔术'木偶人'。"屏幕闪烁，杨天明的信息很快就回了过来。

刘文昊收起手机，他暂时无法判断杨天明所说的话是实情，还是另有目的。

"林总，有关杨天明表演的魔术，你了解多少？"刘文昊突然问道。

吴淑涵这时立刻识趣地闭了嘴。

"刘警官怎么问这个？"林雪瑶有些不解地反问。

刘文昊神情严肃道："请你务必告诉我，杨天明成名的魔术是不是'斗转星移'？"

"不错，那是他第一场公开演出的魔术节目，让他一举成名。"林雪瑶说到这里，不自觉地用手指搓了搓衣角。

"'木偶人'这个魔术呢？"刘文昊其实也调查过杨天明早期表演的魔术，但是当时的影像资料很少，让他无从了解。

"木偶人……"林雪瑶沉吟片刻，"那应该就是'斗转星移'后，杨天明第二场演出表演的魔术。他的魔术表演形式是模仿大卫·科波菲尔的，一场只表演一个魔术，但这个魔术一定要做到惊世骇俗。正是这样的表演方式，让他火了起来。"

"林总应该是在杨天明出名前就认识他了吧？"吴淑涵插嘴问道。

林雪瑶点点头，但她没有意愿过多地谈论此事。

"林总能跟我们介绍一下'木偶人'这个魔术吗？"刘文昊好奇地追问。

"我一年前做过同样的表演，如果你们想看，我可以给你们发视频资料。"

"再好不过，我们现在就想看看。"

林雪瑶面有难色，但还是同意了，她对身旁的秘书说道："Shirley，放一下'木偶人'的表演录像。"

秘书放下幕布，打开投影，关了大灯，找出"木偶人"的演出录像，按下了播放键。

屏幕上一片漆黑，充满异域风情的乐曲缓缓响起，随着音乐，一束聚光灯亮起，林雪瑶和一个无头木偶人出现在屏幕中央。

林雪瑶一袭长裙，美艳动人，她扭动身躯，翩翩起舞。

无头木偶人就像是商店橱窗里的塑料模特，四肢被钢丝吊在离地大约一米的高度，宛如一个英文字母"W"。

林雪瑶这时伸出手，轻轻触碰木偶人的脚踝。原本呆若木鸡的木偶人忽然像触电一般，挣断钢丝，整个人落在地上，随着林雪瑶一起舞动。

音乐节奏逐渐加快，林雪瑶和木偶人就像是一对默契绝佳的舞伴，演绎着一曲探戈。

舞蹈中最令人惊艳的是木偶人灵活的身躯，如果不是灯光下那泛黄的塑料和空荡荡的脖子，没有人会相信这是一个假人。

魔术在林雪瑶在木偶人前拉起摆动的长裙，完全挡住了木偶人的那一刻达到了高潮，与此同时，舞台上的灯光全部亮起。

林雪瑶面带微笑，优雅地慢慢放下长裙，木偶人却消失不见了，仿佛刚才观众们所看到的一切都是幻觉。

刘文昊和吴淑涵虽然只是看了视频，但也不得不为这个奇幻的魔术而惊叹，可想而知在现场的观众一定会感到更加震撼。

　　"杨天明确实是一个魔术天才，这个魔术我也只能模仿到七八分像，可惜你们没机会看他亲自表演。"林雪瑶毫不避讳地夸赞杨天明，并直言自己只是模仿者，"两位警官待会儿可以留一个电子邮箱，我让秘书把表演视频发给你们。"

　　"除此之外，还有一件事想麻烦林总，就是杨天明成名以来表演过的所有魔术，是否可以给我们一份清单，只需要魔术的名字和大致的表演内容就行。"刘文昊虽然是在请求，语气却十分坚定，令人无法拒绝。

　　"好的，没有问题，我把我知道的都整理好，过后也发到你们的邮箱里。"林雪瑶爽快答应了，然后抬头说道，"两位警官，我待会儿还有一个重要会议，如果没有其他事情，我想今天……"

　　"还有一件事。"刘文昊像最不受主人欢迎的客人那样，依旧坐在沙发上，没有离开的意思，"贵公司有一位员工，不知道林总有没有印象，她叫熊星淇。"

　　"熊星淇？"林雪瑶想了一会儿，"不太记得了，她是哪个部门的？"

　　"林北路 28 号星空魔术店的职员，一个二十来岁的女孩。"刘文昊一边说，一边拿出笔纸，写下熊星淇的名字。

　　"Shirley，帮我查一下。"林雪瑶转头对身后的秘书说道。

　　秘书拿出一个平板电脑，登录公司的人事系统，调出了员工名单。

　　"林总，公司没有这个人。"秘书把平板电脑递给林雪瑶。

　　林雪瑶接过来后扫了一眼，说道："刘警官，你看看，我们公司没有这个员工，你会不会弄错了？星空魔术店一共有三名员工，都是男性。你是哪天去的魔术店？"

　　"十一月十二日下午。"刘文昊记得十分清楚。

　　"那天星空魔术店盘存，休息啊！"一旁的秘书脱口而出。

　　"休息？"刘文昊有些难以置信。

　　林雪瑶把手里的平板电脑递给了刘文昊。

刘文昊拿过平板电脑，逐行细看，不光星空魔术店没有看到熊星淇的名字，整个星光娱乐公司都没有这个人。难道是自己弄错了？可那晚给自己打电话的手机机主确实是一个叫"熊星淇"的女孩，而且那个声音就是自己去星空魔术店碰到的那个女孩的。

"这可真是见鬼了！"刘文昊忍不住抓了抓头发，他相信林雪瑶在这种事上不会撒谎，那天自己也不可能进错店，这里面怕是另有隐情。

和吴淑涵从星光娱乐公司出来后，刘文昊一直一言不发，如今他们找到了一些新的线索，却也有了许多新的疑问，必须尽快查明。

查案就像是一场赛跑，要想赢得胜利必须比凶手更快一步，尤其是连环谋杀案，早一步抓到凶手，就能少一个受害者。

"刘哥，今天我是不是话太多了？"吴淑涵看见刘文昊一直阴沉着脸，担心是自己表现不佳。

"没有……"刘文昊回过神来，笑了笑，"今天你表现得特别好，咱们配合挺默契。"

"真的？"吴淑涵脸一红。

"这还能有假，走，刘哥今天请你吃烧烤，等我们破了案再请你吃大餐。"刘文昊鼓励道。

"那我就不客气了。"吴淑涵露出笑容，"对了，刘哥，凭我的直觉，我认为林雪瑶和杨天明不是普通的工作关系。"

"哦，说说你的判断。"刘文昊十分欣赏有想法的新人。

"你想啊，他们认识的时候，杨天明还是个马戏团的临时演员，林雪瑶可以说是陪着他一路成长的助手，可在杨天明如日中天时，她却离开了，不奇怪吗？按照偶像剧里的桥段，多半是因为感情纠纷。"吴淑涵很有把握。

"你这可不仅仅是直觉，还做了不少功课啊，查案就是这样，大胆假设，小心求证。你干得不错！"刘文昊也察觉到林雪瑶和杨天明的关系不一般，但究竟实情如何，还需要进一步查证。

吴淑涵用力点点头。

刘文昊此前并没有怀疑熊星淇的身份，所以没来得及详查她的户籍资料。

这一查，让刘文昊脊背一凉，熊星淇确实是他在星空魔术店遇到的"店员"，不过她在一年前就"失踪"了。家人曾经到派出所报过案，警方当时也做过调查，但是没有结果，她就被归入了失踪人口。

刘文昊调取了星空魔术店门口那条街道的监控，正如林雪瑶所言，店铺在当天上午一直是闭店的，直到熊星淇在下午五点零七分打开店门，而自己则是五点三十七分到达魔术店门口的。

这件事令刘文昊感到不寒而栗，熊星淇似乎知道自己一定会去星空魔术店，所以才会在那里等着。那么她伪装成魔术店店员的目的是什么呢？而且她又为什么要打电话引自己去青龙山？难道她就是杀害罗天翔的凶手？

刘文昊完全理不出半点头绪，因为无论是哪一种假设，都毫无逻辑可言。不过引导他去找魔术手帕的人是杨天明，他又根据这个手帕找到了星空魔术店，如果这一切都是杨天明的圈套，似乎就能说通了。

可他仔细一想，这事又处处透着矛盾，如果杨天明想让警方调查林雪瑶，何必多此一举。总不能费这么半天劲，只是为了让自己成为罗天翔一案案发现场的第一发现人。

但反过来想，如果这一切跟杨天明没有关系，凶手另有其人，一切都是凶手设的局……

那么什么样的人有这样的手段，那个人又有什么目的？

刘文昊感觉自己的呼吸有些急促，他从包里摸出一颗牛轧糖，放进嘴里。

"刘哥，这个熊星淇伪装成星空魔术店的店员，是想给你下套吗？"监视器旁的吴淑涵看着视频忽然问道。

"这个套未免也太容易被揭穿了。"刘文昊觉得自己有必要再去找杨天明谈谈，他有些犹豫是否应该带吴淑涵一起。

"这是不是故意向警方挑衅啊！"吴淑涵握紧拳头。

"这样吧，小吴，我们分头行动，效率高一点，你去找一下熊星淇的同学、亲人、朋友，先打电话找他们聊聊，看看有没有线索。我这边去办点事，晚点碰头。"刘文昊最终决定还是独自一人去见杨天明。

吴淑涵本想追问刘文昊去办什么事，不过话到嘴边还是吞了下去，她看着匆匆离去的刘文昊，不禁皱起眉头。

刘文昊给杨天明打电话，但是对方没接。他又给垃圾处理厂打电话，厂里的人说杨天明已经下班回家了。

于是，刘文昊再度来到了杨天明居住的老楼。今天楼里挺热闹，孩子们在天井里打打闹闹。

他叫住其中一个孩子，向其打听杨天明的房间，那个孩子给他指了指二楼走道尽头的房间。

二楼的走道一眼就能望到头，走道尽头有一间房，杨天明应该就住在里面。

刘文昊走到杨天明房间门口，发现他的房门竟然是虚掩着的。

"杨天明？"刘文昊试探性地叫了一声，然后敲了敲门。

房间里没有人应答。

刘文昊轻轻推开门，房间很小，一片狼藉，仿佛被什么人搜过。

他在房间里转了一圈，没看到任何人。

房间里窗户开着，窗台上隐约有个脚印，刘文昊探头看了看，外面是胡同后巷，窗台距离地面大约有三米。鞋印的方向是朝外的，大小与杨天明的鞋子一致，难道他是从窗户跳出去的吗？

从现场的状况来看，杨天明似乎在躲避什么人，他的家也被人翻查过。

那么侵入者究竟想找什么？杨天明又去了哪里？

刘文昊在屋子里继续寻找线索，他在垃圾桶里发现了一张揉成一团的纸，于是捡起来，把它重新展开。

这是一张肉食品的宣传广告单，上面是一盒包装精美的猪肉，旁边有一行文字：梁河猪肉，绿色环保，值得信赖。最下面还有肉食品公司的地址、联系人和联系电话。

广告单看起来有些年头了，美术设计有些过时，边角也有些破损。

房间里光线不太好，刘文昊把广告单拿到窗口，仔细一看，联系人一行赫然写着：崔光强。

"崔光强？"刘文昊一惊，这不就是杨天明要找的人吗？

不过同名同姓的人太多了，是不是同一个人还不好说。他赶紧拿出手机，拨打广告单上的联系电话，可该号码显示为空号。

刘文昊又看了看上面的地址，就在本市郊区，开车过去估计要大半个小时。他把广告单塞进口袋，打算去梁河肉食品公司碰碰运气。

梁河原本是一条清澈的河流，不过自从河两岸建起各种小工厂后，河里就再也看不见水鸟和游泳的孩子了。

刘文昊跟着导航来到这里，梁河肉食品公司的招牌虽然歪斜着，但还是很醒目。

厂区外杂草丛生，厂房破败不堪。

此时，斜阳西下，橘红的光映在昏黑的河水上，泛起腐烂的色调。

刘文昊有些失望，这家肉食品公司看起来已经倒闭很久了，即使这个肉食品公司真的是杨天明寻找的那个崔光强开的，现在他也不可能在这种地方。

但本着"来都来了"的原则，刘文昊拿起了手电筒，打算进去看看。

刘文昊放眼望去，整个厂区大概有五六间砖瓦平房，中间的厂房最大，看起来约莫有一个篮球场那么大。

厂区四周的铁丝网已经生锈，铁门半掩着，没有锁。

刘文昊推开铁门，踏着杂草，径直走向最大的那间厂房。

厂房的门已经被拆掉了，里面漆黑一片，仿佛一个黑洞。刘文昊不是疑神疑鬼的人，胆子也不小，但不知道为什么，他总觉得这里有些不对劲，可哪里不对劲又说不上来。

他打开电筒，探头往厂房里看。

厂房地面上贴着瓷砖，有排水渠，顶上吊着一排排铁钩，四周残留着陈年的血迹，看来这里应该是屠宰生猪的厂区。

"有人吗？"刘文昊喊道，他的声音在厂房里回荡，但没有得到任何回应。

刘文昊转身打算离开，一个微弱的女性声音突然从厂房深处传来："救命！"

在这寂静的傍晚，这声音犹如钢钉，把刘文昊刚刚迈出的脚牢牢钉在地上。

"有人吗？你在哪里？"刘文昊转回身，往厂房内走了几步，寻找着声音来源。

可刹那间，四周又变得静悄悄的，除了刘文昊自己沉重的呼吸外，没有别的声音。

"有人吗？你在哪里？"刘文昊继续往前走，并仔细聆听着四周的动静。

"我在这里……这里……"声音断断续续地传出来。

这一次刘文昊锁定了声音的方位，急步上前，果然在地上看到一个被锁着的扣板。声音正是从下面传来的。

"别怕，我马上打开……"刘文昊蹲下来，放下手里的电筒，想要撬开扣板，可正当他低头寻找缝隙的时候，突然感觉脑后生风。

他立刻本能地在地上打了个滚，避开身后的攻击。

"什么人，警察，不要乱……"刘文昊想用自己的身份震慑对方，可话还没说完，就感觉浑身一麻，自己被一根电棒击中。

不知道晕过去多久，刘文昊终于醒了过来，发现自己腰以下都泡在水里，手脚也被人用锁链锁在一个铁架上。

他扯了两下锁链，手腕传来阵阵刺痛。

水牢里光线昏暗，刘文昊只能模糊地看到自己周遭约莫半米的地方。

"有人吗？我是警察，赶快放了我，现在自首还来得及！"刘文昊虽然不知道对方究竟是谁，但还是恐吓道。

"刘警官，省省力气吧。"一个略显疲惫的声音从黑暗中传来。

刘文昊浑身一震，他听出这是杨天明的声音。

"杨天明，原来是你，快放了我！"

"刘警官，我现在跟你一样。"杨天明的语气还是那么单调乏味，他说着也扯了扯自己手上的锁链，发出"叮叮当当"的声音。

刘文昊一时也蒙了。杨天明怎么也被锁在这里？

"刘警官，你怎么会来这里？"杨天明问道。

"我去了一趟你家，看到垃圾桶里的广告单，就过来找找线索。"刘文昊一边说，一边寻思究竟是什么人把他们抓到这里的。

"广告单？什么样的广告单？"杨天明有些迷惑。

"一张肉食品公司的宣传广告单，联系人正是崔光强。"刘文昊描述了一下那张宣传单的样子。

杨天明沉默了片刻，说道："我没见过这张广告单，看来有人故意把你引到这里来。"

刘文昊也怀疑过这种可能性，但他想不到对方这么做的理由。

"那你是怎么被带到这里来的？"刘文昊问杨天明。

"我在回家的路上被偷袭了……"

杨天明话音未落，灯光一闪，四周亮了起来。

刘文昊和杨天明此时都真切地看到了对方，他们被锁在一样的铁架之上，环顾四周，这里看起来像是一个密封的集装箱。

集装箱大概两米多高，水占了大约一半。

灯泡被吊装在箱子中间，电线从顶部穿进来，裸露可见。

四个角落里还装着摄像头，可以无死角地拍到整个集装箱内部。

杨天明环顾四周，瞬间就明白了一件事："水遁！"

"什么水遁？"刘文昊挪动身体，尝试摆脱手脚上的锁链。

"水中逃脱的意思，这是我出道后的第三场魔术秀……"杨天明若有所思地说道。

"那你赶快解锁啊！"刘文昊此时发现水在慢慢上涨，用不了多久，水面就会升到灯泡的位置，那时他们不被淹死也会被电死。

"要等水涨到手腕的位置。"杨天明的手臂与肩同高，看起来就像被钉上十字架了一样。

"为什么？"刘文昊不解地问道。

"这种绑住手腕的锁扣是特制的，锁芯遇水就会弹开。"杨天明解释道。

刘文昊估算了一下，从杨天明肩膀到电灯大概只有五十厘米，按照现在水上涨的速度，锁芯弹开后约莫一分钟水面就会到达灯泡的位置。

"一分钟的时间，你能打开门吗？"刘文昊看着集装箱的门，只要打开门，把水放掉，他们就能得救。

"我一个人做不到，集装箱里的空间远远超过舞台表演的水箱，也就意味着水压更大，你必须和我一起去打开门上的阀门。"杨天明加快了语速，"你会游泳吗？"

"会。"

"好，接下来我说的每一个字你都要牢记，待会儿绝不能做错任何一个步骤，要不然我们都会死在这里。"

"你说！"刘文昊知道现在是生死关头，无论他愿意还是不愿意，都必须无条件相信杨天明。

"当锁芯接触到水时，你会听到'咔'一声，那就意味着锁芯弹出，这个时候先向前扭动手腕，再向后扭动，锁具就会脱落。紧接着立刻弯腰下蹲，抓住右脚锁链扯动，脱出右脚后再扯动左脚，绝不能弄反了。行动自由后，先浮出水面换口气，然后游到阀门处，和我一起合力打开门。"

刘文昊在脑海里反复演练杨天明所说的话，他知道自己一旦出错就再没有改正的机会，每一秒都不能被浪费。

水从集装箱的两个入水口不断灌入，水面迅速上升，很快就从腰部接近肩部。

"准备了。"杨天明撇过头，看了一眼刘文昊。

刘文昊深吸一口气，看着杨天明，点点头。

"咔"一声，是锁芯弹出来的声音。

刘文昊立刻按照杨天明所说，挣脱了手上的锁链，然后钻入水下，想打开脚上的锁链。

水冰冷刺骨，刘文昊感觉整个身体都僵硬了，因此动作十分缓慢，最重要的是他完全没有这种水下解锁的经验。

这边杨天明已经顺利脱身，但刘文昊依旧没有打开脚上的锁链。

杨天明浮上水面，换了口气，看了看刘文昊那边，又看看阀门那边，便再次潜入水里，往刘文昊的方向游去。

刘文昊已经憋不住气，他看到杨天明游过来，忍不住回到水面，换了口气。

杨天明迅速帮刘文昊解开了脚上的锁链，他不再换气，转身奋力向阀门处游。

刘文昊紧紧跟在后面，两个人来到阀门处。此时，水面离灯泡只有两个手指的距离。

杨天明在水里打了个手势，刘文昊点点头，接着两个人钻到拉杆下面，一起发力，从下往上推拉杆。

就在水要接触到电线的一刹那间，拉杆"吱呀"一声被推动，阀门被成功打开，水流急涌，把杨天明和刘文昊推出了集装箱。

刘文昊抹了一把脸上的水，晃晃悠悠地站起来，发现他们正在一个空旷的地下仓库里。

地下仓库以前应该是储存猪肉的冷库，如今虽然已经没有冷气机，但依旧阴冷。

最令他们震惊的是，这里还有另一个密封的集装箱，同样接着水管和电线。

刘文昊有种不祥的预感，他来不及多想，立刻跑过去断开集装箱外的电源，然后关掉水阀。

"有人吗？"刘文昊用力拍打集装箱，然后把耳朵贴上去，但什么也听不到。他去扳集装箱门上的锁扣，但用尽力气也打不开。

"杨天明，过来搭把手！"刘文昊回头去看杨天明。

杨天明却摇摇头，说道："没用的，外面锁上以后，只能从里面打开。"

"怎么可能？"

"这种锁是为魔术表演设计的。"杨天明站着一动不动。

"可是这里面很可能有人！"刘文昊不能就这么看着，他只有一个念头——救人。

"那也是死人了。"杨天明冷漠地说道。

刘文昊并没有放弃，他围着集装箱转了一圈，发现插进集装箱的水管接头处有一个密封圈，是橡胶材质的。他迅速掏出随身携带的户外手电刀，割开密封圈，拉出水管，接着，水从接口处喷涌而出。

过了好一会儿，集装箱里的水才彻底排尽。

刘文昊趴在地上，打开电筒照亮，目光透过一两个拳头大的洞口，往里看去。

一张人脸出现在眼前，但此刻，那张脸惨白而僵硬。

"熊星淇！"刘文昊大声呼叫着，虽然目前并不能确认死者身份，但他直觉集装箱里的人就是熊星淇。

杨天明这时走了过来，他并没有趴下来看尸体，而是说道："看来凶手真正想杀的人是她。"

刘文昊站起来，他明白杨天明这句话的意思。凶手有一百种方法杀杨天明和自己，却偏偏用杨天明的魔术，也就意味着对方没真想杀他们。不过他还是有些想不通："如果他不想杀我们，为什么要大费周章地把我们带来这里？"

"猫捉老鼠。"杨天明忽然冷笑道，"他把自己当猫，而我们则是被玩弄的对象。"

刘文昊一时语塞，他并不认同杨天明的说法，但也找不到任何反驳的理由。

"这个人用你的魔术杀人，必然和你有关系！到底有哪些人对你的魔术了如指掌？"刘文昊盯着杨天明问道。

"你还是怀疑我？"

"没有找到凶手前，你依旧是嫌疑人之一。"

杨天明点点头，来回走了几步，才说道："据我所知，对这些魔术如此了解的人，应该有三个，一个是我的妻子，她去世了；还有一个是崔光强，我的助理，不过目前失踪了；最后一个就是林雪瑶，她如今都还在表演我的魔术。"

"你是想说林雪瑶的嫌疑最大？"刘文昊也怀疑过林雪瑶。

"我只是回答你的问题。"杨天明没有否认，也没有承认。

"你出狱后，林雪瑶有没有找过你？"

"有，前几天她来找过我，希望我将'火精灵之舞'的设计资料给她。"杨天明直言道，但他并没有说出林雪瑶曾经告诉他那场大火并非意外的事情。

刘文昊闻言，皱了皱眉头，他记得林雪瑶否认自己找过杨天明。这么想来，林雪瑶确实有嫌疑，但她的目的又是什么呢？如果仅仅是为了"火精灵之舞"的魔术资料，显然是说不通的。

"我们先出去。"刘文昊必须尽快联系曹力，对这里展开全面的调查。

直到此时，刘文昊才发现，他们想要从地下仓库出去并不是件容易的事情。这里有一扇厚重的铁门，门从外面锁住，从里面一时间找不到办法打开。他和杨天明试了好几种方法，都以失败告终。

两个人浑身湿透，又饿又冷，不得不先坐下来喘口气。

"警方不是要求双人作业吗？你的搭档、同事呢？"杨天明坐在地上，身体靠着铁门，忽然问道。

刘文昊没想到杨天明会问这个问题，愣了一下，说道："你说的是常态，但是难免有例外的时候，怎么，你也怕死吗？"

"我确实有害怕的事情，但绝不是死亡。"杨天明想也不想就说道。

刘文昊看了一眼杨天明，这个男人看起来冷酷无情，但也有另外一面。他心里有数，刚才集装箱里的锁，其实一个人就能打开，但杨天明却故意说需要两个人合力才能打开。

　　杨天明冒险救他，却不希望他心怀感激，这让他对杨天明的怀疑少了几分。

　　"我进来之前，把定位发给了同事，相信他们很快就会来。"刘文昊忽然想起了什么，开始有节奏地敲打铁门。

　　没过多久，门外也传来了敲击声，跟着就是一阵熟悉的呼喊。

　　"刘哥，是你吗？"

　　"是我，我在里面，把门打开！"

　　"咔嚓"一声响，厚重的铁门被打开，门外正是满头大汗的吴淑涵。

　　"刘哥，你怎么在这里，没事吧？"吴淑涵看着浑身上下都湿透了的刘文昊和杨天明，急忙问道。

　　"你怎么一个人过来了，曹队呢？"刘文昊反问道。

　　"我没通知曹队，接到你的定位，我就赶过来了。"吴淑涵举起手里握着的手机。

　　刘文昊拿过吴淑涵的手机，想打电话给曹力，却发现这里没有信号。

　　"我们出去再说！"

第六章

昔日美好

林雪瑶开完会，让秘书推掉了后续的采访活动，但她并没有告诉秘书她要去哪儿。

她独自一人开着车，去了汉昌动物园。

汉昌动物园地处市中心，是一个十分具有时代感的景点。只是如今动物园早已萧条，不复往日的盛景。林雪瑶把车停在动物园附近，买了一张门票，走进这个她曾经十分熟悉的地方。

这里门票只需十元，但游客还是寥寥无几。林雪瑶七拐八绕，来到一个开放式的小剧场前面。剧场外挂着一块油漆斑驳的铁牌子——红太阳马戏表演。

林雪瑶看着这块牌子，一时间有些恍惚，仿佛时光忽然倒流，回到了多年前一个人潮汹涌的夜晚。

老人、年轻的情侣、带着孩子的父母……他们在售票处排着队，说说笑笑，满怀期待地等着进去看马戏表演。

剧场旁边还有许多小商贩，四处飘散着爆米花、臭豆腐、烤串、转转糖的香味，令人垂涎欲滴。

那时候的她还是一个高二女生，每个周六，她都会瞒着妈妈，以和同学一起自习为由，偷偷跑来动物园看马戏演出。不过坦率地讲，她对大部分演出内容都毫无兴趣，唯独魔术表演是个特例。

英俊帅气的魔术师杨天明更是她的偶像，她觉得他的每一个节目都是如此神奇和不可思议。

少女心思，三分羞涩，七分甜蜜。

那一天林雪瑶坐在观众席上，魂不守舍，根本不知道台上在表演什么。她在心里反复练习着自己打好的腹稿，想着一会儿要怎么开口和杨天明说话。今天她一定要鼓起勇气说出自己的愿望，她要跟杨天明学习魔术！

一个小时的演出宛如一个世纪那么漫长。

林雪瑶终于熬到演出结束，她偷偷溜到后门，焦急地等着杨天明的出现。

演员们一个一个从后台出来，杨天明走在最后，手中提着一个塑料袋。

"杨，杨老师，您好。"林雪瑶从一棵树背后跳出来，就像是拦路抢劫的"土匪"。

杨天明吓了一跳，看了一眼林雪瑶，问道："同学，你有什么事吗？"

林雪瑶低着头，不敢看杨天明，小声说道："杨老师，过几天我们学校要办联欢晚会，我想跟你学一个魔术……一个就好……"

林雪瑶想了很久，觉得这个理由虽然有点牵强，但还算合情合理。

"没问题啊。"杨天明笑着答应了。

林雪瑶没想到事情如此顺利，一时间有些难以置信。

"真的？"

杨天明点点头，想了想，说道："不过今天太晚了……明天是星期天，下午吧，下午四点，我在剧场等着你。"

那一刻，林雪瑶看着杨天明，仿佛自己就是世界上最幸运的女孩。

"小林？"一个苍老的声音把林雪瑶从回忆中唤醒。林雪瑶看到一个瘸腿的大爷出来丢垃圾，正是原来红太阳马戏团的团长——王爱国。

"王叔。"

"稀客，你怎么来了？"王爱国放下垃圾袋，眼神里有些意外，不过随后还是露出一个笑容。

"我来看看您。"林雪瑶手里提着一袋营养品，她十分亲热地把袋子塞到王爱国手里。

"你这……客气什么啊，来就来了，还带什么东西。"王爱国推辞了一下，不过还是收下了，"来，里面坐坐。"

剧场旁边有个平房，是以前演职人员休息、排练的地方，林雪瑶的第一个魔术也是在这里学会的。

屋子里基本没变样，桌子、椅子虽然看起来有些老旧了，但摆放一如往昔，甚至连窗口的两盆万年青也和以前一样。

"坐，坐，站着干什么，喝杯水。"王爱国一边说，一边拿热水壶给林雪瑶倒水。

"王叔，别客气，我自己来。"林雪瑶起身想自己倒水，被王爱国拦住了。

"没事，你坐。"

林雪瑶知道王爱国的倔脾气，只好坐下。

王爱国倒好水，端到林雪瑶面前，自己也坐了下来。

"王叔，这里还是老样子啊。"林雪瑶拿起水杯，暖了暖手。她穿得单薄，不免有些冷。

"物是人非，冷清了，不过在这里混日子，倒也饿不死。"王爱国神情落寞地说道。

林雪瑶想安慰他几句，可终究还是没开口。自己的娱乐公司此时顺风顺水，无论她说什么都显得虚情假意。

"王叔，你这腿好些了没有？"林雪瑶关心地问道。

"平常没啥事，就是刮风下雨的时候会痛。"王爱国说着捶捶腿，"小林，你这次过来应该是有什么事吧？"

林雪瑶没有否认，点点头："我想问问，杨天明来找过您没有？"

"他出来了？"王爱国反问道。

林雪瑶闻言有些失望，看来杨天明没有找过王爱国。

"有段时间了……"

"唉，他也真是够倒霉的，遭这么大难。"

"我去找过他。"林雪瑶沉默片刻后说道。

"他现在怎么样？"

"完全变了一个人。"林雪瑶仅仅想起杨天明，仿佛就能感受到那股拒人于千里之外的寒气，与当初爽快答应教她变魔术的英俊魔术师判若两人。

"这也难怪，换作其他人，怕连活着的勇气也……"王爱国说到这里，忍不住叹了口气。

"其实这几年来，我一直在暗中调查那场大火，那场大火恐怕不是单纯的表演事故。"林雪瑶放下手里的水杯，轻轻说道。

王爱国闻言大惊，连忙说道："小林，这话可不能乱说。"

"如果杨天明愿意配合我，我想以我如今的人脉和能力，有能力找出真相。"林雪瑶自信地说道。

王爱国见林雪瑶认真的模样，沉思片刻，才又说道："这件事当年影响很大，死者众多，牵连甚广，你可要小心一些。"

林雪瑶点点头，她自然理解王爱国这番话的意思。但她有必须查明真相的理由，不仅仅是为了杨天明。

"王叔，我想向你打听一下崔光强的下落。"

"崔光强？他有好些年没和我联系了……"王爱国停顿片刻，问道，"当年你们不是一起做事吗，怎么最后搞成这个样子？"

林雪瑶一时间不知道从何说起。

杨天明和崔光强以前都是马戏团的魔术师，也是好友，他们两个人一起设计了许多精妙的魔术，但是当年投资方因为杨天明舞台表现优异，长相帅气，出于商业考虑，他们捧红了杨天明，却对崔光强不屑一顾。

客观来说，杨天明对崔光强不薄，为他争取了最优厚的待遇。但即使如此，有才华的人很难屈居人下，崔光强依旧选择了离开，自己单干。

一个人的成功，除了自身的才华，还需要一些运气，崔光强的运气看起来并不好。他的演出门可罗雀，收不抵支，不得不宣布破产。

沮丧的崔光强彻底放弃了魔术表演，他花尽毕生积蓄，又找不少朋友亲戚借了钱，与人合伙开了一家肉食品公司。可生意刚有起色，就遭遇了一场猪瘟，他血本无归，还欠下了大笔债务。

自那以后，崔光强就消失了，有人说他为了躲债跑路了，也有人说他无路可走自杀。不过后来崔光强还了一些朋友的钱，只是依旧没人知道他住在哪里，又在做些什么。

时至今日，大家似乎已经忘了这个人。

"一言难尽。"林雪瑶犹豫很久，吐出了这四个字。

王爱国没有追问，他能够理解林雪瑶闭口不谈这件事的原因，他的思绪也随着故人来访，回到了多年前。

杨天明为人热情、阳光积极、善于社交，招人喜爱。崔光强性格内向、富有野心，但不善言辞，为人孤傲。他们两个当年都在马戏团表演魔术，节目也深受观众喜爱。

至于林雪瑶，刚来马戏团"蹭饭"的时候还是一个高中生，大家一开始都把她当成小妹妹，可这个孩子做事大胆又聪明伶俐。

那个时候，王爱国就知道小小的马戏团留不住他们，只要机会合适，他们一定会出去成就一番事业。然而他没有想到的是，最终说动杨天明和崔光强两个人出去创业并为他们找来投资人的，竟然是林雪瑶。

然而离开马戏团后，三个人的境遇却大相径庭，令人不胜唏嘘。

杨天明飞速成功却又身败名裂，妻儿俱亡，最是凄凉；崔光强事业受挫，不见踪影；唯有林雪瑶功成名就，成为万众瞩目的女强人。

想到这里，王爱国看了看林雪瑶，如今的林雪瑶脸上已经完全褪去了往日的稚气，她成熟、稳重、自信，有点像事故发生之前的杨天明。

"我这些年没见过崔光强，但是半年前我收到一笔汇款，我想应该是他打给我的，因为数目刚好和我借给他的钱一样，八万八千八百八十八，他当时找我借八万，我图个吉利，给了他这个数。"说着，王爱国站起来，从抽屉里找出一本存折，递给林雪瑶。

林雪瑶接过来一看，存折显示四月二十一日，确实有这样一笔汇款。

"他没给你打个电话，或者发个短信吗？"

王爱国摇摇头，说道："没有，不过不管他在哪儿，这小子总算还讲信誉，没让我失望，对了，他也找你借钱了吗？"

"没有，我找他是为了杨天明的事情。"林雪瑶否认道。

"你该不会是怀疑崔光强和事故有关吧？"王爱国猜道。

"有目击者看到崔光强在演出开始之前见过杨天明，他们两个还大吵了一架。"

"就算真有这回事，也不能说明那场魔术事故和崔光强有关系吧。"

"目击者还听到一句话……"林雪瑶端起茶杯，水已经冷了，"崔光强指着杨天明的鼻子，喊了一句话。"

"什么话？"

"我要毁了你的魔术！"林雪瑶轻声说道。

王爱国却感觉这句轻飘飘的话宛如雷击，他深吸一口气，问道："小林，这目击者可靠吗？你应该把这些线索告诉警察啊，让他们去查！"

林雪瑶点点头，然后说道："单凭一个目击者的几句话，恐怕还不足以让警方重新展开调查，而且崔光强下落不明，这事根本说不清楚，所以我要找到崔光强。"

"原来如此，你放心，如果我有了他的消息，一定通知你。"

"麻烦了，王叔，对了，如果有可能，您能不能去趟银行，查一下崔光强给您汇款的账号信息，或许能有帮助。"

"这事不难，明天一早我就去银行，如果查到什么，我打电话通知你。"王爱国答应了林雪瑶的请求。

曹力万万没想到，才过了两天，又发生了一起命案，而且死者正是此前案件的关键人物熊星淇，她的死意味着线索链的断裂。

　　这一次，曹力决定拘留杨天明。这么做一方面是因为三起谋杀案都和他有关，另一方面也是为了保护他。

　　从目前的形势看，凶手最终的目标可能是杨天明本人。

　　刘文昊本想帮杨天明说几句话，不过还是忍住了，他也认同曹力的判断，暂时拘留杨天明无疑是一个明智的决定。

　　警方搜查了梁河肉食品公司的废弃厂区，发现了大量"线索"，这也是最令曹力头痛的地方。

　　凶手在三起谋杀案中都留下了许多显而易见的痕迹，只是这些痕迹基本上都是故意留下的，所以警方费尽力气调查后却找不到任何有价值的线索。

　　不过熊星淇被杀一案，也说明了凶手并非一人，将两个如此大的集装箱运到地下仓库并接水通电，工程浩大，仅凭一个人是无法完成的。

　　曹力断定这是团伙作案，但他目前依旧无法弄清凶手的作案动机，特别是为何要模仿杨天明的魔术来杀人。三个死者里面，文静和罗天翔有关联，但是就目前的调查来看，熊星淇与他们并无交集。

　　熊星淇被杀之前，曹力一直怀疑熊星淇是凶手之一，如今她也被杀，事情就变得更加扑朔迷离了。

　　"熊星淇失踪的这段时间去了哪里？她又为什么被杀？"此时的办公室里只有曹力和刘文昊两个人，曹力一边泡茶，一边自言自语地说出这两个一直盘旋在他脑海里的问题。

　　"曹队，解决这两个问题，案子就破了一半了。"刘文昊说道，"小心，水洒了！"

　　"刘哥，只有我们两个人的时候，你就别叫我'曹队'了……"曹力回过神来，急忙提起水壶，但水还是溢了出来。

　　"我现在叫顺口了。"刘文昊笑道。

　　"唉，这个副队长可真不好当，连续三起命案了，我们已经很久没遇到这么棘手的案子了，领导刚才又把我叫去训话，压力大啊！"曹力找来抹布，把桌上的水擦干。

"办案急不来。"刘文昊也经历过这样的事，自然知道命案必破的压力，更别提连环谋杀案了，所以只能如此安慰道。

"杨天明的事情，您怎么看？"曹力给刘文昊倒上一杯刚沏好的茶。

刘文昊没有立刻回答曹力的问题，先喝了口茶。

"我觉得他只有一个目的，就是找出那场火灾的真相。"

"这么说，你觉得他和连环谋杀案无关？"

"那倒不一定，只是现在除了凶手使用他的成名魔术来打造凶案现场以外，没有任何证据能证明他和这些谋杀有关。"

"刘哥，我怎么感觉你现在对杨天明的态度有些改变了……"曹力调侃道。

"我没那么不讲道理，如果那场火灾是有人搞破坏，那么他也是受害者。"刘文昊说到这里，放下了茶杯，"我看你也没心思泡茶，水都没烧开。"

曹力摸了摸茶杯，这才发现水是温的，不由苦笑，自己确实心不在焉。

刘文昊知道曹力破案心切，他把自己和杨天明在地下仓库的对话如实告诉了曹力。

"曹队，要不要传唤林雪瑶？"

"她既然撒了谎，确实需要听她的解释，但为了不打草惊蛇，你和小吴再跑一趟吧。另外，崔光强那边，我会发个通告，让各单位协查。"

刘文昊从曹力的办公室出来，差点儿跟门口鬼头鬼脑的吴淑涵撞上。

"小丫头，鬼鬼祟祟干什么呢？"刘文昊一眼就看出吴淑涵在外面偷听。

"我只是好奇，我们队长怎么见了你跟见了大领导一样。"吴淑涵调皮地吐吐舌头。

"把你这份好奇心放在查案上吧。"刘文昊故作生气地说道。

"我可是一刻没有懈怠，昨晚熬了通宵，真让我查到线索了。"

"哦，什么线索？"

"我以熊星淇出现过的三个地方即星空魔术店、青龙山和梁河肉食品公司为节点，统计可以互联这三个节点的道路，并通过程序检索这些路上的摄像头的录像文件，找到一千二百六十七个与熊星淇体态和脸型特征相似的人，昨晚我将图片逐一比对确认，这是今早的发现！"吴淑涵得意地扬起手里的文件夹。

刘文昊拿过文件夹来看，里面有五张图片，都是打印出来的监控录像截图，画面虽然有些模糊，但不难看出里面的人正是熊星淇。从拍到的画面来看，熊星淇是一人独行。

此外，吴淑涵还根据录像时间和监控摄像头的编号，做了时间和地点分析。

"真有你的。"刘文昊不禁竖起大拇指。

吴淑涵得到认可，只是浅浅一笑，问道："刘哥，我们接下来该怎么做？"

"你把这些拿去给曹队看，他会安排人去调查，我在停车场等你，我们再去找林雪瑶聊聊。"

杨天明被带到了拘留所。

曹力为他争取了一个独立的监仓，对他也算特殊照顾。有人来给他录过两次口供，问的问题基本大同小异。

房间里陈设简陋，只有一张床、一张塑料桌和一把塑料椅，离床大约两米的位置有一个蹲便器和一个洗手台。不过这里比集体仓还是要好不少，起码有自己独立的空间。

杨天明躺在床上，睁着眼睛，看着天花板，嘴里反复念叨着几个词。

"斗转星移……木偶人……水遁……九天揽月……刻骨铭心……

土行孙……火精灵之舞……斗转星移……"

也不知道这样念叨了多久，杨天明忽然坐起来。

他像变魔术一样，从口袋里摸出一张纸和一支笔，径直走到桌子旁，开始写写画画。

巡查的管教走过来，按例查看各个监仓的情况。当他走到杨天明的监仓外，探头一看，瞬间大惊失色。

"杨天明，你在干什么？抱头，蹲下！"管教迅速打开门，冲进监仓。

杨天明没有说话，老老实实双手抱头，蹲到墙角。

管教给他戴上手铐，这才收起桌上的纸和笔。

"哪里来的这些东西？"每个嫌疑人被送进拘留所的时候，都要上交所有私人物品，更换统一的服装。

"随身带的。"

"放……"管教想骂人，但还是忍住了几乎要脱口而出的脏话，"杨天明，你在写些什么……"

管教这才注意到纸上画着一些奇形怪状的零件，旁边还有英文字母，看起来像是工程设计图。

"我想见刘文昊警官。"杨天明生硬地回道。

"你想见谁就见谁，你算老几，你在这儿蹲好，再敢乱来，我就把你关进禁闭室。"管教说完，拿着纸笔走出了监仓。

他虽然嘴上这么说，但还是不敢大意，立刻去向上级汇报。

曹力接到拘留所的电话，立刻赶到了现场。

虽然杨天明指名道姓要见刘文昊，但刘文昊如今去见林雪瑶了，他只能自己先过来。

拘留所的管教把杨天明画的那张图纸拿给曹力看，曹力也看不明白究竟画了什么，只能拿着图纸去问杨天明。

"杨天明，你画的这张图是什么意思？"曹力不想跟他兜圈子，开门见山地问道。

"曹队长，你把我送来拘留所又是什么意思？"杨天明反唇相讥道。

"三起谋杀案都跟你有关联，我能不留下你吗？如果你想尽快出去，就该尽量配合我们的工作。"曹力再次把手放在那张图纸上，"你私藏个人物品的事情我暂时不追究你了，你画这张图出来想说些什么，现在我过来洗耳恭听，你也别故弄玄虚了。"

杨天明看着曹力，面无表情地说道："我只跟刘文昊警官说。"

"我答应你，无论你说什么，我都会转告刘文昊警官。"

"曹队长，有件事我需要说明一下，我根本不关心你们能不能破案，更不关心是不是有人用我的魔术杀人，我所做的一切只为一件事，那就是找到当年造成火灾事故的人，然后把他挫骨扬灰！"杨天明身体向前，毁容的脸颤抖着，声音却宛如冰刃。

曹力往后靠了靠，他相信杨天明这么说不是虚张声势，换作另一个人遭遇这种事情，恐怕也会这么想。

"那好，你回答我，为什么一定要见刘文昊？"曹力也不打算逼他，如果他愿意和刘文昊说，自己也没有意见。

他沉默了片刻，似乎调整了一下呼吸，这才缓缓说道："因为他和我一样，心里有一触即发的怒火和摇摇欲坠的不安。"

曹力听到这句话，不由紧皱眉头，他感觉杨天明似乎在暗示什么，可又像是什么也没说。

"一触即发的怒火和摇摇欲坠的不安……"曹力在心头反复咀嚼这句话，想到深处，他的汗毛冷不丁地竖了起来。

刘文昊坐在副驾驶上，一言不发。

吴淑涵见刘文昊闭着眼睛，知道这位前辈怕是在想事情，所以即便心里有无数疑问想找他请教，也还是保持着安静。

刘文昊正在脑海里整理案情。他已经看过林雪瑶发来的资料，杨天明公开演出的魔术一共七场，分别是斗转星移、木偶人、水遁、九天揽月、刻骨铭心、土行孙和火精灵之舞。如果凶手选择的作案手法是按照杨天明成名后的魔术演出顺序来的，那么下一个应该就是"九天揽月"。

根据林雪瑶的描述，"九天揽月"是一个极具浪漫色彩的魔术，而且需要结合实景，在满月的夜晚表演。表演者在夜空中缓缓飞天，宛如奔月的仙人，然后悬停在半空，在月光映衬下翩翩起舞，最后不留痕迹地消失。

"九天揽月"的设计极其复杂，林雪瑶到现在也没能重现这个魔术，除了杨天明和崔光强，恐怕没有人知道这个魔术的完整设计。

刘文昊对魔术的秘密没有兴趣，但是这对于预测凶手的行动是必不可少的。只是，杨天明是否愿意把这个魔术的设计交给警方，他也没有把握。

另一方面，林雪瑶确实有嫌疑，她对杨天明足够了解，且对这些魔术十分熟悉，也有能力去调动资源。但她缺乏犯罪动机，至少目前刘文昊没能找到。相比林雪瑶，刘文昊反而觉得崔光强更值得怀疑，但这个人如今已经销声匿迹了。他为何失踪，又去了哪里，依旧是谜。

杨天明要找崔光强，因为他怀疑对方可能与事故有关。假设真是崔光强故意破坏杨天明的演出造成大火，他和杨天明有什么仇怨？可如果这个假设成立，崔光强就不太可能是最近这三起杀人案的凶手了，那场大火已经足够让杨天明的后半生都笼罩在阴影里，他有什么理由再铤而走险？何况这些凶案也没有伤害到杨天明。

不是林雪瑶，也不是崔光强，那连环杀人案的凶手又会是谁呢？一个了解杨天明魔术，又有杀人动机的人……

刘文昊深吸一口气，他暂时找不到突破口，一时间不免有些烦躁，忍不住又从口袋里摸糖出来吃。

"刘哥，你可真是爱吃糖，小心蛀牙。"吴淑涵调侃道。

"不吃糖就老想着抽烟，你也来一颗吧。"刘文昊递给吴淑涵一颗牛轧糖。

"牛轧糖，我喜欢。"吴淑涵剥开糖纸，把糖塞进嘴里，"刘哥，我在思考熊星淇的行为，你说她失踪了那么久，突然出现就是为了给你塞一张林雪瑶的名片？还有她怎么知道你一定会去星空魔术店？最离谱的是你去那天刚好魔术店休息，不然熊星淇也没机会假扮店员接待你，这些也太过于巧合了吧？杨天明让你去找那条魔术手帕，会不会是他故意设局？"

"我确实这么怀疑过，但是有很多说不通的地方。"刘文昊把糖咽下去，"如果杨天明想引导我去查林雪瑶，明明有许多更好的方法，而不是自己亲自出面，还让失踪已久的熊星淇进行一场如此拙劣的表演。"

"可如果不是杨天明，这些巧合就太难解释了。"吴淑涵还是坚持自己的想法。

"还有一种可能，那就是对方掌握了我的一举一动，所有的事情都是为了误导我而做的。"刘文昊语气平淡。

吴淑涵一个急刹车，有些难以置信地看着刘文昊。

"小吴，开车别分神。"好在刘文昊系着安全带，不然就一头撞在玻璃上了。

"刘哥，亏你还这么淡定，如果你的假设是真的，那你不是无时无刻不处在危险之中，不，应该说我们都处在危险之中！"吴淑涵说道。

"我们干警察的，还怕这个？快开车。"刘文昊催促道。

"哦。"吴淑涵嘟嘟嘴，重新起步。

"话虽这么说，但杨天明依旧有很大嫌疑，而且他说自己是被人打晕带到那片废弃厂区的，这种说辞不可信，他恐怕对我们还有所隐瞒。"刘文昊继续解释道。

"杨天明已经被关起来了，至少这两天别想再闹事。"吴淑涵说到这里，忽然想起一件事，"刘哥，我听说杨天明一直在查当年国际马戏剧院火灾的事情，你说这起连环谋杀案会不会和当年那场大火有关系？"

刘文昊沉默了，那场火灾也是他心中无法抹去的伤痛，他恐怕是除了杨天明之外，最想查清真相的人了。但这份伤痛，他只能默默承受。

这次他们并没有通过秘书预约，而是直接在林雪瑶的家门口拦住了她。

林雪瑶正准备出门，刚开车出来，就被刘文昊和吴淑涵截停了。

林雪瑶放下车窗，问道："刘警官、吴警官，你们有什么事吗？"

"林总，还是关于上次的事情，我们需要再聊聊。"刘文昊客气地说道。

林雪瑶看看手表，面露难色。

"我现在赶时间，能不能改天再说？"

"耽误不了几分钟，我想林总能够理解我们的工作。"

林雪瑶只能点点头，说道："我停好车，就在这个花园聊吧。"

街道对面有个小花园，是附近住户散步的地方，此时没什么人，十分清静，三人来到花园凉亭内坐下。

"林总，上次你说杨天明出狱后，你没有见过他，可他却说你找过他，并向他索要'火精灵之舞'的设计图，这件事你做何解释？"刘文昊直言不讳道。

林雪瑶神色平静，丝毫没有谎言被揭穿的慌乱和尴尬。

"我相信刘警官能理解，找同行索要商业机密毕竟不光彩，但我实在不想'火精灵之舞'这样伟大的魔术从此失传，太可惜了。"

"那么杨天明怎么答复你？"刘文昊继续追问。

"他不愿意。"林雪瑶叹了口气。

"你没提出什么交换条件吗？"

"条件？"林雪瑶心里"咯噔"一下，犹豫片刻后说道，"我提出可以帮他追查当年国际马戏剧院火灾的真相。"

刘文昊沉默了，杨天明并没有告诉他林雪瑶曾提过这个条件，可见是有意隐瞒。他们两个人说话都遮遮掩掩，隐藏对自己不利的信息，让人难以信任。

"这么说，关于那场事故，你有什么线索吗？"刘文昊急切地问道。

林雪瑶不知道杨天明跟刘文昊到底说了些什么，如今也无法再隐瞒下去，只好坦诚地说："我怀疑崔光强和这件事有关联，但我没有证据也不好向警方申请重新调查此事，只能自己先搜集信息。"

"为什么怀疑他？"刘文昊目光如炬。

林雪瑶说出了火灾前崔光强威胁杨天明的事情，目击者就是自己。

"这么说杨天明知道崔光强对他有怨恨，他完全有理由在事故后怀疑对方，为什么他绝口不提？"刘文昊提出了自己的疑问。

"那就要问杨天明了，或许有我们外人不知道的理由吧。"林雪瑶的回答堪称完美，又将球踢回杨天明。

刘文昊感觉林雪瑶就像一只九尾狐，漂亮、狡诈、危险。

"还有一件事，星空魔术店十一月十二日闭店休息是临时的，还是有计划的？"

"魔术店每周一闭店一天，没有例外。"林雪瑶回答道。

"谢谢你的配合，有需要我们会再来找林总，林总如果发现了什么重要线索，可以随时联系警方。"刘文昊起身告辞。

"当然。其实如果不是特别必要，你们可以打电话给我。"

刘文昊笑了笑，没有解释，电话询问和面对面谈话完全是两码事。

刘文昊和吴淑涵开车准备回去向曹力汇报，半路上就接到了曹力的电话。

"刘哥，杨天明要见你，你们直接过来拘留所吧。"

"他有没有说什么事情？"

"这家伙画了张稀奇古怪的图纸，非要见你才肯说明情况。"

"好，我们马上过去。"

刘文昊挂了电话，让吴淑涵直接开车去拘留所。

第七章

九天揽月

路上，刘文昊感觉自己的身体有些忽冷忽热，忍不住打了个喷嚏。

"刘哥，你没事吧？"

"没什么，估计昨天在水里泡了一下感冒了。"刘文昊拿出自己的水杯喝了口水，"坐太久办公室了，还是以前在刑侦大队的时候身体好。"

"要不你先回去睡一觉，我去找曹队汇报就行了。"

"没事，杨天明点名要见我，曹队都没撬开他的嘴，你自己去也不管用。"刘文昊轻咳了两声。

曹力已经在拘留所等着刘文昊和吴淑涵了。

他们三人透过讯问室的单面玻璃，看着里面的杨天明。

杨天明原本坐在椅子上闭目养神，这个时候却忽然睁开眼睛，偏过头，看向他们这边，那目光仿佛能透过单面玻璃一般。

"这人真可怕，明明是单面玻璃，我怎么觉得他能看到我们。"吴淑涵看着杨天明扭曲的脸和犀利的眼神，忍不住说道。

"别忘了，你是警察！"曹力语气严肃地说道。

"是，曹队。"吴淑涵深吸一口气，没有再逃避杨天明的眼神。

"我去见见他。"刘文昊轻声说道。

"嗯，这是图纸。"曹力把图纸递给刘文昊。

刘文昊拿着图纸看了看，有些惊讶，没想到杨天明的画工十分精湛，线条规整有序，堪比工程设计图。他拿着图纸，推门进了讯问室。

"杨天明，我以为我们已经可以顺畅沟通了，何必又卖关子呢？"刘文昊把图纸放到桌面上。

"我是在帮你，你破了案自然也会帮我。"

"那你说说吧，这张图纸究竟是什么？"

"'九天揽月'的机关设计图。"

刘文昊闻言一惊，他自然知道这份图纸的重要性，如果凶手下一次作案要用"九天揽月"这个魔术，必定会准备这些魔术道具，只要知道制造这些机关需要什么材料，就能先发制人，阻止凶手继续行凶。

"你需要把制作这些机关的步骤写得更详细一些，警方才能追踪。"

"果然和聪明人说话省心很多，但我要找的人，你还没帮我找到。"

"就算你不说，崔光强我们也会去找，他是重要的嫌疑人……"说到这里，刘文昊把身体往前倾了一些，"关于崔光强，你似乎对警方有所隐瞒，林雪瑶说在'火精灵之舞'演出那天，崔光强威胁过你。"

"正是这样，所以我才要找到他。"杨天明没有否认。

"你们当天为何争吵？"

"私人的事情，无关紧要。"

"你不说清楚，警方很难信任你。"

杨天明忽然笑了笑，轻声说，那我只能跟你一个人说。

刘文昊想了想，站起来走到杨天明身边俯下身，杨天明在他耳边一字一顿地说："那天，你也在剧院，不是吗？"

刘文昊浑身一震，身上的汗毛都竖了起来，不由自主地推了杨天明一把，呵斥道："你给我老实点。"

杨天明看着刘文昊，丝毫不惧。

单面玻璃后的吴淑涵看到刘文昊想要动手，正打算进去，却被曹力拉住。

"等一下，再看看，万一场面失控我们立刻冲进去。"

刘文昊忽然想起什么，看了眼讯问室的摄像头，慢慢冷静了下来。

"你到底知道些什么？"

"该说的我会说，不该说的我不会说。"杨天明整了整衣领。

刘文昊沉默了片刻，他的额头上冒出汗来。

"你究竟想怎样？"

"别想太多了，我和你一样想找出真相，我会把设计图里的材料详细告诉警方，而且我可以告诉你们，这些道具没有现成的，需要到特定的地方采购，只要你们动作够快，一定能抓到凶手。"

"仅此而已？"

"当然，如果你找到崔光强，麻烦告诉我。"

"你好自为之！"

"我会在这里等着你们破案的好消息。"杨天明似乎笑了一下，又似乎没有。

刘文昊没有再理会杨天明，径直走出了讯问室，回到了观察室。

"刘哥，刚才杨天明在你耳边说什么？"曹力问道。

"没什么，不过是些挑衅的话。"刘文昊轻描淡写地说道，"他愿意告诉我们还原'九天揽月'所需的道具，我们只要追查这些道具的来源，应该就能发现凶手。"

"这个我们听到了，我已经安排管教去督促这件事了。"曹力还想追问刚才刘文昊动粗的事情，但还是忍住了。

"曹队，我身体有些不舒服，想先回去休息。"刘文昊急于离开。

"你最好去医院看看，别硬扛。"曹力关心地说道。

刘文昊点点头。

"刘哥，我送你。"吴淑涵说道。

"不用了，手机上叫个出租车很方便，队里现在正是需要人手的时候。"刘文昊拒绝了吴淑涵的好意，迅速离开了拘留所。

曹力看着离去的刘文昊，眼神里充满疑惑，他并非不信任刘文昊，但他听得出来，刚才刘文昊的回答有所隐瞒。他很清楚刘文昊的性格，不是那种会轻易被激怒的人。莫非杨天明说了什么刺激他的话？

"那个杨天明究竟对刘哥说了什么？"吴淑涵问出了曹力心里的问题。

"不用理会，刘哥想说的时候自然会告诉我们，先抓紧时间做事！"曹力深知这番话连自己都难以说服。

吴淑涵咬了咬嘴唇，没有再继续追问，只是看了一眼刘文昊离去的方向。

刘文昊没有回家，而是去了家附近的一间小酒馆。他要了瓶白酒，独自坐在角落的座位里自斟自饮，几杯酒下肚，身体变得暖和起来。

"那天，你也在剧院……"杨天明刺耳的声音还回荡在刘文昊的脑海里。

"杨天明，你到底是人是鬼？"刘文昊自言自语，他又倒了满满一杯酒，一饮而尽。

不知道是他不胜酒力，还是这几天太累，又或者是真的生病了，他迷迷糊糊就趴在桌子上睡着了。

不知道过了多久，刘文昊似乎听到有人在喊他，他费力地睁开眼，身边却没有任何人。是幻觉吗？他头痛得厉害，嗓子也好像在冒烟。

"服务员……有人吗？"刘文昊喊了一声。

"先生，您醒了，有什么需要吗？"一名服务员走过来，躬身问道。

"结账，顺便帮我倒一杯热水。"刘文昊说着按了按太阳穴。

服务员拿来账单和一杯温热的水。

刘文昊付了钱，忙走出了酒馆。

夜晚的街头，寒风如刀。

刘文昊深吸一口气，冷风灌入肺里，让他神志清醒了许多。

"喂，杀人犯，酒醒了？"一个声音从刘文昊身后传来。

刘文昊闻言猛地转身，见对方是熟人，忙收回要击出的拳头。来人也不示弱，一个出拳狠狠打中了刘文昊的胸口。

刘文昊毕竟是刑警出身，很快就制伏了对方，将对方死死压在地上。

"叶波，你什么时候回来的？"刘文昊此时酒醒了几分，想必刚才就是他在店外喊自己的名字。

叶波是叶亚丹的弟弟，叶亚丹出事之后，叶波就出国了。他一直怪刘文昊那晚没有陪着叶亚丹，没有照顾好姐姐，才让她出了事。

　　"杀人犯，用不着你管！"

　　"你在胡说八道些什么？"

　　"刘文昊，出事的时候你就在国际马戏剧院，你为什么要隐瞒这件事？我问你，剧院里的大火是不是你放的？"

　　刘文昊感觉呼吸有些困难，慢慢松开了钳住叶波的手。

　　"谁跟你说的，是不是杨天明？"

　　"谁说的重要吗？我就问你，是不是你害了我姐姐？"叶波反手抓住刘文昊的衣领，质问道。

　　"你简直疯了，你明不明白我现在就可以拘捕你？"刘文昊推开叶波。

　　叶波挑衅地看着刘文昊，说道："来啊，你想用什么罪名逮捕我？"

　　"涉嫌谋杀和袭警！"

　　"谋杀？我刚回国不超过三个小时，一下飞机我就去你家找你，我谋杀谁了？"叶波拿出一张登机牌摔在地上，"袭警就更他妈的可笑了，明明是你先动的手！"

　　刘文昊捡起登机牌飞速扫了一眼，叶波乘坐的航班确实是晚上九点四十分抵达汉昌市国际机场的。

　　"不是你就好……"刘文昊悬着的心终于放了下来，他甚至不明白自己为什么会怀疑叶波，但这几天的经历，让他感觉自己的情绪已经处于失控边缘了。

　　"少给我装好人，你当时到底在不在剧院？是不是你害了我姐？"叶波激动地问道。

　　"我确实去了剧院，原本和亚丹说好演出结束，我接她回家，可到的时候，大火已经蔓延……"说到这里，刘文昊声音有些哽咽。

　　"既然如此，你为什么要隐瞒这件事？"叶波追问道。

　　"我只是觉得这些没有必要说，并非刻意隐瞒，你告诉我，究竟是谁跟你说的这件事？"刘文昊反问道。

叶波盯着刘文昊，没有回答他的问题，而是一字一句地说道："我会查清这件事，如果你骗我，我一定会让你付出代价！"

杨天明把"九天揽月"所需的设备材料详细写了出来，并对其中一些重要部件做了具体说明。

魔术的秘密一旦被揭开就没有看上去那么神奇了，"九天揽月"只是在合适的地点和时间，利用天幕投影，制造出一片假的天空。

这个魔术说起来容易，真要做到，却绝非易事，其中诸多环节都不能有差池，否则就会穿帮。

曹力仔细分析前三起案件，认为凶手只是模仿杨天明的魔术，但并未完整演绎，所以严格来说仅仅是形似而已，目的或许只是想嫁祸于杨天明。

如果是这样，凶手要模仿"九天揽月"，不一定会订做所有部件，而是会采取其他形式。

但曹力不敢耽误，该做的部署仍然要做，于是立刻就要回分局布置相关工作，临走时，杨天明叫住了他。

"曹警官，我还能再给你一点建议。"

"哦？什么建议？"曹力回过头，冷冷地看着杨天明。

"魔术师需要观众，不然这些表演毫无意义。"

"观众？"

"不错，凶手做这些，自然是为了给人看，如果没有观众，那又有什么意思呢？"

曹力皱了皱眉头，他明白杨天明的意思，除了第一起案件，后面两起案件，凶手都设法把刘文昊带到了现场。不过凶手为什么要让刘文昊做观众呢？目的是什么？这时他又想起杨天明在刘文昊耳边窃窃私语的事情，他们之间究竟隐藏了什么秘密？

曹力越想心里越毛躁，不自觉地开始搓手。

"看来曹警官心里有答案了。"

"你在讯问室里跟刘文昊说什么了，为什么他会大发雷霆？"曹力反问道。

"你应该去问他才对啊。"杨天明漠然的脸上，竟然露出一个笑容。

曹力讨厌看到杨天明的笑，让他浑身不自在，不过杨天明说的也有道理，刘文昊于公于私都应该告诉自己实情。他决定下次见面找刘文昊问清楚这件事。

回到家里，刘文昊感觉整个人都昏昏沉沉的，他拿出体温计量了一下，发现自己竟然已经烧到四十摄氏度了。

他很想去思考现在遇到的问题，但是脑子却一片空白，整个人就像一个被放了气的气球。

床变成了一个巨大的泥潭，他越用力挣扎就陷得越深，最后被吸入深处，渐渐失去了意识。

他在一片黑暗中沉沦，不知道过了多久，忽然看到了一束光，炫目的白光中，他看到了叶亚丹。叶亚丹抓着他的手，泪流满面。

"救救我，文昊，救救我……"

刘文昊抓住叶亚丹的手，拼命把她往自己怀里拉。

可就在这个时候，一条黑色的毒蛇顺着叶亚丹的脚爬了上来，吐着信子，缠住了她的手臂，一双冰冷的眼睛盯着刘文昊。

刘文昊紧张得不敢喘气。黑蛇张开嘴，露出尖牙，扑向刘文昊。刘文昊大叫一声，松开了手。

光芒消失，叶亚丹坠入黑暗之中。

"亚丹！亚丹！"刘文昊从梦中惊醒，他浑身大汗，身上的衣服已然湿透。

刘文昊大口喘着粗气，不过他的头不痛了，摸了摸额头，也不烧了，他换了衣服，喝了一杯水，感觉舒服了一些。

这时他才想起来看看时间，竟然已经中午十二点了，他很久没有睡这么长时间了。

刘文昊摸出自己的手机，已经没电了，他给手机充上电后起身去洗漱，然后给自己煮了碗面条。开了机，提示短信立刻如潮水般涌来，曹力、吴淑涵他们至少给他打了十几个电话。

他赶紧给曹力回电话。

"刘哥，你没事了吧？"曹力关心地问道。

"没事，太累了，睡了一觉，刚起来，你那边怎么样？"

"我们根据杨天明给的线索，发现了嫌疑人，正准备实施抓捕。"曹力言语中透着兴奋。

"嫌疑人？确定吗？"听到这个消息，刘文昊也有些激动。

"嗯，我们通过大数据，找到了一个叫徐修武的工程师，这个人在线上和线下店铺采购了'九天揽月'的道具配件。更重要的是他的身份……"

"身份？什么意思？"

"徐修武的妻子和女儿都是国际马戏剧院大火中的遇难者。"曹力的语气略显沉重。

刘文昊闻言深吸了一口气，才说道："那我先去分局，等你们的消息。"

曹力已经掌握了徐修武目前的位置，刑侦大队的警员已经封锁了大厦的各个出入口。

一切就绪后，曹力亲自扮成外卖送餐员，进入徐修武就职的公司。徐修武正在电脑前工作，完全没注意到一个送餐员来到了他身后。

"你好，你的外卖。"曹力把送餐袋放在徐修武的桌子上。

"弄错了吧，我没点……"徐修武回头说道。

曹力确认嫌犯，立刻上前扭住他的手腕，把他压在办公桌上。

"警察，不要动，老实点！"

埋伏在旁边的队员也冲上来，一起控制住徐修武。

徐修武的反应很不正常。

一般人被抓捕的时候通常有两种反应：一种是极力挣扎，另一种则是极力辩解。

但是徐修武面无表情，仿佛正在经历一件再平常不过的事情。越是反常，曹力越是觉得自己抓对了人。

徐修武，男，四十三岁，信息工程专业硕士，在一家互联网公司担任网络工程师，目前是单身。五年前，他和妻子黄子怡带着十岁的女儿去国际马戏剧院观看杨天明的魔术表演，妻子和女儿丧生于大火之中，他则侥幸逃生。

事故后，徐修武获得了一笔大额保险赔偿，随后他就辞了职，一年后重新参加工作，直到今天。

公司里的领导和同事对他的评价都很正面，技术水平高，做事认真、积极、负责，只是平日话不多，也不怎么和同事交往，总是独来独往。

他们都没有听徐修武说过前妻的事情，一直以为他是单身，还有领导帮他介绍对象，不过都被他委婉拒绝了。

这些年来，徐修武每天过着单位和居住地两点一线的生活，很难让人把他和谋杀案联系起来。

有杨天明提供的配件清单，警方很容易就找到了买过这些配件的人，整个"九天揽月"所需的七十三种配件，徐修武全买了。购买这些配件就在这短短半个月的时间里，很明显他计划重现"九天揽月"这一魔术。

他是国际马戏剧院火灾的受害者家属，他利用杨天明的魔术杀人，以此报复，也算是一个合理的动机。

不过，徐修武的采购记录里找不到与前面三起谋杀案有关的东西，这正说明他还有同谋。当然，这也如警方之前的判断，一个人是很难完成这种大型装置的布置的。

徐修武被带回分局后，曹力并没有急着讯问，他先让徐修武一个人在讯问室里待着，并观察对方的反应和情绪。

好几个小时的时间里，徐修武不言不语，不吵不闹。

曹力本意是想让徐修武在等待中变得焦急不安，然后再开始讯问，不过没想到他竟然如此淡定。

"曹队，让我来审问他吧？"刘文昊自告奋勇地说道。

曹力看着刘文昊，忽然想起他与杨天明"交头接耳"的一幕，迟疑片刻后说道："让小吴陪你一起进去，有女同志在，或许他会少一点戒心。"

曹力这后半句话有些多余，本来双人作业就是一件正常的事情，他这么一解释反倒显得不自然，所以尴尬地笑了笑。

刘文昊自然知道曹力心里在想什么，不过他并不介意，带着吴淑涵一起走进了讯问室。

徐修武抬起头，看着来人，脸上依旧没什么表情。

那一瞬间，刘文昊觉得徐修武实在太像一个人——杨天明，并不是指样貌，而是眼神，那种毫无生机的眼神简直一模一样。

"你知道我们为什么抓你吗？"刘文昊并没有坐到椅子上，而是靠着桌子直接问道。

"不知道。"徐修武生硬地回道。

刘文昊从文件夹里拿出一份购物清单，上面记录了徐修武购买"九天揽月"道具配件的时间、商家、交易金额。

"你买这些东西做什么？"刘文昊把清单递到徐修武面前。

徐修武瞟了一眼，然后说道："玩。"

"徐修武，你少给我们装傻充愣，这些东西是'九天揽月'的道具配件。"

"那又怎么样，个人爱好犯法吗？"徐修武没有否认。

"那要看你做过些什么了，你是从哪里知道'九天揽月'魔术道具的制作方法的？"刘文昊转而问道。

"自己研究琢磨的。"

刘文昊并没有反驳徐修武的话，他知道目前警方还没有掌握充分的证据，并且徐修武看起来已经做好了准备。

"十月二十八日，你在什么地方，做过些什么？"刘文昊开始一点点盘查徐修武在三起命案发生的时间内的活动轨迹。

"那么多天前的事情，我怕是想不起来。"

"没关系，你可以慢慢想，我们也可以帮你回忆。"刘文昊说着拿出警方已经查到的资料，念道，"十月二十八日，你早上九点到公司，中午在公司吃的快餐，下午五点半离开。离开后你去了哪里？"

"回家，还能去哪里？"

"你平常大部分时间都是在公司吃完晚饭再回家，可那天却正点下班走了，一定是有什么事情吧？"刘文昊紧盯着他问道。

"累了，想早点回家睡觉。"

"可你没回家，你坐了一辆出租车，车牌是'汉A50PL8'，出租车的行车记录仪显示，你在上海路附近下了车，现在有印象了吗？"刘文昊的音量提高了几分。

"好像是吧，那又怎么样，你们到底想说什么？"徐修武的表情终于有了变化。

"小吴，把投影打开。"时机差不多了，刘文昊转过头对吴淑涵说道。

吴淑涵打开讯问室的投影仪，将早就准备好的照片投到屏幕上。

第一张照片正是死者文静被装在魔术箱里的画面。

"十月二十八日，受害人文静被杀害，尸体被遗弃在幸福宿舍后巷，凶手特意使用了标有'MAGIC杨'标志的魔术道具箱装尸体，模仿杨天明的魔术'斗转星移'。"说到这里，刘文昊身体微微前倾，凑到徐修武面前，"你应该记得杨天明吧？你的妻子和女儿都在他的魔术表演现场丧生，你却在这里研究他的魔术，你觉得我们会相信你吗？"

徐修武眼睛里仿佛要喷出火焰，一字一句地说道："我要杀也是杀杨天明！"

"对啊，我也是这么想，可你为什么要对无辜的人下手？"

"你们想诬陷我？"

"我们不会冤枉一个好人，但也不会放过一个坏人！"刘文昊斩钉截铁地说道。

"那杨天明呢？三十七条人命！就判了四年，这他妈的算什么？我问你，算什么？"徐修武突然激动地大声说。

"徐修武，你给我冷静一点，好好说话！"吴淑涵斥责道。

"没关系。"刘文昊摆摆手，"所以呢？你就用他的魔术栽赃他杀人？又或者还有什么别的目的？"

徐修武闻言一愣，情绪渐渐平复，说道："总之我没有杀人，如果你们觉得我做过，那就拿出证据起诉我，我没什么好说的了。"

"上海路有一家爱巢 KTV，你有没有去过？"刘文昊不理会徐修武的态度，继续问道。

"没有。"

"不再想想吗？"

"我从来不去 KTV。"徐修武再次否认道。

"小吴，放第二张图。"

吴淑涵放出下一张图，是罗天翔被砍头后吊在钢丝上的画面。

"这是杨天明的魔术'木偶人'，受害者是爱巢 KTV 的经理罗天翔。"

"不认识。"徐修武继续否认。

"你去过青龙山没有？"

"去过。"这一次徐修武没有否认。

"最近一次去青龙山是什么时候？"

徐修武想了想，说道："记不太清了，应该是去年吧。"

"十一月十二号晚上十点到次日凌晨一点之间，你在哪里？"

"这还用问？肯定在家睡觉啊。"徐修武想都没想就说道。

"有人帮你证明吗？"

"我一个人住。"

刘文昊没有纠缠，继续让吴淑涵放出下一张图——熊星淇的照片。

"这个女孩认识吗？"

徐修武继续否认，语气也更加不耐烦。

刘文昊和吴淑涵例行公事地问完所有问题，得到的答复也大同小异，在家、在公司，不认识。

徐修武的嘴太严了，恐怕没有关键证据，他不会松口。不过曹力也不着急，人抓住了，只要进一步做针对性调查，相信真相很快就会水落石出。

曹力立即开始部署工作，召开工作会，安排人员对徐修武进行细致的摸排调查，一旦发现他撒谎，又或者找到关键证据，立刻会再次讯问他。

刘文昊和吴淑涵接到任务，去询问爱巢KTV的工作人员，不过他们还没有到上海路，刘文昊就接到了林雪瑶的电话。

"你好，是刘警官吗？"

"林总，你好。"刘文昊没想到林雪瑶会主动联系他，有些意外。

"刘警官，我有崔光强的线索了！"

"他在哪儿？"

"四月二十一日的时候，他可能在凭东县的建农银行汇过款，不过要查看银行的监控录像，恐怕要你们警方出面才行。"

"你怎么知道崔光强去过那边？"

"他曾经找动物园马戏团的王团长借过一笔钱，一直没还，但是在四月二十一号那天，王团长收到一笔汇款，金额与当年借给崔光强的一模一样，我让他帮我查查汇款人汇出的地方，就是凭东县的建农银行。"

"好，我马上过去。"

刘文昊挂了电话，吩咐吴淑涵开车去凭东县。

"去凭东县？"吴淑涵一头雾水。

"林雪瑶打电话说那边可能有崔光强的下落。"

"那爱巢那边怎么办？"

"没事，我向曹队汇报。"刘文昊说着又给曹力打了电话，讲明了情况。

曹力不太愿意让刘文昊他们现在去追查崔光强，因为如今当务之急是调查徐修武，可毕竟刘文昊是他找来帮自己忙的，无法真像对待下属一样，只好同意他们跑一趟。

曹力明白崔光强可能牵涉之前的国际马戏剧院失火案，但毕竟这起案子已经定性，翻查旧案可谓吃力不讨好。如果被领导知道，必然会过问，到时候如果拿不出翻案的有力证据，必然要挨骂。

想到这些，曹力忍不住暗自摇头，现在他只能自己跑一趟爱巢 KTV 了。

他来到停车场，正准备上车，却听见有人喊他。

"曹哥！"

曹力回过头一看，来人竟然是叶波。叶亚丹还在的时候，曹力作为刘文昊的徒弟，常常去他们家里蹭吃蹭喝。

叶亚丹姐弟俩的父母走得早，姐弟俩相依为命，感情深厚。那时候叶波还小，曹力年龄也不大，两人称兄道弟，十分熟稔。

"叶波，好久不见了，你都变成大小伙子了，啥时候回来的？"曹力热情地打招呼。

"曹哥，我想问你点事情。"叶波脸上却没有笑容，语气沉重，态度严肃。

"什么事？"

"有关刘文昊的。"叶波直呼其名，语气里没有半点尊重。

"这里不是说话的地方，走，我请你喝杯咖啡。"曹力看叶波这样子有点不对劲，便想给他拉走，停车场里同事熟人太多，不适合谈话。

他们来到附近的咖啡馆，找了个安静的位置坐下。

"刘哥知道你回来吗？"曹力问道。

叶波点点头。

"瞧你心事重重的，到底什么事？"

"曹哥，当年大火，刘文昊是什么时候到国际马戏剧院的？"

"你说什么？刘哥去过国际马戏剧院？"

"我收到一封匿名电邮，邮件里说大火之前刘文昊就进了剧院，并且他是有机会救我姐姐的。"说到这里，叶波眼圈红了。

"这种话怎么能信，不可能的！"曹力当即反驳道。

他深知刘文昊与叶亚丹感情深厚，他不相信刘文昊会在这种事情上撒谎。

"电邮里还有一张照片。"叶波拿出手机，找出照片。

这是一张手机拍摄的照片，多年前的手机分辨率不高，又是黄昏，画面看起来有些模糊。拍摄地点就在国际马戏剧院外面，画面中观众还未进场，人流拥挤，初看之下并没有什么特别的地方，就像某个游客路过此地，随手拍了一张照片。

曹力拿着叶波的手机看了好一会儿，发现照片里一个兜售纪念品的小摊旁边，站着一个穿风衣戴帽子的男人，很像刘文昊。

"这个人看起来是有点像刘哥，不过也不能确定啊。"

"如果照片是真的，就说明刘文昊在撒谎！"叶波情绪突然激动起来，"刘文昊当时说他是大火后才到剧院的，他为什么撒谎？我看这把火就是他放的！"

叶波说到激动处，将咖啡杯往桌上重重一砸，咖啡洒了一桌子。

曹力此时也皱起眉头，他想不明白刘文昊为什么会在这件事上撒谎。

"你先别着急，事情还没弄清楚，也许有什么误会，你找刘哥说过这件事没有，他怎么说？"曹力问道。

"我问过他，他坚持否认演出开始前就到了国际马戏剧院。"叶波咬牙说道。

"你没给他看照片？"

"没有，我也不敢确认这张照片是不是真的，现在图片处理技术太先进了，影视剧都可以换脸，别说一张照片了，所以我来求助曹哥你。"叶波深吸一口气，他并没有完全被愤怒吞没理智。

"放心，我让技术处的同事查一下照片的真伪。"曹力说着把照片发到了自己那里。

曹力从咖啡馆出来后，脑子里全是刘文昊的事情，他和杨天明之间似乎有不可告人的秘密，案件中的凶手对刘文昊也有特别的企图，再联想到叶波拿来的那张照片，刘文昊就更可疑了……他觉得等刘文昊回来，自己必须和其好好聊聊了。他打开手机，将照片转发给了技术处的小王，拜托对方鉴定一下照片是否有处理痕迹，并叮嘱对方一定要保密。

第八章

人间蒸发

凭东县被称为汉昌市的后花园，这里山清水秀，空气清新。县城虽然不大，但是建设得有模有样。

刘文昊他们很快就找到了建农银行，林雪瑶正在银行大堂等着他们。

会面后，刘文昊详细询问了林雪瑶有关马戏团团长王爱国的情况。林雪瑶向他们大致说明了情况，并催促刘文昊他们尽快查看监控。

刘文昊和银行安保负责人沟通后，获准查看监控录像。他们准备跟着保安进入监控室时，吴淑涵拦住了林雪瑶："林总，警方办案，你先在外面等一下。"

"吴警官，我熟悉崔光强，让我进去吧。"

"对不起，警方办案有规定。"

"刘警官……"林雪瑶把目光投向刘文昊。

"你耐心等一下，有什么问题我们会再和你沟通，感谢你的配合。"刘文昊也婉拒了林雪瑶。

距离汇款日期已经过去了半年多，幸亏这家银行的监控保存得比较久，不然他们恐怕无法找到那日的监控。

刘文昊他们两个人盯着屏幕，寻找崔光强的身影。

但他们没有找到崔光强，却看到了另外一个熟悉的身影 ——熊星淇。

熊星淇怎么会给王爱国汇款，她又怎么知道崔光强欠王爱国钱，难道她和崔光强认识？

"刘哥，熊星淇和崔光强是一伙人，而徐修武又是剧院大火的受害者家属，连环凶杀案和当年的剧院火灾关系越来越紧密了。"吴淑涵推测道。

刘文昊早就觉察到了这一点，所有一切，都是冲着那场大火而来。

"但有件事很难解释，从目前的调查情况来看，三位受害者都与杨天明甚至和那场大火毫无关系，凶手为什么找他们下手？"

吴淑涵一时语塞。

"刘哥，还有外面那个林雪瑶，她到底安的什么心？真的只是想要得到杨天明的魔术吗？"沉默了一会儿，吴淑涵又补充道。

"你刚才做得很好，林雪瑶费心费力找崔光强，肯定不是为了帮我们破案，不过不用担心，狐狸尾巴总有露出来的时候。"刘文昊一边说，一边把熊星淇汇款的视频拷贝下来。

刘文昊和吴淑涵从监控室里出来，林雪瑶依旧站在门口等着他们。

"是崔光强吗？"林雪瑶急忙上前问道。

刘文昊摇摇头。

"我们也想找你谈谈。"刘文昊夹着包，指了指外面，"这里不适合，我们旁边坐一下。"

三人来到银行旁边的奶茶店，找了空位子坐下来。

刘文昊拿出一张熊星淇的证件照给林雪瑶看。

"你再仔细看看，认不认识这个女人？"刘文昊问道。

林雪瑶看又是上次问过的那个女孩的照片，随即摇摇头。她想了想说道："她是跟崔光强有什么关系吗？这女孩会不会是他女儿？"

吴淑涵摇头否认。

"那我就不知道了，难道是他新交的女朋友？毕竟他离婚都好几年了。"林雪瑶猜测道。

刘文昊和吴淑涵倒也无法否定这个可能性，虽然他们的年龄有一定差距。

刘文昊原本以为这次可以找到崔光强的踪迹，但兜兜转转，线索还是回到了原点。

警方对熊星淇的调查不可谓不彻底，但却没有发现任何有价值的线索。

他们遗漏了什么？

熊星淇十八岁高中毕业，没有考大学就出来参加工作，工作经历十分简单，在一家书店做营业员，一干就是两年，直到她失踪。

关于失踪，崔光强和熊星淇倒是有相似的地方，那就是他们消失得很彻底，没有留下任何线索。而在当今社会，要做到这一点并不容易。

他们需要改名换姓，完全杜绝使用以前的身份证件、支付账号和银行卡才有可能。一般情况下，只有亡命天涯的罪犯才会这么干。

刘文昊想不明白，他办了不少大案，也从未碰到过这样的怪事。

林雪瑶也难掩失望之情，起身告辞。

刘文昊和吴淑涵虽然对林雪瑶也抱有怀疑，但眼下再问什么也没有意义，只能等待新的线索。现在他们打算去找马戏团的王团长，了解一下杨天明、崔光强和林雪瑶的往事。

晚上，王爱国自己煮了电火锅，取出一瓶白酒，打开电视，调出最爱看的电视剧回放，一个人倒也不寂寞。

三杯酒下肚，他浑身都暖和起来，喝着小酒，看着喜剧，别提有多惬意。

就在这个时候，他忽然听到"啪"的一声，停电了。

"狗日的，又停电！"

王爱国拿出手机照亮周围，走到杂物柜前，从里面找出一根蜡烛。接着他去拿打火机，可打火机却不见了踪影。

"咦，打火机呢？"

王爱国从胸前的口袋里拿出老花镜戴上，视线好了不少，他举起手机，又在旁边的柜子里寻找打火机。

不过他还没找到打火机，就听到电话响了起来。

王爱国吓了一跳，在黑漆漆的屋子里，这电话铃声分外刺耳。

他接起电话，一个熟悉的声音响了起来。"崔光强！"王爱国脱口叫出了对方的名字。

"王团长，我来找你了。"崔光强开口说道。

王爱国吓得脸色苍白，连退几步，差点儿被身后的椅子绊倒。

恰好此时，门外响起了敲门声。

王爱国吓得一哆嗦，抄起身边的酒瓶，战战兢兢地躲到了桌子下面。

这时屋里的灯突然亮了起来，电话断掉了。

"王爱国团长，在吗？我们是警察。"敲门的人正是刘文昊和吴淑涵。

王爱国这才慢慢从桌子下面爬出来，应了一声："等一下。"

透过门上的猫眼，王爱国看到了刘文昊和吴淑涵。

"有证件吗？"

刘文昊从包里拿出警察证，举到猫眼前。

王爱国深吸一口气，放下酒瓶，把门打开了。

"两位警官，这么晚有什么事情吗？"

"你先把电磁炉关了。"刘文昊指了指已经快烧干的火锅。

王爱国回头一看，才发现自己没注意，锅里本就所剩不多的汤要烧干了，他连忙上前关掉电磁炉。

"刚才停了一会儿电，弄得我手忙脚乱的。"王爱国擦擦额头的汗，急忙扶起椅子，又捡起地上的蜡烛，关掉了电视机。

"王团长，我们这次过来是想找你了解一下杨天明、崔光强和林雪瑶的事情。"刘文昊这才道明来意。

"坐下来再说，你们喝水吗？"

"不用客气了。"刘文昊说着就和吴淑涵坐了下来。

"他们都是年轻有为的好同志啊！"王爱国也坐下来，取下眼镜擦了擦。

"我们从林雪瑶那里了解到，崔光强曾经威胁过杨天明，要毁了他，所以我们想了解一下他们的关系。"刘文昊说道。

"这个小林应该比我清楚啊。"王爱国似乎不愿意谈论他们的事情。

"警方不能只听一面之词，我们也会找其他人来了解情况。"刘文昊解释道。

王爱国点点头，说了一些有关杨天明他们的过往，大多都是刘文昊他们已经知道的事情。

"依我看，两个才华不相伯仲的人，一个平步青云，另一个却坠入泥尘，难免会生出一些嫉妒怨恨，但也不至于杀人放火，就算他真说过那些话估计也都是气话。"王爱国絮絮叨叨说了一大段往事后，总结道。

"林雪瑶和他们之间有没有感情纠葛？"这时吴淑涵突然问道。

王爱国暧昧地笑了笑，说道："小林那时候还是个小女孩，杨天明又英俊潇洒，有点爱慕之情也是正常的，不过杨天明有家室，他们应该不会有什么。"

"应该？看来您不是很确定。"吴淑涵质疑道。

"男女私情，你们还是当面问他们才好。"

"王团长，崔光强当年找你借钱是为什么呢？"刘文昊没有过多纠结他们之间的感情问题。

"他说与人合伙做生意，需要资金周转，我就借了他八万多。"

"王团长仗义啊。"刘文昊称赞道。

"都是老同事，能帮一把是一把。"王爱国一副理所当然的样子。

"可是据我所知，那时候马戏团已经解散了，王团长的收入也不高啊，一下子借出去八万多，会不会有压力？"刘文昊突然话锋一转，问道。

王爱国没想到刘文昊会这么问，面色有些难看："积蓄总是有一些的。"

"原来如此，对了，杨天明和崔光强的离开，对马戏团的影响大吗？"刘文昊转而又问道。

"影响肯定是有的，但是马戏团的解散是多方面的原因，他们在与不在，马戏团解散都是必然的。"王爱国叹口气。

"多谢王团长今天抽空配合调查，这是我们的联系方式，如果有需要，可以随时打电话给我们。"刘文昊从包里拿出纸笔，写下了自己的手机号码。

"好的。"王爱国收下了字条。

刘文昊和吴淑涵起身告辞，离开了王爱国的家。

"我们刚才来的时候，整栋楼都有电，为什么王爱国说他的房间停电了？"刘文昊看了看走廊，"走，我们去看看配电箱。"

刘文昊他们来到安全过道，找到配电箱，打开盖子，查看王爱国家的电表，一眼看上去并无异常。

"会不会是他家电器短路了？"吴淑涵推测道。

"如果是那样，王爱国应该会换保险丝，很显然他还没这么做，电就来了。"说着，刘文昊用手机电筒照着配电箱，蹲下来检查线缆。

"你看这里，线缆皮被刺穿，有人用外接设备控制过王爱国家里的供电。"刘文昊指着线缆说道。

吴淑涵也看到了线缆上的刺穿痕迹，问道："什么人会干这种事，偷电？"

刘文昊知道吴淑涵是开玩笑，所以他没回话，脑子里想着这事的蹊跷之处。

"或许是因为我们来了，对方才撤离现场。"刘文昊若有所思地说道。

"这么说王爱国有危险？"吴淑涵有些担心。

"王爱国的家里一定发生过什么事情，椅子倒地、蜡烛掉落、火锅里的水烧干他也没发觉，还有那些散落在地上的杂物……王爱国没说实话，他在隐瞒什么事情。"刘文昊推理道。

"再去找他！"吴淑涵提议道。

"要他自己愿意说才行，我们去外面车上等一下，这个王团长今晚大概不敢在家里住了。"刘文昊说着关上了配电箱的门。

吴淑涵有些不解，不过她还是跟着刘文昊回到车上，等着看王爱国究竟会不会离开。

时间一分一秒过去，吴淑涵的眼睛紧紧盯着小区门口。可是半个小时后，王爱国仍然没有出现，她怀疑刘文昊可能推测错了，又不好意思开口。

刘文昊却不着急，而是去旁边的咖啡店买了两杯拿铁和一袋牛角面包。

"别急，咱们边吃边等。"

"嗯，谢谢刘哥。"

他们两个人坐在车里喝着咖啡，吃着面包，又等了约莫一个小时，这才看到王爱国拉着一个行李箱，从小区里走出来。

刘文昊和吴淑涵下了车，堵住王爱国。

"王团长，这么晚您要去哪儿呢？"吴淑涵心直口快地问道。

"啊，这个……"王爱国没想到刘文昊他们还在门口，一时间有些慌张，"我回老家一趟，办点急事。"

"这么晚，要不我们开车送你？"刘文昊装出一副古道热肠的样子。

"不用，不用，刘警官说笑了。"王爱国急忙摆摆手，拖着行李箱就想走。

刘文昊却拉住了王爱国的行李箱。

"刘警官，这是什么意思？"王爱国脸色一变，质问道。

"刚才你家停电是有人做手脚，如果不是我们碰巧来找你，恐怕你就有危险了。我劝你最好配合警方的工作，如实向我们说明情况，这样才能保证你的安全。"刘文昊好言相劝。

王爱国脸色苍白，用力一拉箱子，说道："我不知道你在说什么，我叫的车在等我，没什么其他事，麻烦让一下。"

刘文昊松开手。王爱国拉着箱子，急急忙忙上了出租车。

"刘哥，就这么让他走了？"

"让他走，咱们放长线。"刘文昊看着出租车离开，"车牌汉A4379，让技侦的兄弟帮我们定位一下车辆目的地。"

"我们这是要蹲守他吗？"

"那倒没必要，如今我们已经打草惊蛇，对方不会那么快再去找他。"

"那要等到什么时候？"

"不用等，我们来'装神弄鬼'吓吓他。"刘文昊露出一个狡黠的笑容。

刘文昊打算"赌一赌"，他根据现有的信息推断，王爱国在崔光强的事情上撒了谎。

一是关于钱，王爱国在马戏团最困难的时候借给崔光强八万多块钱做生意，这不符合常理，他甚至都不知道崔光强做的什么生意。这笔钱王爱国究竟为什么会拿出来给崔光强，恐怕另有原因。二是马戏团的倒闭与杨天明他们的离开是有关系的，因为他们的离开也让马戏团里其他有才能的人动了心思。根据他的调查，杨天明他们离开后不到一年，又有几个台柱相继离开马戏团，另谋高就。三是刘文昊询问过马戏团里的老员工，他们普遍对王爱国颇有怨言，说他时常拖欠奖金，克扣门票分成，团里许多人早就心生怨气。这里面自然也包括杨天明和崔光强两个人。

综合以上这些信息，刘文昊得出一个大胆的结论——今晚到王爱国家里捣乱的人很可能和崔光强有关联。所以他决定假冒崔光强，吓一吓王爱国，看看能不能让这个王团长主动交代一些不为人知的事情。

果然，王爱国并没有回什么老家，而是去了一家小招待所，看来他确实心里有鬼。

招待所是由一栋民宅改建而成的，价格便宜，但环境有些杂乱。不过这里地处闹市，给了王爱国足够的安全感。

王爱国开了间房，拿着钥匙爬上三楼。他打开门，房间里的陈设很简单，不过他也没有那么多讲究，他需要时间冷静一下，也需要想想接下来该怎么办。

崔光强怎么会突然出现？他又想对自己做什么？想到这里，王爱国打了个冷战。他放下手里的行李箱，倒了杯水喝。

喝完水，王爱国慢慢缓过神来，决定先打个电话，不然自己出了事都没人知道。

手机铃响了几声，很快就接通了。

"喂，哪位？"

"我，王爱国。"

"王叔，这么晚，有事吗？"

"啊，那个崔光强好像回汉昌市了。"

"你见到他了？"

"那倒没有，他刚打电话给我，说他回来了，但是我刚想多问几句，他就挂断了。"

"他没说什么事吗？"

"没，你不是在找他吗？所以跟你说一声。你现在本事大了，应该能找到他。"

"谢谢王叔。"

"你要是找到他了，记得告诉我一声。"

"好的。"

"不说了，早点休息。"

"好。"

王爱国放下手机，心里稍微踏实一点了。这时他看到地上有一些小卡片，卡片上印着穿着性感暴露的女郎，上面还有电话号码，忽然觉得有些燥热。

王爱国有些犹豫，把卡片拿在手里把玩了一会儿，终究还是忍不住，拨打了上面的联系电话。

王爱国进了招待所房间没多久，刘文昊他们就到了。他们先在招待所前台亮明身份，让老板配合行动，避免引起混乱。

接着他们从老板那里拿到了招待所的入住情况和整栋楼的平面图，王爱国住的306号房旁边正好有一间空房，两间房共用一个阳台，中间有个简单的竹制隔断。刘文昊和吴淑涵便拿了钥匙，进入隔壁房间。

他们从阳台上翻过隔断，躲在窗户外面，听到王爱国先打了电话确认崔光强回来找他了，接着又打电话召嫖。

"这个王团长真行啊，被人威胁了，又瘸着一条腿，还色心不改。"吴淑涵一脸的鄙视和嫌弃。

"你知道他那条腿是怎么瘸的吗？"刘文昊忽然问道。

"怎么瘸的？"

刘文昊笑了笑，继续说道："王爱国以前也是个魔术师，在一次脱逃表演中出了事故，弄断了腿。"

"啊，想不到他以前也是魔术师！"

"总之这个王爱国和杨天明、崔光强的关系绝不像他说的那么简单，只是不知道林雪瑶和他们又有什么瓜葛。"刘文昊皱着眉头说道。

"那现在怎么办？"

"你下去交代老板不要让任何人上楼，然后去配电房等我消息，随时准备给王爱国的房间断电。"刘文昊吩咐道。

"好嘞。"吴淑涵赶紧下了楼。

刘文昊找来一根铁丝，小心翼翼地把306号房的门从外面绑上，让王爱国没办法出来，才又回到阳台，躬身躲到306号房的窗户下面。

他观察了一会儿，发现王爱国进了浴室，立刻给吴淑涵发信息，让老板把三楼的其他住客清空，并让她拉电闸、关水闸。

王爱国正一边洗澡，一边哼着小曲，忽然"啪"一声响，浴室里的灯灭了，水也停了。

王爱国心里一紧，摸黑抓住一条浴巾，裹住身子，一瘸一拐地走了出来。

房间里的灯也熄灭了，难道又停电了？好在窗外有光透进来，王爱国借着月光找到电话，想打给前台，却没有打通。

他顾不得身上还有没冲干净的泡沫，慌忙披上衣服，想开门出去看看，可他发现门也打不开。

王爱国这下慌了，他用力拍打着房门，大声喊道："有人吗？有人吗？”

可没有人回应他。

王爱国额头上青筋跳动，他想起刚才在家的那一幕，冷汗直冒。

“崔光强！你他妈的给我出来，老子今天跟你拼了。”王爱国一边说，一边抄起椅子。

刘文昊知道自己的推断没有错，王爱国和崔光强有过节，但他还要进一步刺激对方才行。

想到这里，刘文昊戴上早就准备好的棒球帽，缓缓站起来。

因为背光，在王爱国的眼里，刘文昊的影子宛如幽灵一般。

王爱国的心理防线被彻底击溃，他手里的椅子掉落在地，甚至不敢往窗户上砸。

“强子……冤有头债有主，我也是迫不得已，你别找我啊……”王爱国边说边往后退，身体已经紧紧贴在门上。

刘文昊拉开窗户，一跃而入。

王爱国惊叫一声，抱住头，眼泪横流。

刘文昊没想到王爱国会如此惧怕崔光强，这时吴淑涵已经按照指示重新接通电，房间里立刻亮了起来。

王爱国透过手指的缝隙，看到来人竟然是刘文昊，不由愕然。

“王团长，我想你需要跟我回分局好好聊聊了。”刘文昊眼神犀利地看着王爱国。

曹力早上一醒来，就接到同事的电话，说林雪瑶带着律师来到分局，要保杨天明出去。

“她怎么知道杨天明在我们这里，你先给我拖住她，我马上到。”

“好的，队长。”

曹力挂了电话，急匆匆从家里赶到分局。

到了分局，办公室里不仅有林雪瑶和她请的律师，还有青秀分局局长彭家胜。

"彭局，您怎么过来了，有事打个电话给我就行了。"曹力的笑容有些不自然，局长脸色不太好，事情恐怕有些难办了。

"我听说你把杨天明抓了？"彭家胜问道。

"没有，批捕还不得局长您签字，只是请回来协助调查。"曹力脑子转得飞快。

"调查得怎么样了？"彭家胜脸色好看了一些。

"非常好，给了我们很大帮助，我正说今天放人，四十八小时已经到了。"

彭家胜这时候把目光转向林雪瑶，说道："林总，您看，误会一场。"

"彭局，既然是误会，那我就先告辞了，多谢您了。"林雪瑶点头微笑，随即带着律师离开了刑侦大队的办公室。

"小曹，你跟我去一下办公室。"林雪瑶走后，彭家胜对曹力说道。

曹力跟着彭家胜来到局长办公室，彭家胜坐下来，喝了一口茶："小曹，连环谋杀案调查得怎么样了？"

"彭局，已经有了突破，抓到了一个嫌疑人，今天正准备找您签字批捕。"曹力汇报道。

"案子影响恶劣，市局领导都问我好几次了。"

"请领导放心，我们一定尽快破案。"

"还有一件事，我要嘱咐你，林雪瑶是很有影响力的青年企业家，你们调查的时候务必做到依法依规，有礼有节。"

"她和杨天明关系密切，目前确实是我们主要调查的嫌疑人之一，我会让同事们注意调查方法和程序的。"曹力直言道。

"当然，既然有嫌疑，该调查还是要调查，但是记住一点，我们要靠证据讲话。"彭家胜点点头。

"彭局，真把杨天明放了？"曹力还是忍不住问道。

"不放？你有杨天明违法犯罪的证据吗？林雪瑶真要向督察处举报你滥用职权，你能解释得清吗！"彭家胜气不打一处来。

"我总觉得这家伙有问题。"

"找不到证据，你可以先安排我们的人跟住他，把他监控起来。"

曹力不敢再反驳局长，但他心里明白，杨天明这种有本事突然消失的"魔法师"，跟踪监控他恐怕不太容易。

曹力从局长办公室出来，憋了一肚子火，一方面是不得不放了杨天明，另一方面是林雪瑶的态度实在有些嚣张。

刑侦大队办公室门口，刘文昊和吴淑涵正等着向曹力汇报工作。看到刘文昊，曹力更是有一肚子话要说，昨天技术处的小王给他发信息，证实了照片的真实性，且没有发现任何图片处理的痕迹，也就是说刘文昊隐瞒了真相，他必须找刘文昊好好谈谈。

他不愿意吴淑涵听到这些事，所以支开了她。

"小吴，你在外面等一下，一会儿我们再单独聊。"

吴淑涵虽然有些不情愿，但也不好意思赖着不走，只能退了出去。

曹力锁住门，又拉上了窗帘。

"曹队，你这是干什么？"刘文昊感觉气氛有些不对。

"刘哥，你当我是自己人吗？"曹力没头没脑地问了这么一句。

"怎么这么问？"

"我现在不是和你谈公事，是谈私事，你没当我是自己人！"

"你这话说得，我都没法往下接，有什么就直说！"刘文昊说着干脆坐下来，自己倒了杯茶水。

曹力坐到对面，从手机里翻出那张照片，将手机递给刘文昊。

刘文昊看到照片，手抖了抖，杯子里的水都洒了出来。

"你查我？"

"你经不起查吗？"

刘文昊闻言将水杯撂在桌上，脸色顿时阴沉起来。

"照片是叶波给我的，他让我对照片做鉴定，技术处那边已经证实照片没有处理的痕迹，所以那天你在事发前就去了国际马戏剧院，可你为什么没有和叶亚丹在一起？"

刘文昊沉默不语。

曹力深吸一口气，问道："刘哥，我相信你的为人，你到底有什么苦衷？还有那天，杨天明跟你说了什么，让你勃然大怒？"

刘文昊站起来，也不理会曹力，径直走出了办公室。

"刘哥。"吴淑涵看见刘文昊走出来，上前打招呼，但是刘文昊没有理她，快步离开了。

吴淑涵有些诧异，也不知道曹力和他说了什么，两人似乎发生了争执。

"小吴，你进来。"

吴淑涵看到曹力也是一副气不顺的样子，战战兢兢进了办公室。

曹力倒是没对吴淑涵发火，只是详细询问了他们去调查崔光强的经过。

吴淑涵如实汇报，他们发现去汇款的人是熊星淇，王爱国也被他们带回分局了，正等着讯问。

"曹队，刘哥就这么走了，那王爱国怎么弄？"吴淑涵请示道。

曹力知道刘文昊性格倔强，他要是不想说，自己再怎么问也没用，想到这里，不由得叹了口气。

"你先去找小张，给王爱国做个笔录。"

"哦，那问完呢？放人吗？"

"你们看看能问出什么，人可以先扣着，回头我再找刘哥，让他处理。"曹力现在的注意力全在徐修武身上，他必须尽快让对方交代案情。

也许是太久没有见过阳光，杨天明从拘留所走出来，外面的阳光刺得他睁不开眼睛。他伸出手，想要挡住阳光，一个人忽然从旁边冲出来，抓住他的衣领把他摁到了树干上。

"是不是你搞的鬼？"来人正是刘文昊，他怒气冲天地质问杨天明。

杨天明咧着嘴，笑起来。

"刘警官，你是我见过的最聪明的警察，可这臭脾气要改改了。"

"杨天明，我警告你，你要是敢搞我家人，我绝对不会放过你！"

"你要相信我,我跟你是一边的。"

"呸!"

"你为了查出真相,可以做到什么程度?"杨天明忽然问道。

"少给我装,我问你,照片从哪里来的,为什么发给叶波?"

"什么照片?"杨天明一脸迷惑的神情。

"装傻充愣,除了你,还有谁知道我在火灾前去过国际马戏剧院!"刘文昊此时终于承认了自己在火灾发生前去过国际马戏剧院,他在这件事上对所有人都撒了谎。

杨天明沉默了片刻,若有所思地问道:"你的意思是有人拍下了你在现场的照片,时隔多年后发给了你未婚妻的弟弟?"

刘文昊冷哼一声,算是默认了。

杨天明推开刘文昊的手,缓缓说道:"我没看过什么照片,我只是看过你的手机,你没有删掉和叶亚丹的聊天记录,甚至在失去她后,还给她发了很多消息。你跟她说的,都是心里话吧?"

"你怎么能看到我的手机?"

"刘警官,"杨天明轻笑一声,从口袋里伸出手,"你看看这是你的手机吗?魔术师的基本功罢了。"

刘文昊一把夺过手机,他并不能相信杨天明所说的话,可如果不是杨天明,又是谁呢?

"我虽然没看见过那张照片,但是能够拍下这张照片绝非偶然,换句话说,那天有人跟踪你。"杨天明继续说道,"那时候我根本不认识你,又怎么会去跟踪你呢?"

这句话犹如闪电,瞬间击中了刘文昊,他的脑海里再次浮现出刚才曹力拿出的那张照片,虽然照片看起来像是不经意间拍的,但是偏偏拍到了自己的正脸和身形,只要是熟悉他的人,一眼就可以看出来。

什么人会把一张"不经意"拍下的照片一直保存,并在这时候拿出来扰乱人心?

想到这些,刘文昊的额头冒出冷汗。

"刘警官，我对你的秘密没有兴趣，虽然我也怀疑过你，但目前来看，你显然不是火灾的元凶，不然你也不会执着于真相。"杨天明注意到刘文昊的表情变化，过了一会儿，才继续说道。

"杨天明，你倒是费了不少心思，连我的过去都查清了。"刘文昊盯着杨天明，一字一句地说道。

"所以我问你，你能为了真相做到什么程度。我每天都会回忆那天的情景，遇到过什么人、说过什么话、燃烧的火焰、弥漫的烟雾、痛苦的哀号……一遍又一遍，我生怕错过任何细节，因为我知道凶手就藏在其中！"杨天明说出这段话的时候，那骇人的面孔更添了几分扭曲。

刘文昊想到杨天明每天都强迫自己回顾一生中最痛苦的一天，就觉得他疯了，做这种事简直生不如死。

"你简直是疯子！"刘文昊脱口而出。

"不错，但要找出真相，还需要你这样充满愤怒的警察。"杨天明说到这里顿了一下，"对于火灾中身死的那个身份不明的人，你查到什么没有？"

刘文昊看着杨天明，有些犹疑，不过片刻后还是说道："毫无线索，只能推测这个人有可能是孤儿，没什么朋友，也没有犯罪记录。"

"不弄清楚这个人是谁，就好像拼图少了一块。"

刘文昊冷哼一声，说道："目前看来，崔光强是最大的嫌疑人，但我那天找过王爱国，听他的意思，崔光强已经死了。"

"崔光强一定要找，我认为他还活着，但我并不认为他是这场事故的凶手。"

"他威胁过你。"

"真正要害你的人，不会大张旗鼓地警告你。"

刘文昊并不完全认同杨天明这句话，某些凶手为了挑衅，确实会事先进行"犯罪预告"。

杨天明少有地叹了口气，继续说道："凶手布局严密，没有留下明显的线索，或者说即使有也在那场大火中湮灭了，而且在明知道自己会造成大量伤亡的前提下，还是不顾后果地动手，简直灭绝人性！"

"法网恢恢，疏而不漏，凶手早晚会伏法。"

"早晚？迟到的正义还算是正义吗？"

刘文昊一时间没法回答他这个问题，转而问道："崔光强和王爱国两人有什么恩怨吗？为什么王爱国会惧怕他？"

杨天明闻言吃了一惊，说道："王爱国是个势利小人，他当年贪污剧团的钱，崔光强曾经揭发过他，但最后也不了了之，他没有理由惧怕崔光强啊。"

刘文昊已经从其他团员那里得知了这件事，如今又从杨天明这里得到了证实，看来是确有其事。

"崔光强的失踪是不是和他有关系？"杨天明追问道。

"我们还在调查。"

就在这时，一辆车驶来停在杨天明和刘文昊旁边，戴着墨镜的林雪瑶从车上下来，和刘文昊打了个招呼。

"刘警官，这么巧，你也来接人吗？"

"只是来简单问个话。"刘文昊故作轻松地说道。

"杨天明，我想跟你谈谈，私下的。"林雪瑶把目光投向杨天明，这句话也完全没有避讳刘文昊的意思。

杨天明没有说话，微微点头。

"上车吧，我送你一程。"林雪瑶见杨天明同意了，欣喜地说道。

杨天明一言不发地上了车。

"刘警官，那我们先告辞了，有什么需要随时联系我。"林雪瑶与刘文昊客套了一句。

刘文昊点点头，看着他们的车缓缓离开。他忽然间感觉筋疲力尽，靠在了树上。

"亚丹，我该怎么和叶波说呢？"刘文昊抬起头，看着天空，一时间有些出神。

第九章

夺命游戏

黑色的豪华轿车里，杨天明和林雪瑶并排而坐，两个人都没有说话。

司机识趣地为他们播放了一首轻柔舒缓的音乐。

林雪瑶微微侧过脸，看着杨天明。

他望着窗外，神情冰冷，仿佛一尊雕像。林雪瑶并不觉得他难看，这种感觉很奇妙，明明是任何人看到都会心惊肉跳的面孔，在她眼里，却毫无违和感。

林雪瑶已经记不清他们上一次像这样心平气和地坐在一起是什么时候了，但是她记得他第一次教她变魔术的场景。

杨天明教她的第一个魔术是从一顶帽子里变出一只活蹦乱跳的小白兔。

这样的魔术对于那时的她而言，简直就是魔法。

杨天明是一个好老师，不但告诉林雪瑶这个魔术的秘密，还指导她如何进行表演。

魔术表演并不像林雪瑶想象中那么简单，仅仅知道了魔术的秘密并不意味着能完美再现，手势、表情、语言样样不能少，所以同一个魔术，由不同的人来表演，效果也是千差万别。

那天练习魔术，林雪瑶总是做不好扣帽子的动作，时常露出破绽。一旁的杨天明只得手把手教她如何扣帽子。

当时林雪瑶的心"扑通扑通"地跳着，整个人仿佛在云端，找不到落脚的地方。

那时候她十七岁。

如今她已不是那个情窦初开的少女，而杨天明也不再是满脸笑容的魔术师。一个是坐拥上亿资产的商业女强人，一个是一无所有、背负血债的垃圾场工人。

他们坐一起能说些什么呢？不堪提及的过去，无话可说的现在，还是难以言喻的未来？

"杨天明，如果你希望找出当年事故的真相，我可以帮你。"林雪瑶说得诚恳。

"听说你一直在找崔光强？"杨天明也转过头，看着林雪瑶。

"我听到了他和你的争执……"

"你以后不要再管这些事了，等我办完事，我会把你想要的魔术设计图都给你。"杨天明的语气不再那么冰冷，似乎有了一丝柔情。

"你以为我真是为了那些魔术吗？我只是不想看到你现在这个样子，杨天明，你可以重新来过的，回到舞台，我一定会全力支持你。"林雪瑶握住了杨天明的手。

杨天明把手从林雪瑶手里抽出来，神情又变得异常冷漠，说道："说过的话我不想再重复。司机，靠边停车。"

车停了下来，杨天明打开车门，意欲离开。林雪瑶却再次抓住了他的手。

"芳秀姐和乐乐已经走了，无论你做什么都改变不了这个事实，为什么不给自己一个机会，重新开始呢？"

杨天明这次没有立刻甩开林雪瑶的手，而是转过身，认真地看着她，一字一句地说道："我没有想去改变任何事实，但是犯下罪行的人必须付出代价，这是我要的公道，也是给三十七位无辜枉死的人一个交代！"

林雪瑶松开了手，她看到了杨天明眼里的怒火和杀气，此时她才明白自己的想法是多么可笑。

杨天明忽然伸出手，摸了摸林雪瑶的头，就像一个大哥哥，又或者是当年那个老师。

　　"对不起。"说完这三个字，杨天明才转身离开。

　　林雪瑶看着杨天明离去的背影，脸上缓缓淌下两行眼泪。

　　被抓后，徐修武一直被关在分局的临时拘留室内。

　　他作息规律，泰然自若，没有半点慌乱不安的情绪。负责看管他的民警都觉得奇怪，从未见过如此淡定的嫌疑人。以前被抓进来的人，要么喊冤，要么忙着找熟人、找律师，很少有他这样的。

　　被抓进来的第二天，他吃完午餐，找看管他的民警要了杯咖啡。喝完咖啡，他对外面的民警说道："同志，麻烦帮我找一下曹队长，我要认罪，坦白！"

　　曹力正准备再审徐修武，却传来消息，说徐修武要认罪。虽然他想不明白徐修武到底想干什么，但他打算先听听徐修武怎么说。

　　徐修武坐在讯问室的中央，三位警员坐在他对面，曹力负责讯问，吴淑涵负责记录，还有一名警员从旁协助。

　　"人是我杀的。"徐修武直截了当地开口说道。

　　"你先说说你是怎么杀害文静并将她的尸体和魔术箱带到幸福宿舍后巷的。"曹力很清楚，如果徐修武不是凶手，他是回答不了这个问题的。

　　"文静经常通宵泡在酒吧，早上才回家，我没有下手的机会，所以我用微型无人机控制纸人吓了她一段时间，让她夜里不敢出门，十月二十日晚上，她独自在家，我决定动手……"

　　徐修武对文静所住公寓的情况了如指掌。公寓大楼摄像头的位置、保安的习惯和换班的时间、楼里住户的情况、消防通道的位置、配电箱的位置等，他都已经记在脑子里，分毫不差。正因为这样，对他而言，进文静房间就像进自己家一样容易。

　　那天晚上，徐修武躲过保安、摄像头，利用万能钥匙悄然进入文静的房间。

文静睡得正沉，徐修武用事先准备的麻醉药将其迷晕。

随后，徐修武来到卫生间，用塑料防水布铺满整个浴室，把文静拖进去，用小型电锯把其切成六块，大块装箱，小块装包，分批运到早已准备好的房子里，冻入冰柜。

这栋房子是以他亡妻的名字购买的，他们还没来得及搬进新居，妻女就在国际马戏剧院大火中丧生。

徐修武处理好尸体，重新回到文静家里，清理了血迹和残留物，将塑料防水布在荒野填埋。整个过程，他细致、残忍、有条不紊，没有留下半点痕迹。接下来就是重新布置一个凶案现场，再现杨天明的魔术。

选择幸福宿舍后巷，并非随机，而是他经过缜密的思考才做出的决定。首先小区的住户全部是工人，他们大部分早出晚归，疲惫不堪，没有太多的心思留意周遭的事情。其次是小区的管理混乱不堪，安保措施形同虚设。

徐修武明白要骗过所有人，就需要一个完美的布局。犹如魔术表演，需要大量的前期准备工作。他早就预料到警方会调阅监控，所以他侵入周围的监控系统，用提前录制好的画面替代实时监控。作为一个网络工程师，这并不困难。但仅仅是这样，还不够，徐修武还要躲开幸福宿舍里住户的眼睛。上下班的员工、门口的保安、周围的商贩，其中任何一个人发现徐修武不寻常的举动，这个"魔术"都会失败。

正如杨天明所想，徐修武找来了"托儿"——一家搬家公司。

徐修武提前在幸福宿舍内找到一间空房，并伪造了入住单，找来搬家公司为他搬运行李。这些行李中，就有拆分过的魔术箱。如此一来，他轻而易举完成了魔术箱的搬运。

尸体则由他自己伪装成快递人员，分批送进了幸福宿舍。

尸体被发现当天的凌晨，他在后巷完成了魔术箱的组装。

当然，无论是搬家还是伪装成快递员的监控画面，他都进行了替换，警方便无法从监控中发现线索。

如此这般，所谓"斗转星移"的魔术也就完美复现了。

徐修武为了证实自己的话，主动交代了快递公司的名称，以及塑料防水布的埋藏地点。

从徐修武所交代的细节来看，他就是杀害文静的凶手，可曹力对他的杀人动机却心存疑惑，于是问道："你杀文静的动机是什么？"

"她是幸存者之一。"徐修武一字一句地说道。

坐在对面的三位警员听到这句话，无不倒吸了一口凉气。

"幸存者？你的意思是文静是国际马戏剧院火灾的幸存者？"曹力只感觉冷汗从额头慢慢渗出。

"不错。"徐修武点点头。

"但这也不能成为你杀她的理由吧？"一旁的吴淑涵听完徐修武残忍杀害文静的过程，早已义愤填膺。

"这位女警官，我想纠正一下你的问题，你应该问她为什么能幸存。"徐修武说到这里，眼睛里露出凶光，仿佛文静的惨死依旧无法平息他刻骨的恨意。

这一刻，徐修武仿佛又回到了他人生中最不愿回忆的那天。

灾难的发生就在一瞬间，当人们意识到发生事故的时候，大火已经蔓延至整个剧院。

徐修武一只手抱起女儿，一只手拉着妻子往外跑。

他们坐在中间靠后的位置，本来离门口不远，可逃生过程中，妻子被后面急于逃脱的人推倒，摔在了地上。

徐修武想去扶起妻子，但源源不断涌上来的人根本没给他任何机会，他只能眼睁睁地看着无数只脚踏在妻子身上。

女儿号啕大哭，尖叫连连。

"带女儿走，带女儿走！"妻子拼尽最后一丝力气，趴在地上拼命挥手，让徐修武带着女儿走。

火势已经完全失控，浓烟弥漫，天花板上不断有东西砸下来。

徐修武当机立断，抱着女儿往外冲。可冲到门口，却发现门已经变形了，根本打不开，人们纷纷开始爬窗逃离。

"帮帮我，让孩子先出去！"徐修武举起女儿，声嘶力竭地喊道。

烟雾熏得人眼睛都睁不开，人人都只顾着逃生，根本没有人听得到或者理会徐修武的呼救。

徐修武举着女儿，还在奋力往前挤，眼看就要靠近窗口，这时候却忽然窜出一个爬窗的女人，一脚踢到他女儿头上，自己爬了出去。

徐修武失去平衡，抱着女儿跌倒在地。他紧紧抱住女儿，把女儿的头埋入怀中，趴在地上寻找出路。

在他绝望之际，剧院门终于被打开，人们纷纷夺路而逃。

徐修武拼尽全力，抱着女儿站起来，跟着人群逃了出来。可他的女儿却因为吸入过多浓烟而窒息，最终抢救无效，死在了医院。

"我永远记得那个女人的脸，她那一脚葬送了我女儿逃生的机会。"徐修武说到这里并没有流下一滴眼泪，但他苍白的脸上，似乎有无尽的悲伤。

"你说的这个女人就是文静吗？"曹力确认道。

"是。"徐修武咬牙说道。

曹力沉吟了片刻，如果徐修武说的是实话，那么他杀文静的动机也就非常明确了，但是罗天翔和熊星淇呢？

"另外两位死者，罗天翔和熊星淇，你为什么杀他们？"

"曹队长，我想你可能有些误会，我告诉你我杀文静的事情，只是为了让你们相信我接下来要说的话。"徐修武坐直了身子，原本僵硬而悲伤的脸上，竟然露出一个诡异的笑容。

"徐修武，你要是想耍花样那可打错算盘了，老老实实交代，坦白从宽，抗拒从严！"曹力出言恐吓道。

徐修武笑了，毫不掩饰自己对曹力这番话的蔑视。

"现在几点了？"徐修武忽然收起笑容，问道。

曹力皱皱眉头，抬手看了看表，说道："下午五点三十五分。"

"还有二十五分钟。"

"什么意思？"

"从六点开始，每隔一个小时，会有一个幸存者从天而降。"徐修武说到这里激动地笑起来，笑容狰狞，"这才是真正的'九天揽月'！"

"你疯了吗？"曹力忍不住拍了一下桌子，"快说，你的同伙在哪里？"

徐修武收起笑容，认真地说道："你们要是想救人，就让杨天明和刘文昊来见我，我要和他们玩一个游戏。"

"疯子！你以为我们会信你说的吗？"曹力嘴上虽然这么说，心里却七上八下，不敢确定他说的是真是假。

"第一个地点，浩宇大楼。"徐修武慢吞吞地说道。

曹力立刻安排人去浩宇大楼查看。

"你最好抓紧时间找杨天明和刘文昊过来。"徐修武就像是在布置工作的领导。

曹力压住火气，吩咐吴淑涵："小吴，你马上去联系刘文昊和杨天明，让他们立刻过来。"

"刘哥应该没问题，那杨天明要是……"

"请不来就抓来。"曹力一捶桌子，憋了一天的火终于爆发出来。

浩宇大楼是一座烂尾楼，地理位置偏僻，以前有一些流浪汉会来这里过夜，但是后来垮塌过一次，就再没人敢来住了。

离这里最近的派出所，开车过来要十五分钟，四位民警一接到通知就立刻赶到了浩宇大楼，此时距离六点仅剩下不到十分钟。

他们迅速翻过围墙，准备对大楼逐层进行清查。

太阳已经落下，楼内光线昏暗，钢筋裸露，严重阻碍了民警们的清查工作。民警们刚刚爬到二楼，就听见一声惨叫，然后传来一声重物坠地的巨大声响。

一位民警举着电筒，循着声音传来的方向照去，只见一个男人躺在地上，脑浆迸出，血水横流，惨不忍睹。

"控制现场，呼叫支援！"带队民警一边向上级汇报，一边立刻在楼内搜寻可疑人员。

四名民警继续搜查，可楼里空空荡荡，连一只老鼠都没看见。

就在四人有些灰心之时，楼顶忽然传来一阵响声。他们立刻冲上楼顶，看见一个全身黑袍、戴着面具的人。黑袍人迎风而立，衣袂飘飘，仿佛只要稍微站立不稳，就会立即坠楼。

民警们掏出警棍，呈半圆形包围住黑袍人，慢慢向他靠近。

黑袍人身后无路可退，面前则是四名警察，可谓插翅难飞。

"警察，蹲下，不要动！"带队民警高声呵斥，并小心翼翼地向前移动。

黑袍人张开双臂，犹如一只吸血蝙蝠，从天台上一跃而下，消失在夜空里，踪迹不见。

四位民警目瞪口呆，不敢相信眼前所见。

刑侦大队的人员很快在现场找到了钢丝，看来凶手早就做好了准备，逃离了现场。

死者名叫蔡光启，男性，四十一岁，离异状态。警方打电话给蔡光启的前妻，证实蔡光启确实是五年前国际马戏剧院火灾的幸存者。换言之，徐修武的话绝非恐吓，此时距离下一个受害者被杀还有五十多分钟。

刘文昊接到曹力的电话立刻赶回了分局，他到的时候，杨天明正好也来了。

曹力已经在电话里简要说明了情况，现在，徐修武的话已经得到了验证，一位当年的幸存者被活活摔死在浩宇大楼。

"徐修武说每隔一个小时就会有一位幸存者被丢下楼，距离下一次还有五十分钟。"

"时间紧迫，我和杨天明这就去见他。"刘文昊说着看了一眼坐在椅子上的杨天明。

杨天明依旧面无表情，没有人知道他在想什么。

徐修武看到刘文昊和杨天明走进讯问室，脸上露出猎人玩弄猎物的笑容。

"我帮你们节约点时间，游戏规则很简单，国际马戏剧院对面的垃圾桶里有个手机，刘警官的面部可以解锁，接下来按照手机上的指示去做就行了。"

"为什么让我们去？"刘文昊问道。

"你可以在这里审问我，也可以先去救人。"徐修武靠在椅子上，一副懒洋洋的样子。

刘文昊看了眼杨天明，杨天明默不作声。

"已经安排谈判专家过来了。"吴淑涵轻声说道。

刘文昊点点头，瞪了一眼徐修武，转身就走。杨天明自觉地跟上，走到门口的时候，他又回过头来，说了一句话。

"报复我就好了，为什么要牵连这么多人？"

徐修武侧过头，淡淡地说道："你不过也是悲剧的一部分。"

杨天明闻言，身体不由微微一颤，他转过身，快步跟上了刘文昊。

刘文昊以此次任务危险性过高为由，拒绝带吴淑涵一同去。曹力思考了一下，调配了队里小赵同往，小赵也是原来刘文昊手下的队员。一切行动听刘文昊指挥。一行三人来到国际马戏剧院的原址，这里早已被推平，四周搭着围栏，据说这里马上会建一栋新的大楼。

工地对面，有一个十分显眼的蓝色垃圾桶。

三人下了车，在垃圾桶里翻找手机，路人们无不侧目。

"这里！"杨天明找到了手机。刘文昊从杨天明手里抢过手机，解锁后看到了一条信息。

"魔术师的鲜花和骑士的利剑。"

"谜语。"杨天明皱皱眉头。

"如果谜语和我们两个人有关，骑士的利剑应该是指枪，那魔术师的鲜花是什么？"刘文昊看着杨天明问道。

"魔术师一般会用鲜花来暖场，鲜花可以说是一个必备道具。"杨天明回道。

两个人陷入了短暂的沉默，仅仅凭借这样的信息，很难推测出下一个受害者的位置。

刘文昊检查了手机，却没有任何发现，这部手机里面甚至没有 SIM 卡，但连上了旁边快餐店的 Wi-Fi，信息也是通过 Wi-Fi 发来的。

"魔术师是指我，骑士是指你，这个地方或许和我们两个人有关。"杨天明一边说，一边拿出自己的手机，打开地图软件。

"难道是马戏剧院……"刘文昊自言自语道。

"这里不就是国际马戏剧院，但这附近没有高楼，我觉得不太可能……"

"不，我不是说这个马戏剧院，是动物园里那个马戏剧院！"

"这倒是有可能，马戏团是我开始魔术表演的地方。"

杨天明立刻在地图软件上找到动物园，查看附近的建筑。

"附近有十几栋高楼……"

"玫瑰和利剑……玫瑰和利剑……"刘文昊嘴里念念有词，忽然从杨天明手里拿过他的手机，放大地图，手指在屏幕上滑动，额头上冒出豆大的汗珠。

杨天明发现了刘文昊的异常，问道："你在找什么？"

刘文昊恍惚间回到了十七年前的夏天，再次看到了那柄"利剑"。

"利剑"刺穿了一个十九岁男孩的胸膛，血顺着铁栏杆流了一地，男孩转过头，看着刘文昊；嘴里不停地冒着血泡，想说话却又什么也说不出来。

那一年，刘文昊刚毕业不久，在派出所里实习。

八月的夏天，太阳毒辣，空气就像沸腾的水。派出所接到群众举报，心悦大厦十二层水疗会所内有人进行非法色情交易。

所长带着他们几个出警，打算清查这间会所。

谁知会所内807号房的嫌疑人，也就是那个十九岁的男孩，激烈反抗，看到有警察冲进来，立刻跳窗逃跑。刘文昊那时年轻气盛，总想立功，他立刻追了出去。

男孩赤裸着身体，紧紧贴着墙面，沿着外墙的边缘走。

墙体突出的边沿只能放下半只脚，稍有不慎就会踩空，因此每走一步都让人胆战心惊。

刘文昊屏住呼吸，小心翼翼走在边缘。

"警察，不要跑，回来！"

"不行，不要抓我，我还是学生，会被开除的，求你了。"男孩吓得瑟瑟发抖。

"你放心，我们不会通报学校，你过来，有什么话好好说……"刘文昊劝解道。

"真的吗？"

刘文昊一紧张，有些犹豫："真……的。"

"你骗人！"男孩继续往后退。

"我保证！等等，别退了，后面是空的！"刘文昊大喊了一声，不过终究晚了一步。

男孩一脚踏空，从十二楼掉了下去。

楼下有一排围栏，宛如数柄利剑的铁栏杆刺向天空。男孩正好落在其中一根铁栏杆上，尖锐的栏杆刺穿了他的胸膛。

"刘警官！"杨天明拍了拍发愣的刘文昊。

刘文昊从回忆中惊醒，脱口而出道："玫瑰街心悦大厦！"

心悦大厦在汉昌动物园的南侧，与汉昌动物园之间隔着的就是玫瑰街。

"你怎么能肯定是这儿？"

"来不及多说了。"离七点只剩下十五分钟，刘文昊立刻给曹力打了电话。

一队特警被迅速派往心悦大厦。

华灯初上，心悦大厦正是热闹的时候，里面的商铺、餐厅、影院人流如织，警方没法在短时间内清场，只能直接冲上楼，逐层排查。

刘文昊带着小赵和杨天明也赶到了心悦大厦，看着大厦周围汹涌的人潮，他们知道事情麻烦了。

"十二楼，应该是十二楼！"当年的会所是在十二楼，他现在只能赌一把。

他们坐着电梯，直接上了十二层。当年的会所已经变成了公寓式酒店。

"警察办案，把所有房门全部打开！"刘文昊亮明证件，对前台急促地说道。

等不及服务员一一开门，他们不管三七二十一，开始逐个敲门。

酒店里鸡飞狗跳，住客们有的骂骂咧咧，有的一脸愕然，有的惊慌失措，有的吵吵闹闹……

服务员跟在他们身后，赔着笑脸安抚住客。

只剩下最后一间房没开门，刘文昊一脚踹开房门，只见一个女人手脚被绑，吊在窗外，头上套着头套，绳子一头系在房间的电视柜上，下面有一根蜡烛，绳子眼看就要被烧断。这时只听"啪"一声，绳子应声而断，好在杨天明眼疾手快，扑身拽住绳子，没让女人掉下楼。

刘文昊和小赵也急忙上前帮忙，三个人合力固定住绳子，把女人从窗外拉了回来。

刘文昊帮女人解开头套，撕掉她嘴上的胶布，女人惊魂未定，吓得一动不动。

"别怕，我是警察，什么人把你带到这儿的？"刘文昊急忙问道。

"我……"女人什么都说不上来，身上只穿了内衣，瑟瑟发抖。

刘文昊把床上的被子披在女人身上，环顾房间四周，叹了口气，看来凶手已经逃离了现场。

他们还来不及喘口气，那部手机又响了起来。

刘文昊拿出手机，发现又收到了一条信息。

"通过我，进入痛苦之城；通过我，进入永世凄苦之深坑；通过我，进入万劫不复之人群。正义促动我那崇高的造物主；神灵的威力，最高的智慧和无上的慈爱，这三位一体把我塑造出来。"刘文昊读出信息。

"但丁的著名诗篇。"杨天明脱口而出。

"你这么一说，我倒是有些印象。"刘文昊虽然没完整地读过但丁的作品，但是像这样广为流传的名句，他也曾在一些书里看到过。

"看来又是一个谜语，预示着下一个幸存者的位置。"杨天明皱着眉头，思索着这句话的意思。

"不能这么下去了，这样只会被对方牵着鼻子走，疲于奔命。"刘文昊看了看坐在地上的女人。

这时候特警已经进来，刘文昊没时间去询问女人被带到这里的经过，只能把她交给特警，让他们把女人送回分局，由刑侦大队的同事来接手。另一方面，他打电话给曹力，向他汇报自己这边的情况。

杨天明默默坐在旁边，思考着但丁的名句，凶手为什么要用这句话，他又在暗示什么呢？

这段话出自篇目《地狱之门》，那么凶手是想暗示他们即将进入"地狱"吗，还是另有所指？

如果这是下一个幸存者即将坠楼的地点，那么该如何解读？

"有什么线索吗？"刘文昊和小赵处理完琐事，这才过来找杨天明商议。

杨天明站起来，沉吟了片刻，说道："凶手对我们很了解，做了很多准备工作，正如你刚才所说，按照这样继续下去，我们只会疲于奔命。"

"我已经和曹队说过这件事了，徐修武因为亲人在国际马戏剧院大火中丧生，所以才要报复社会，按此推断他的同伙极有可能是与他有相同遭遇的人。三十七人，除去我们的亲人和徐修武的妻女，还有一个未知死者，其他死者的直系亲属都有嫌疑，警方已经采取行动，相信很快就会有进展了。"

"徐修武点名要我们来恐怕也是因为我们的亲人也在大火中丧生。"杨天明推测道。

刘文昊点点头，他也觉得这是最有可能的原因："我们要一边救人，一边找出他们的破绽，反客为主！"

接到刘文昊的电话，曹力悬着的心总算暂时落了地，如果受害者从市中心的大楼坠下，必然会引起轰动，到时候造成的社会影响，可不是他这个分局刑侦大队副队长能承担的。他也明白，不抓到徐修武的同伙，勒在警方脖子上的那根绳子是解不下来的。

徐修武不肯交代任何事情，一副拒绝合作的样子，谈判专家一时间也束手无策。

与此同时，曹力对第二名女性受害者进行了调查。

在酒店里被救下的女人叫陈茜云，四十七岁，家庭主妇，丈夫正在外出差，孩子在外地读大学。今天中午她一个人去小吃店吃馄饨，回家路上被人绑走。她完全不知道绑架她的人是什么模样，连是男是女也不清楚。她醒来后就发现自己被人绑住，吊在半空，套着头套，完全不知道自己在哪里，直到刘文昊他们救下她。

陈茜云同样是国际马戏剧院火灾事故中的幸存者，回忆起当年的事情她依旧胆战心惊，侥幸自己买的是最便宜的票，坐在最后面，所以才顺利逃生。

曹力把徐修武的照片拿给陈茜云看，陈茜云根本不记得自己见过这个人。想从陈茜云这里入手找到线索，恐怕还需要进一步调查，但眼下要反客为主却不能耽误任何时间，这实在是一件两难的事情。如今，他只能尽量安排人手，齐头并进，能多找到一点线索，也对案件有所帮助。

这时候，吴淑涵抱着一台笔记本电脑急急忙忙地走过来，拦住正要去协调工作的曹力。

"曹队……"

"有什么事情晚点再说！"曹力心急如焚，从吴淑涵身边闪过。

吴淑涵看着曹力的背影，又看看手里的电脑，拿出电话，打给了刘文昊。

刘文昊和杨天明对于谜题中这句话在理解上没有分歧，只是在汉昌市能够被称为"地狱之门"的地方在哪里？对徐修武而言，什么地方是"地狱之门"？

他们首先想到的自然是国际马戏剧院，但如今剧院已经不复存在，周边也没有适合的高楼，所以凶手不会选择那里。

"医院。"杨天明说出了自己的想法。

"徐修武的孩子是在医院去世的，那里对他而言确实是'地狱之门'。"刘文昊眼前一亮，思路顿开，他立刻开始调查当年徐修武的孩子被送去了哪家医院。

当年伤者众多，数十家医院都接收过伤者，徐修武的孩子去了哪一家医院并不能马上就查出来。

刘文昊灵机一动，叫人查了徐修武几个亲戚的电话，虽然徐修武不愿意说，但他还有亲戚朋友，这么大的事，他们应该知道。

"康红医院。"刘文昊放下电话。

杨天明看看时间，离八点还有四十三分钟。

这时刘文昊的电话又响起来，是吴淑涵打来的。

"小吴，有事吗？"

"刘哥，我查到一些线索，想看看能不能帮到你们。"

"你说。"

"我拿到了徐修武的手机与通信基站的交互数据，其中一个基站离他固定的生活轨迹较远，他最近三个月至少去过该区域二十次，这个基站的位置在南城路五华大厦楼顶，覆盖半径大约一公里。"

"这个范围太大了，能缩小一些吗？"

"没办法了，我已经尽最大可能缩小范围了。"

"好，你统计一下周边有哪些小区、商场、大楼等，越详细越好。"

"这个可以，我做个表格，发给你。"

刘文昊挂掉电话，吴淑涵的发现很重要，或许就是他们反客为主的突破口。

康红医院是市内著名的三甲医院，来这里看病的人络绎不绝，即使现在是晚上，急诊室内依旧人满为患。

医院不是想清场就能清场的地方，何况他并没有实质性的证据，一切只是他和杨天明的推测。他们必须在最短的时间内找到线索。

康红医院有十几栋楼，如果想在短时间内全部清查一遍，没有上百的警力是不可能完成的。

三人在路上进行了讨论，确定了一个最有可能的地方，那就是徐修武女儿曾经住过的 ICU 病房，也是徐修武女儿去世的地方。徐修武在这里亲眼看到女儿离去，对他而言，无疑就是"地狱之门"。

刘文昊他们按照医院的指示牌赶到 ICU 病房，却并没有发现此处有任何异常。

三名值班护士都说没看到任何可疑的人，而且这里进出都需要 ID 卡，绝不可能有身份不明的人混进来。

刘文昊一时间有些发蒙，难道他们推测错了吗？他看看手表，距离下一个整点还有不到十五分钟。

"护士小姐，这栋楼看起来比较新，是哪年建的？"杨天明忽然问道。

"是两年前才启用……"

"两年前？"刘文昊急了，"原来的 ICU 病房在哪里？"

小护士被问得一愣，有些不知所措，这时候旁边年龄稍长的护士说道："现在那边改成普通住院部了，叫康复楼，在后面老区。"

刘文昊他们问清位置，直奔康复楼。

康复楼的管理要松懈许多，探视病人的亲朋好友们进进出出，手里大多还提着东西，好不热闹。

楼里只有两部电梯，很拥挤。刘文昊顾不得影响，亮明身份，三人插队上了电梯，其他乘客也被他们请了出去。

电梯缓缓上升，他们都沉默不语，不知道接下来会遇到什么。

"咚"一声，电梯门打开，十七层到了。

楼道里一片漆黑，整层楼竟然都没有医护人员和病人。刘文昊和小赵掏出配枪，杨天明拿出手机帮他们照亮，三人小心翼翼地在黑暗中前行。

病房的门窗都是开着的，冷风灌进来，门开开合合，发出"吱呀吱呀"的声音。

三人逐个检查病房，但里面都是空荡荡的，许多房间的地上还放着油漆罐、水泥灰和工具，看起来整层楼都在重新装修。

"呵呵呵……"这时不知道从哪里飘来一阵女孩子的笑声。笑声诡异阴森，令人毛骨悚然。

"什么人？"刘文昊大喊一声。

"呵呵呵……"笑声离刘文昊他们越来越近。

"装神弄鬼，雕虫小技！"杨天明冷哼了一声，他摸了摸一旁的暖气管道，声音正是通过管道传来的。

"这边！"杨天明找出了方位，立刻带着刘文昊二人往左侧跑去。

一个人影忽然从右边的病房里闪出。

"站住！"刘文昊大喝一声，但黑影并没有停留，直接跑进了对面的病房。

刘文昊做了个手势，三人各闯入一间病房。

刘文昊看到那个人影越窗而出，仿佛电影里的蜘蛛侠，在空中划出一条弧线，落在对面的屋顶上。他立即举枪射击，但子弹打到了对面楼的墙上，那人很快就躲到建筑物后面，消失在夜色中。

"快来这边！"杨天明的呼喊传来。

刘文昊和小赵转身冲进杨天明所在病房，眼前的一幕令他们头皮发麻。

一个男人被倒吊在窗口，他的头上套着一个透明的塑料袋子，一根软管一头插入袋子里面，另一头则接在一个煤炉的出烟口。

塑料袋里充满了浓烟……

第十章

死亡倒计时

　　徐修武一直拒绝开口交代自己的同伙，无论谈判专家说什么，他都以沉默应对。

　　直到八点，他忽然抬起头，睁开眼睛，盯着谈判专家。谈判专家以为对方终于被自己打动，不由露出笑容。

　　"正如我所说……"谈判专家正准备趁热打铁，继续说下去，却被徐修武打断。

　　"血债血偿，我该做的都做完了，这个世界没什么可以留恋的了……"徐修武双手合十，放在额头，宛如祈祷，他咬碎了早就藏在口腔里的毒药，倒在了地上。

　　但是，"游戏"并没有因为徐修武的自杀而停止。

　　刘文昊和杨天明又收到了第三条信息。

　　"天空之城的旋转木马上，当最终的乐章奏响，血债必将血偿！"

　　刘文昊和杨天明不约而同地倒吸了一口凉气，他们深知凶手展开这一系列的谋杀是经过精心布局的，所以才能如此从容不迫，而他们则疲于奔命。

　　这些幸存者相继被抓，通过不同方式被送到特定的地点。凶手们如此大费周章是为了什么？

　　"在大多数魔术表演里，魔术师会通过各种方式分散观众的注意力，或者把观众的思维引入歧途，只有这样，魔术师才有机会把不可能变成可能。"杨天明若有所思地说道。

刘文昊忍不住打了个寒战，把目光投向杨天明，说道："你是说对方只是在用这种方式分散我们的注意力，那么他们真正的目的是什么？"

杨天明摇摇头，显然这个问题他目前也无法回答。

刘文昊的手机响了起来，是曹力打来的。

"曹队……什么？徐修武自杀了？"刘文昊听完曹力的讲述，整个人都愣住了。

"火灾事故中遇难者的家属目前找到了十六人，我们还在努力。"曹力已经竭尽全力，但想在一个小时里找到这些死者的全部直系亲属，确实有些困难。刘文昊他们目前只能靠自己想办法。

刘文昊挂掉电话后，心情有些沉重。

杨天明在旁边听到刘文昊的话，也大致猜到发生了什么，徐修武已经生无可恋，复仇完成后自杀似乎也是必然的。

"现在还不是叹气的时候。"杨天明看到刘文昊沮丧的样子，忽然说道。

"想不到对所有事都漠不关心的你，会说出这种话。"

"这些人的死，我也负有责任。"杨天明说得生硬，他脑海里此时浮现出徐修武对他说的那句话 ——"你不过也是悲剧的一部分"，难道徐修武知道火灾的真相？一想到这里，他不禁握紧了拳头。

刘文昊此时收到了吴淑涵发来的电邮，里面详细罗列了那个基站覆盖的住宅楼和商业场所。

刘文昊扫了一眼，立刻发现了一个熟悉的地方 ——青年国际小区。他脑子里忽然"嗡"了一声，张奕兰正是住在青年国际小区。张奕兰是文静的闺密，又认识罗天翔，现在她的住所出现在徐修武的活动范围里，如果这些都是巧合，那未免太牵强。他怀疑张奕兰参与了谋杀，而且极有可能是国际马戏剧院火灾的受害者亲属。

"是不是有什么发现？"杨天明问道。

刘文昊点点头，再次联系曹力，让他立刻派人找到张奕兰，并调查她有没有亲人朋友在国际马戏剧院火灾中丧生。

警队的同事们此时也赶到了医院，接手了现场勘验和尸检工作。

刘文昊带着小赵和杨天明从医院出来，开始寻找第三条谜语中的"天空之城"，不论如何，他们不能放弃拯救生命的希望。

偌大的汉昌市，哪里才是凶手所说的"天空之城"？这一次凶手提供的信息更少，线索更加模糊，让人无从下手。

"信息上说'血债血偿'，凶手不会仅仅认为那场大火事故中的幸存者该为此事负责，造成火灾的人才是罪魁祸首，或许徐修武他们已经查到了真正的纵火者……"刘文昊站在街边，看着马路上川流不息的车辆，一时间有些出神地说道。

杨天明早就想到了这一点，此时刘文昊的想法与他不谋而合。

"有这个可能，但这依旧解释不了徐修武他们为什么要如此大费周章地杀害幸存者？还有他们究竟想利用我们两个做什么？"

杨天明的这两个问题也触动了刘文昊，他忽然间有了一个大胆的猜想。

"如果他们并没有找到放火的真凶，而是想通过我们来找到这个罪魁祸首呢？"

"如果是这样，很快就会有答案。"

两个人说到这里都沉默了，刘文昊看看手表，离九点还有四十五分钟。

时间一分一秒地过去，刘文昊心里愈发焦躁不安。

"我想到了一个地方。"杨天明忽然说道。

"哪里？"

"凶手对我们很了解，选的地方都是与我们有关联的，并不是随机挑选的，其实我早就应该想到的，只是不愿意去想罢了。"杨天明眼角轻轻抽动，仿佛在忍受某种剧痛。

"最后一条信息跟你有关？不，先说位置，其他情况路上再说！"

杨天明点点头，说道："璇空餐厅。"

璇空餐厅位于汉昌市最高的建筑物"汉昌中心大厦"的顶层，餐厅四周由玻璃幕墙构成，并可以缓慢旋转，顾客们可以一边用餐一边俯览整个汉昌市的景致。

餐厅外有一个花园露台，露台上遍布鲜花和灯饰，中央处还有一个秋千，许多食客都会去秋千处拍照。

享用美食、欣赏夜景，许多顾客都在此地留下了美好的回忆。

然而，杨天明却在这里度过了一个极其难堪的夜晚。

当时他作为魔术师的第三场商业演出刚刚结束，获得了巨大的成功，同时他也签下了一份国际知名企业的广告代言合同。这其中林雪瑶功不可没，正是她在商业方面的运筹帷幄，才把寂寂无名的杨天明捧成了明星。

为了感谢林雪瑶，杨天明决定请她吃饭，地点就选在了璇空餐厅。

那天林雪瑶穿了一身红色的长裙，亭亭玉立，美得不可方物。

这样一对男女即使再低调，也会惹人多看两眼。

两个人愉快地聊着对于未来事业的规划，以及下一场魔术表演的内容，正在两人相谈甚欢的时候，杨天明的妻子吴芳秀带着儿子乐乐出现在了餐厅。

林雪瑶先看到吴芳秀，脸色微微一变，不过还是礼貌地站起来。

"姐……你别误会了……"

她话还没说完，吴芳秀就拿起桌上的一杯红酒，泼在了林雪瑶脸上。

"芳秀，你这是干什么！"杨天明想要拦住吴芳秀，但终究晚了一步。

林雪瑶铁青着脸，眼泪忍不住在眼眶里打转，她拿起包，转身就走。

吴芳秀还想拉住林雪瑶，但是这一次杨天明挡住了她。

"芳秀，别闹了。"杨天明看着儿子乐乐一直低着头，身体吓得瑟瑟发抖，心痛不已。

周围人的目光纷纷投向他们，有人似乎认出了杨天明，他们开始窃窃私语，揣测着这个当红魔术师的私生活。

杨天明脸上红一阵白一阵的，他叹口气，摇摇头，知道吴芳秀冷静下来前无法听进他的任何解释，这里又是公众场合，餐厅经理带着服务员已经走了过来。他抱起乐乐，轻轻拍拍儿子的背，安抚地说道："乐乐别怕，爸爸带你去玩。"

说完，他抱着儿子去收银台结了账，然后离开了餐厅。

再次来到汉昌中心大厦楼下，杨天明抬头仰望璇空餐厅，想起往日的事情，忍不住叹了口气。那件尴尬至极的事情发生后，林雪瑶便与他分道扬镳了。

刘文昊早就看出杨天明和林雪瑶有些感情纠葛，并不吃惊，也没有他那么多感慨，所以直奔电梯，要立刻上餐厅查看情况。

"对不起，先生，请出示您的 ID 卡。"保安拦住他们。

"我们要去璇空餐厅。"刘文昊说道。

"不好意思，餐厅近期正在停业中。"保安礼貌地说道。

"停业？为什么？"

"听说在重新装修……"

刘文昊掏出警察证，说道："我们是警察，怀疑有嫌犯在上面，麻烦让我们上去看看。"

保安核对了一下警察证，确认无误后，这才用自己的 ID 卡打开电梯门。

"这是直达璇空餐厅……"

刘文昊不等保安说完，已经麻利地关了门，在电梯里，他看了一下手表，舒了口气，离九点还有半个小时的时间。

这是一部观光电梯，内部空间宽敞，在电梯里就能看到外面的景色。

璇空餐厅在一百二十六层，距离地面六百米的位置，即使他们乘坐直达电梯上去，也需要约莫六分钟的时间。

就在电梯来到一百二十五层的时候，忽然剧烈抖动了一下，然后就"咔"一声停住了。

因为是直达观光电梯，这个位置根本就没有电梯门，刘文昊急忙按下电梯里的"求救"按钮，可没有任何反应，所有的按键都失灵了。

刘文昊一拳狠狠捶在电梯面板上，说道："肯定是对方故意破坏了电梯！"

"我们只能爬上去了。"杨天明把目光投向了电梯里的空调风口。

小赵透过玻璃往下看了看，不由一阵目眩。

"你恐高？"刘文昊看他脸色苍白，问道。

"没事。"小赵摇头否认。

三个人合力拆下电梯顶上的空调出风口，爬出了电梯，迎面而来的是呼啸的狂风，他们不得不抓住电梯外的电缆，才能勉强站稳。

观光电梯位于墙体的凹槽内，此时他们一抬头便可以看到璇空餐厅的户外花园，距离他们的位置不超过五米。

杨天明仔细打量了一下四周，凹槽内的导轨可以攀爬。

"我先上！"杨天明压低身子，缓缓挪到大楼凹槽内，这里的风立刻小了许多，他试着用脚踩了踩导轨，可以借力。刘文昊跟在杨天明身后，他发现小赵还蹲在原地，手紧紧拉着电缆，一动不动。

"你先回电梯里等我。"刘文昊说道，"上面情况不明，增援也需要有人对接，你留下。"

杨天明徒手向上爬着。

导轨的宽度可以塞进半只脚，墙体凹槽内的砖缝足够塞进一只手，但即使如此，攀爬的难度依旧比徒手攀岩还要困难。杨天明刚爬两三米，就险些滑下，一旦失手，无疑会变成一摊烂泥。

刘文昊深吸一口气，抬起头，看着杨天明的后背，也开始跟着往上爬。

在接近璇空餐厅户外花园的时候，他们又发现了一个难题，导轨与露台还隔着一点距离，中间没有任何可以落脚的地方，只能爬高一些，然后跳过去。

如果是在平地上，自然没有任何问题，可是在六百米的高空，就算不考虑大风的阻力，他们能借力的地方只有导轨，能否一跃而过，两个人都没有把握。

两个人正在犹豫，忽然听到一个女人的尖叫。

"不管了，赌一赌！"刘文昊正准备跳，可他无意间往下看了一眼，浑身一抖，脚下一滑，差点儿掉下去。

"我灵巧一些，我先跳吧。"杨天明说完纵身一跃，刚好抓住户外花园边上的栏杆。

杨天明竭尽全力稳住身体，手脚并用，顺着栏杆往上爬。

"过来！"杨天明在户外花园站稳后，伸出手喊刘文昊跳过来。

刘文昊咬紧牙关，弯腰蹬腿，往对面的花园跳去。他用尽全力，一只手抓到栏杆，杨天明拉住他另一只手，把他拖了上去。

两个人来不及喘气，立刻往餐厅走。

餐厅和花园之间的门紧锁着，餐厅里一片漆黑，他们看不清里面的状况。

刘文昊顺手抄起旁边的一把铁艺椅子，砸碎了玻璃门。

随着玻璃碎裂的声音，餐厅里的灯忽然亮了起来，下面的转盘也跟着启动，宛如一个巨大的旋转木马，开始缓缓转动。

刘文昊和杨天明呆呆地站在花园里，没有进入餐厅，因为餐厅里的画面实在太过诡异，让他们有些不知所措。

璇空餐厅的整体造型像一个圆形的飞碟，中央是一个流水潺潺的人造园林景观，围绕这个人造景观的则是摆放规整的桌椅餐台。

如今那些桌椅餐台已经不见踪影，取而代之的是一个个木马。

木马形态各异，它们被吊在离地面约莫半米的位置。每一个木马上都坐着一个惊恐万分的人。他们有男有女，嘴里都用一个黑球塞住，无法发声。他们的身体被带刺的铁丝缠绕，浑身上下血迹斑斑。

餐厅转动起来，木马也跟着摇晃，他们身上的铁丝便拉扯着他们的血肉，令他们痛不欲生。

在人造景观的位置摆放着一个计时器，正在倒计时。计时器的上面有一个绞盘，连接着每一个受害者身上的铁丝。

刘文昊看了看表，离九点还有六分钟不到，倒计时的时间与此同步。

"时间一到，绞盘会带动铁丝，这些人都会被切割成碎块。"杨天明面无表情地说道。

"一共有十二个人，我们不可能在五分钟里解开所有人身上的铁丝。"刘文昊皱起了眉头。

"这个绞盘应该是机械装置。"杨天明一边说，一边慢慢走进餐厅。

刘文昊跟了上去，他们来到一个受害者身边。

他能看到刘文昊和杨天明，也能听到他们说话，但他却一动也不敢动，只能用急促的呼吸声来表达他的恐惧。

"别怕，我是警察，我们正在想办法救你。"刘文昊安抚道。

餐厅还在缓缓转动，时间悄然流逝。

杨天明用手轻轻触摸铁丝，顺着铁丝的方向走到绞盘的位置。

"时间不多了，我们找来工具，分头把铁丝剪断。"刘文昊催促道。

杨天明却摇摇头，说道："不行，这是一个平衡结构，任何一根铁丝被剪断，绞盘就会启动，其他人就会立刻死，除非我们有办法在同一时间剪断十二个人的铁丝。"

"即使有这个可能，时间上也不允许。"刘文昊额头冒出冷汗，就算增援部队到了，也很难保证十二个人能保持同步。

"给我一点时间……"杨天明小心翼翼触摸着绞盘，观察着里面的结构。

增援部队到了，特警们包围了整个餐厅。

"不要乱动！"刘文昊生怕有特警一不小心触碰到机关或者铁丝，十二条人命将瞬间烟消云散。

特警们训练有素，见过不少大场面，看到眼前的景象也不由倒吸一口凉气。

"队长在哪里？"刘文昊问道。

特警中一人举起手，回道："刘警官，这一队我负责。"

"你们身上带战术刀没有？"

"报告，所有人都配有战术刀。"

"你们有多少人？"

"六个人。"

刘文昊看了看时间，还有最后两分三十秒。

"你们一个人守住一个受害者，听我命令，务必同时出手，割断铁丝。"

"是。"特警队长立刻安排队员拿出战术刀，一个人守住一名被铁丝绑住的受害者，等候刘文昊的命令。

"杨天明……"刘文昊叫了一声还对着绞盘发愣的杨天明。

"我有六成把握破坏绞盘的机关。"杨天明回过头来看着刘文昊，"如果成功可以救下所有人，如果失败，这十二个人一个也活不了。"

刘文昊脸色苍白，如果用剪断铁丝的方式，他们至少可以救下八个人，但救哪八个人呢？可让杨天明破坏机关，一旦他失手，十二个人就都没命了。这是他一辈子做过最难的选择题。

"刘警官！"杨天明喊了一声犹豫不决的刘文昊。

刘文昊看着杨天明，他不知道该不该相信眼前这个人，就在一周前，他恨不得把对方剥皮拆骨，可如今却要考虑是否该把十二条人命交到他手上。

刘文昊的脑海里浮现出杨天明救下女人的画面，还有他在六百米高空上那舍身一跃……

"我相信你，一切后果由我承担！"刘文昊终于开口说道。

杨天明面无表情地点点头，转过身，开始拆卸绞盘里的机关。

刘文昊和现场所有特警都屏住了呼吸，时间仿佛静止，世界在这一刻凝固。只有杨天明像是一个专注玩积木的孩子，无论手还是身体都没有丝毫的颤抖，仿佛在做一件再平常不过的事情。

杨天明真的明白自己的每一个动作都将决定十二个人的生死吗？在场所有人的脑子里都有这样的疑问。

时间仅剩十秒，刘文昊脑门上汗如雨下。

"咔"一声，绞盘散落，十二根铁丝落在了地上。

"好了。"

刘文昊此时全身上下已经被汗水湿透，他几乎站立不稳，一把扶住身旁的椅子，缓了片刻，这才吐出一口气来。

救护人员也已赶到现场，开始拆除受害者身上的铁丝和嘴里的黑球，顿时哀号声四起。

刘文昊和杨天明离开了现场，那部垃圾桶里捡来的手机再也没有发来任何信息，它已经自动关机了。刘文昊尝试开机，屏幕却没有任何反应。

"你先去医院处理伤口，有什么情况再联系。"刘文昊看见杨天明手上受了伤，伤口还没有止血。

杨天明点点头，拦下一辆出租车。

"那个……"刘文昊忽然叫住正要上车的杨天明，"今天谢谢你。"

杨天明只是看了眼刘文昊，说道："他们使用的绞盘和魔术'九天揽月'用的机关一模一样。"

刘文昊闻言，两眼一翻，怒火中烧，质问道："那你怎么说只有六成把握？"

"不错，我有十足把握。即便你没做出这个选择，我也一定会救下所有人，但我要看你，信不信我。"说完，杨天明上了出租车。

刘文昊无言以对，看着出租车消失在灯火朦胧的夜里。

眼下虽然危机暂时解除，但是凶徒一日不被全数缉拿，真相一日不明，就还会出现新的受害者。

刘文昊回到分局，向曹力汇报了事情经过。

其间，两人对于白天的事情绝口不提，曹力知道刘文昊不愿意说的事情，再逼他也没用。

曹力派去抓捕张奕兰的队员此时回报，张奕兰下落不明，而且手机关机，根据监控录像和手机关机前的信号，她最后出现的位置是在青年国际小区楼下的便利店，时间是早上八点四十六分。这无疑增加了张奕兰的嫌疑。

警方再次对张奕兰的背景进行详查，特别是她身边的亲人和朋友是否有在五年前国际马戏剧院的火灾中受伤或死亡的。但是，张奕兰社会关系复杂，调查难度比想象中大很多。好在刘文昊那边控制住了局势，没有造成较大的伤亡，否则后果不堪设想。

"曹队，这是那部手机。"刘文昊把垃圾桶里捡来的手机递给曹力。

"好，我让技术处的人看看，或许能找到什么线索……对了，刘哥，你要不要先休息一下，后面的调查我们会继续跟进。"曹力看见刘文昊眼睛里都是血丝，今天这一番折腾正常人都受不了，何况他还感冒了。

"没事，我想尽快讯问王爱国。"

"好吧。"曹力见刘文昊坚持，也不再反对，"小吴，你和刘哥一起去审王爱国。"

"好的，曹队。"

王爱国白天睡得太多，晚上反而睡不着了，他脑子里不时地闪现出崔光强在电话里说的话。

"王团长，我来找你了。"

"王爱国，出来！"这时，拘留室的仓门忽然被打开了。

王爱国吓了一跳，慌忙坐起来。

"领导，我可以走了吗？"

"去讯问室。"

刘文昊手里握着一杯咖啡，热乎乎的，冒着白色的气。他一边喝着咖啡，一边通过单面玻璃看着局促不安的王爱国。

王爱国坐在讯问室里，看不到其他人，他的不安和焦虑都写在了脸上。

"刘哥，徐修武的报复就这么结束了吗？"一旁的吴淑涵心里想着的还是刚才那些触目惊心的谋杀，以及徐修武的自尽。

"对于徐修武而言，他想做的事情确实已经做完了，但是对于幕后操作这一切的人而言，这恐怕没有这么简单。"刘文昊喝了一口咖啡。

"什么人利用这些受害者，实在太坏了。"吴淑涵说了句孩子气的话。

刘文昊笑了，说道："所以才要你这样的热血刑警抓坏人。"

"我不行，还要跟着刘哥多学习。"吴淑涵脸一红。

"别谦虚了，你会的东西我可不会，如果不是你提供的线索，我们短时间内恐怕不会去怀疑张奕兰。"

"我真是做梦都想不到，自己刚进警队，就遇到这么离奇的案子，一环套一环，就好像进了迷宫。"

"'不识庐山真面目，只缘身在此山中'，或许我们要想办法跳出来才行。"刘文昊放下咖啡杯，"进去吧，看看这个王爱国会不会给我们跳出来的机会。"

王爱国看到刘文昊和吴淑涵，本能地皱了皱眉头，想起自己窘迫的一面，毫不掩饰眼中的厌恶之情。

"你们赶快放了我，你们没有证据乱抓人，我出去一定告你们！"

刘文昊什么都没说，把手里的笔记本电脑放在桌面上，播放了一段录音。

"强子……冤有头债有主，我也是迫不得已，你别找我啊……"

王爱国听到自己说过的话，脸上青筋跳动了两下，眼睛也不自觉地眨了好几下，刚才嚣张的气焰一下子就没了踪影。

"我，我这是被你们吓到了……胡言乱语的……"

"王爱国，你也太小看我们了，崔光强是不是你杀的？"刘文昊两眼一瞪，先发制人，上来就给王爱国扣了一顶大帽子。

王爱国额头上汗珠渗了出来，讯问室里的温度并不至于让人汗流浃背。

刘文昊见王爱国情绪紧张，立刻继续追问，不给他喘息的机会："你的腿是怎么伤的？"

"意外……"

"崔光强曾是你的助手，因为他一时大意，让你从高台摔下，所以你怀恨在心，就找机会杀了他！"

"怎么可能，保险公司都调查过，事故是设备老化、锁扣断裂导致的，不可能和强子有关系，哪怕真有关系，我也不可能为了这种事杀人！"

"这可不好说，团里的人说你和崔光强发生过好多次冲突，甚至还动过手，所以你一怒之下杀人也是有可能的……"

"你们可别想冤枉我……他昨天晚上还给我来电话了，你们现在说这些也太可笑了！"王爱国情急之下辩解道。

"你们说了些什么？"刘文昊追问道。

"那小子就喜欢装神弄鬼，他昨晚把我家电断了，还打电话说要来找我，还恐吓我。"

"那你说说崔光强为什么恐吓你，而你又为什么害怕他？"刘文昊敲敲桌子。

王爱国搓着手，有些犹豫，不过最后还是把心一横，说道："反正他也没死，这事我也不怕说，五年前他来找过我……"

那是一个燥热的秋日傍晚，国际马戏剧院发生火灾后的那个周六，王爱国记得非常清楚。

每逢周末休息，他都会去郊外的白马河钓鱼，那里虽然钓不到什么大鱼，但是去钓鱼的人很少，他就图个清静。

王爱国以前很讨厌钓鱼，他觉得无聊，常常一坐就是好几个小时，也未必有一条鱼上钩。但是自从他腿瘸了，反而有耐心了。

当他真正开始钓鱼，很快就迷上了这项活动。

那天他并不知道崔光强会来找他，崔光强也没给他打电话，突然就出现在他的身后。

王爱国吓了一跳，抓到手的一条鱼也掉进了河里。

"王团长。"

"强子，你怎么在这儿？"

"找你。"

"什么事？"

"借我点钱。"

"没有，上次才给你八万多，你以为我是开银行的！"王爱国扔下渔具，转身就想走。

崔光强上前一步抓住王爱国的衣领，把他推到树上。

"今天你不给我钱，别想走！"崔光强目露凶光。

"去你妈的！"

王爱国和崔光强两个人扭打在一起，王爱国混乱中捡起一块石头，砸中了崔光强的头。

"强子他一下没站稳，就掉河里了，当时天已经黑了，我又害怕，就跑了。"王爱国说到这里，舔了舔嘴唇。

"听你说的，崔光强这不像是借钱，更像是你欠他的。"刘文昊对王爱国的说辞半信半疑。

"有些事情我也不知道该怎么说，一些同志对我有点误会，包括他，我们剧团当年确实有些演出收入，但并不高，我更不可能侵吞占用。"王爱国喝了口水，生怕刘文昊他们不相信似的，继续强调，"这个组织上可是有调查结论的，我是清白的。"

"你的意思是，崔光强觉得你侵占了他的演出收入，所以找你要钱？"

"他是这么想的，一直对我有误会，所以我们才会有些不必要的冲突。"王爱国点点头。

刘文昊在笔记本上写了几行字，然后敲了敲笔，才又问道："你曾经跟林雪瑶说崔光强还了你借他的八万多块钱，可按照你现在交代的事情，那时候你应该认为崔光强死了才对。"

"这个数目和我借给强子的一模一样，除了他我想不到其他人，所以我才告诉林雪瑶，其实也是希望她能帮我确定一下，强子是不是还活着。"王爱国坦白说道。

刘文昊沉默了片刻，王爱国说的话在逻辑上没有太大问题，但是崔光强找他借钱这件事解释得实在牵强，还需要进一步查证。他和吴淑涵耳语了几句，吴淑涵拿着笔录给王爱国签字。

王爱国看了眼笔录，签了名，问道："刘警官，我能走了吗？"

"先别急，如果崔光强活着，这里对你来说才是最安全的地方。"说完，刘文昊起身和吴淑涵两个人离开了讯问室。

看着他们离去，王爱国哑口无言，他此时也觉得刘文昊刚才说的话似乎有点道理。

第十一章

因果

　　杨天明没有去医院，而是直接回到了出租屋。屋里一片狼藉，他简单收拾了一下房间，找来医药箱，用酒精和纱布处理了手上的伤口。

　　床单上满是灰尘和杂物，把上面的杂物归到角落，他重重地躺了下来。

　　忽然他想起徐修武来，那个男人的眼神令人心痛，或许只有经历过同样的事情，才能理解那种痛苦。

　　徐修武很明白，复仇只能让他出一口气，但改变不了任何事，所以他最终还是选择以死亡来结束这一切。

　　我呢？杨天明问自己，徐修武至少知道要报复的人是谁，但自己对于真相还并不了解。

　　徐修武曾经说他是悲剧的一部分，是不是意味着他们知道真相，或者知道部分真相？

　　想到这里，杨天明握了握拳头，从口袋里摸出一个齿轮零件。

　　这个齿轮是他从璇空餐厅的绞盘里取出来的，他趁着没人注意，偷偷把这个齿轮放进了口袋。

　　杨天明把齿轮拿到眼前，轻轻抚摸，并缓缓转动，仿佛在欣赏一件艺术品。他看了一会儿，又把齿轮重新放回口袋，闭上了眼睛。

　　夜凉如水，这样的老楼里没有暖气，杨天明缩成一团，顺手抓起旁边的被子盖在身上，不过一会儿，就沉沉睡去。

初冬的阳光依旧带着几分暖意，钻进狭小的屋子，洒落在杨天明的脸上。

杨天明用手挡住阳光，从床上坐起来，发了一会儿呆，想看看时间，才发现挂钟已经掉在地上摔坏了。他在床头摸索了一会儿，拿起手机，已经是上午十点钟了。

他已经很久没有睡得如此安稳了，一夜无梦，更无噩梦。他披上外套，去卫生间用冷水洗了把脸，人顿时精神了一些。

他走出门，昨晚的事情仿佛一场梦，不过手上隐隐作痛的伤口却在提醒他那些死亡和鲜血是真实存在的。他骑上自行车，穿过熟悉的街道，一直骑到江边，然后顺着沿江大道一路往西。

江面上波光粼粼，有两三艘货船正逆流而上，远处的大桥横跨江面，桥上车辆川流不息。

杨天明小时候常在岸边玩水，这么多年这里没什么太大的变化。只是如今物是人非，少年不再。

骑了半个小时后，他把车停在一个黄土坡上，顺着土坡下到水边。

不远处有个船坞，里面不时发出切割金属的刺耳声音。他走过一小段浮桥，来到船坞门口，拍了拍紧闭着的铁门。

过了一会儿，一个满头白发，戴着护目镜，手里拿着切割机的老人打开了门。

杨天明脱了帽子，解开围巾，露出那张毁容的脸。

老人愣了一下，不过还是认出了杨天明。

"小杨，你怎么？"

"火烧的。"

"唉，真是……好久不见，进来坐吧。"老人叹口气，实在不知道该说些什么，他摘下护目镜，放下手里的切割机，把杨天明迎进门。

船坞里摆满了各种模具和机器，材料堆放在地上，看起来有些杂乱。这里除了老人，并未看见其他人。

"天气冷，我帮你倒杯热茶。"老人用衣袖擦了擦椅子和桌子，招呼杨天明坐下来。

"费老，不用客气了，今天来是想向您打听个事。"杨天明从口袋里摸出一个齿轮，放到桌子上。

老人名叫费大庆，是船坞的主人，专为客户打造千奇百怪的机关道具。客户里除了魔术师，还有电影道具师等，不一而足。

费大庆拿起齿轮，看了一眼，点头说道："不错，这是从我这里卖出去的零件。"

"费老，最近您有接绞盘的单吗？跟当年'九天揽月'魔术里用的绞盘差不多。"

"行有行规，我不能透露客户的信息。"费大庆摆了摆手。

"昨晚有人用这种绞盘行凶，差一点就杀死十二个人，如果您现在不告诉我，下次来找您的恐怕就是警察了。"杨天明说的是实话，也是赤裸裸的威胁。

费大庆脸色骤变，看了看杨天明，他不像是会说谎的人。

杨天明也不催他，耐心等着。

沉默片刻后，费大庆拿出手机，找出订单信息，把手机递给杨天明，说道："对方是在网上下的单，这是订单信息。"

杨天明拿过手机，订单上的收件人姓名是"胡先生"，不出意外应该是个假名字，除此之外，订单上还有电话、地址和设计图。

他试着拨了拨电话，提示对方已关机。那么唯一能追查的就是收货地址了。杨天明又用手机地图软件搜索这个地址，汉昌市江门区新华街道新华路213号，显示是达通快递的代收点，这无疑增加了调查的难度，但总算得到了一条值得追查的线索。

他把费大庆手机里的订单信息拷贝了一份发到自己手机里。

"五年多没见面，你这一来就给我一个下马威啊！"费大庆不高兴地拿回手机。

"我这是在帮您。"

"谢谢您了，慢走不送。"费大庆翻了翻白眼。

杨天明不以为意，起身告辞，走到门口的时候，忽然又回头问道："费老，这些年，您有没有见过崔光强？"

"没有。"费大庆摇摇头，"想起来，他真是个天才，设计了那么多稀奇古怪的装置……不，应该说你们一起。"

费大庆说完有些怜悯地看着杨天明。

杨天明早已习惯了这样的眼神，心无波澜，面无表情地走出了船坞。

达通快递的代收点靠着街边，这里人来人往，送货和取货的人络绎不绝。

杨天明站在旁边看了一下，代收点有监控摄像头，但是工作人员不会核查取件人的身份，取件人只需要报个名字和单号就能拿走快递。

根据费大庆提供的订单信息，绞盘是在一周前发货的，同城货运到代收点最多两天时间，只要不是监控碰巧出问题，一定录下了取件人的样子。徐修武的购买记录上显示他填写了多个收货地址，也许他们为了掩人耳目，分头去取货。

杨天明迟疑了片刻，还是拿出手机，拨通了刘文昊的电话号码。

虽然杨天明更想亲自查明究竟是谁在幕后操纵这一系列谋杀，又是否和当年的事故有关联，但没有刘文昊的帮助，他很难看到监控。

讯问完王爱国后，刘文昊原本想查一些资料，可却坐在椅子上睡着了。

迷迷糊糊睡了几个小时，他就被门外打扫卫生的阿姨惊醒了。刘文昊抬头看了一眼墙上的挂钟，已经是早上七点多了。他站起来伸个懒腰，看了看四周，其他同事还没来办公室。昨晚发生了那么多事情，同事们一定都在外面忙得不可开交，有太多人和事需要一一调查。

刘文昊不想再耽搁时间，去卫生间简单洗漱了一番就开始工作。他昨晚就想调查王爱国腿伤事故的情况，因为王爱国无意中提到了保险公司，所以他怀疑那次事故和保险理赔有关系。

警方平常没少和保险公司打交道，他很快就联系上汉昌动物园马戏团曾经投保的保险公司，了解当年这起事故中保险理赔的情况。

业务员查到了当年的理赔记录，并把相关单据传给了刘文昊。

看到保单，刘文昊有些吃惊，王爱国在那一年为马戏团演出投了总额度为五百万的意外险。事故发生后，保险公司为王爱国支付了大约七十八万的医疗费，除此之外，按照保险合同，还赔偿了马戏团两百四十七万，总额达到三百二十五万。

保险公司当年也安排了理赔员调查事故，调查结论是道具老化造成钢索突然断裂，符合保险合同中的理赔条款。

这其中两百四十七万是赔给马戏团的，并非王爱国个人，所以钱进了马戏团的公家账户。

但马戏团有独立经营权，当年在财务管理上恐怕相当混乱，极有可能是团长王爱国的一言堂。

刘文昊早就查过马戏团当年的账目，财务报表是年年亏损，每年都需要上级部门补贴来维持运营。大约七年前，事业单位改革，马戏团开始自负盈亏。改革后，马戏团勉强维持了三年，但随着观众越来越少，亏损加剧，终于被迫停止运营。马戏团里有编制的员工都被调到其他部门，没编制的人只能解除劳动合同。

王爱国有腿伤，上级部门考虑到他的情况，就让他留在马戏团看房子，毕竟这些房产设施还是公家财产，需要有人照看。

刘文昊现在虽然还没有证据，但他推测王爱国和崔光强当年可能是合谋骗保，只有这样，崔光强找王爱国要钱，才有合理解释。

因为连环谋杀案，他一直没有时间对崔光强进行深入调查，如今到了这个时候，他觉得有必要去调查一下崔光强周围的人，首先就是崔光强的前妻周美琴。

警方早前已经联系过周美琴，不过她的反应极其冷淡，只说许多年没见过崔光强了，对他的事情一无所知。

刘文昊这次不打算打电话，而是决定亲自跑一趟。正当他查询周美琴信息的时候，吴淑涵带着早餐回来了。

"刘哥，你醒了，吃点东西。"吴淑涵把热腾腾的包子和豆浆递给刘文昊。

刘文昊接过包子和豆浆，咬了口包子，边吃边说道："走，我们得去找周美琴聊聊！"

"周美琴？啊，她是崔光强的前妻。"吴淑涵想了起来。

"功课做得不错！"

周美琴正在早餐店吃早点，忽然有两个人坐到了她对面，店里明明很宽敞，还有许多空桌子，所以她不免有些惊讶。

刘文昊见过周美琴的照片，但是本人看起来比照片上更漂亮，皮肤白皙，妆容得体，眉眼深邃，有一股成熟女人的风韵。

"周美琴，我们是青秀公安分局刑侦大队的警察，想找你了解一些情况。"刘文昊把警察证放在桌子上。

周美琴看了一眼警察证，又打量了一下刘文昊和吴淑涵，放下碗，皱起了眉头，说道："我不是在电话里都说了，不知道，没见过，没听说。"

"周美琴，你先别激动，我们来是想问问你和崔光强以前的事情。"刘文昊说道。

"你们来都来了，想问什么就问吧。"周美琴向后靠了靠，双手抱在胸前，明显有些抵触。

"你和崔光强为什么离婚？"刘文昊问道。

"感情不和。"

"这个倒是可以理解，不过有些事我就不理解了。"刘文昊一边说，一边从包里拿出一份文件，"你们是协议离婚，但在离婚协议里，你没有提出任何分割财产的要求，甚至连女儿的抚养费都没找崔光强要，这种情况不太常见。"

周美琴闻言冷笑一声，说道："他个窝囊废能有多少钱？我自己能赚钱养女儿，有什么问题吗？"

"坦率地讲，支付抚养费是法定义务，就算你没要求，但崔光强作为父亲，对未成年的女儿不闻不问，也不合情理……"

"你们到底想问什么，这些都是我私人的事情，你们管我要不要钱！"周美琴"唰"一下站起来，转身就要走人。

这时候吴淑涵站起来拉住了周美琴的手，说道："崔光强失踪五年，如今涉嫌纵火案、恐吓案和数起命案，事关重大，如果你不配合，我们只能请你回分局配合调查了。"

说完，吴淑涵松开手，重新坐下。

周美琴只能心不甘情不愿地坐下，嘴里还在抱怨："我和崔光强已经没有任何关系了，我真没见过他。"

刘文昊不理会周美琴的抱怨，问道："王爱国，你认识吗？"

"认识。"周美琴点点头。

"王爱国告诉我们，前天晚上，崔光强找过他，威胁他，你清楚他们之间的纠纷吗？"刘文昊意味深长地问道。

"钱吧，我以前听崔光强讲过，王爱国好像贪污了团里的钱，我那时候正和崔光强闹离婚，也没心思问他具体的情况。"周美琴说到这里，忽然意识到了什么，惊讶地反问道，"你们说崔光强回来了？"

"王爱国说崔光强联系了他，不过具体情况警方还在调查。"刘文昊简单回应，继续问道，"王爱国摔断腿的事情你知道吗？"

"知道，当时和他搭档的就是崔光强，保险公司的人还来找过我们几次。"周美琴回忆道。

"那崔光强有没有和你提过保险理赔的事情？"刘文昊注意观察周美琴的表情，她并没有什么不寻常的反应，只是想了一会儿才开口回话。

"好像说过，说是赔偿金会分给团里的人，弥补大家因停演整改而造成的损失。"

"那你们分到多少钱？"

"两千多块吧，气得崔光强摔了杯子，听说保险公司赔了好几百万，团里总共才十来个人，怎么着也要分好几万吧。"周美琴脸上也浮现出不满的神色。

"谢谢你的配合，如果你见到崔光强，请立刻和我们联系。"刘文昊把自己的电话留给了周美琴。

周美琴冷漠地说道："他不会来找我们，我们也不想见他。"

刘文昊不置可否，没有说话，吴淑涵忍不住说道："孩子总想见爸爸吧。"

周美琴闻言脸上一黑，不高兴地说道："没那个必要。"

说完，周美琴起身离开，这一次刘文昊和吴淑涵没再阻拦她。

"刘哥，我觉得他们离婚不像是周美琴说的那么简单，恐怕另有隐情。"吴淑涵看着远处周美琴的背影说道。

"她不想说，我们也能查出来。对了，昨晚受害者的笔录都做完没有？"

"应该还没有，我早上七点多的时候联系过曹队，昏迷的伤者还没有醒，今天能全部录完口供就不错了。"

刘文昊沉默了一会儿，忽然想起了叶波，他觉得有必要找叶波再聊一聊，哪怕如今叶波对他横眉冷对。

刘文昊让吴淑涵先回分局，两个人在早餐店分了手。

叶亚丹父母留下的老宅在汉北区郊外，是一栋三层的小洋楼。叶波回来后，没有合适的落脚点，肯定回老宅住了。

老宅一如往昔，红色的砖墙上爬满了青藤，有种古朴宁静之美。

刘文昊追求叶亚丹的时候，经常来这里，叔叔阿姨那时候还在，每次都会做一大桌丰盛的饭菜招待他。叶波还经常笑他是不是想当上门女婿。

那些美好的时光，仿佛梦境一般，好像就在昨天。不知不觉，刘文昊已经走到了大门口，他正准备按门铃，却发现旁边停着一辆车。

这辆车他看着有些眼熟，瞟了眼车牌，想起林雪瑶去拘留所接杨天明的时候，开的正是这辆车。

林雪瑶怎么会来这里？她认识叶波吗？

刘文昊现在必须弄清楚叶波和林雪瑶是怎么认识的，难道仅仅是巧合吗？叶波三年前就出国了，难道他们是在国外认识的？还是叶波曾经回过国，但他却不知道呢？又或者他们早在三年前就认识了？

他必须先查清楚，才能再去找叶波摊牌，不然只会弄巧成拙。

他正准备回分局，着手调查叶波和林雪瑶的关系，却忽然接到了杨天明的信息。杨天明给他发来一个地址，让他现在过去。

那是一个快递代收点的地址，虽然不明白杨天明为什么现在叫自己过去，但恐怕是他找到了什么线索，刘文昊不得不把叶波和林雪瑶的事情先放到一边。

杨天明和刘文昊在快递网点碰了面，一见面，刘文昊便问他："是不是找到什么线索了？"

杨天明向刘文昊讲述了自己如何通过绞盘上的零件查到了这个"胡先生"，并请他调阅监控。

刘文昊径直走进快递网点，向工作人员表明身份，并要求查看监控录像。

工作人员全程配合，不敢怠慢。

他们逐一查看了不同角度的视频，大约一个小时后，他们终于发现了线索。

一个女人在十一月十一日下午四点二十分来到网点，取走了费大庆寄出的快件。女人戴着帽子和口罩，所以即使有一个摄像头拍到了她的正面，却也看不清具体样貌。

但刘文昊靠身形姿态认出了这个女人，她正是目前下落不明的张奕兰。

"你先回去吧，警方会进一步调查的。"

"刘警官，你想让我置身事外，我能理解，但这些人从一开始就想把我们一起拖下水，你让我走，我真的走得了吗？"杨天明问道。

刘文昊看了眼杨天明，明白他的意思，但是作为警察，他不可能带杨天明四处查案。

"我不是想跟着你去查案。"杨天明仿佛看透了刘文昊的心思，"如果你能告诉我这个女人的信息，或许我能想起我和她之间是否有交集，为什么她会对我的魔术了如指掌。"

刘文昊想了一会儿，觉得杨天明的话也有道理，多一个人去找未尝不好。

"嗯，如果你有线索立刻通知我，绝不能擅自行动！"

"当然。"

刘文昊得到杨天明的口头承诺后，这才把有关张奕兰的信息简单说了一些。

"这么一说，她确实有很大的嫌疑。"杨天明沉吟了一会儿，"刘警官，你这里有她的照片吗？"

刘文昊点点头，把张奕兰的照片从包里拿出来。

看到照片的一瞬间，杨天明眼神有些异样，但只是一闪而过。

"有线索立即通知我！不能再擅自行动了！"分开前，刘文昊再次叮嘱道。

"知道了。"

杨天明坐在出租车上，想起照片上张奕兰的脸庞，手不禁颤抖起来。

火焰在杨天明的眼中弥漫开来，出租车内恍惚间变成了熊熊燃烧的舞台，杨天明从舞台上跳下来，直冲妻儿所在的位置。

他们相隔不过十米的距离，但是混乱的人群以及迅速蔓延的大火，让这段距离变得遥不可及。

"爸爸，爸爸……"乐乐哭喊着，伸出手，想要抓住爸爸。

杨天明推开身边的人，奋力向前。

这时屋顶上一盏灯球掉了下来，吴芳秀急忙抱住儿子，灯球正好砸中她的脑袋，她当场倒在地上。

乐乐从妈妈怀里钻出来，泪如雨下，一遍又一遍地喊着："妈妈。"

"芳秀！乐乐！"杨天明失声哭喊，他用力拨开一个挡在面前的人，不顾席卷而来的大火，冲向儿子杨乐乐。

可还没挤到乐乐身边，却感觉有人拉住了他的脚。

杨天明低头一看，是一个摔倒的女孩子，她的小腿被座椅卡住，动弹不得。她旁边还蹲着另外一个女孩，正急得满头大汗，想把朋友的腿从椅子里弄出来。

"叔叔，救救我！"被卡住腿的女孩请求道。

杨天明看看女孩，又看看不远处的儿子，狠心抽出自己的腿。可他来不及多走两步，原本蹲在地上的女孩站起来又拉住了他的手。

"杨天明叔叔，帮帮我们，救救我朋友！"这个女孩认出了杨天明，她的脸上挂着泪水，脸庞在火光中熠熠生辉。

杨天明无法忘记那张脸，还有那可怜兮兮，却又充满期待的眼神。

回忆中的人与照片里的人慢慢重合在一起。

"张奕兰……原来你叫张奕兰。"这一刻，杨天明终于明白她为什么要用自己的魔术，为什么会一而再、再而三地把自己拖入这场连环谋杀案之中。

恐怕他根本不用去找张奕兰，因为张奕兰一定会来找他。

刘文昊向曹力汇报了张奕兰的情况后，便赶到市局的监控中心，以快递收发点为圆心，调阅周边监控摄像头的录像，寻找张奕兰的去向。同时，他也联系了吴淑涵，让她把昨晚受害者的笔录整理一下发给自己。

监控显示张奕兰在拿到绞盘后，上了一辆停在路边的白色面包车。刘文昊在交管局查询车牌后，发现这是一辆套牌车。

面包车最终在汉昌中心大厦的地下停车场里被找到，搜证人员几乎把车都拆了，但张奕兰处理得很干净，没有留下指纹等信息。

车是被盗车，又使用了伪造的车牌，线索又中断了。

不过刘文昊也并非全无收获，监控显示开车的人并非张奕兰，换言之，这伙人里不止徐修武和张奕兰，还有其他人。

张奕兰不可能一个人把十二个受害者送上璇空餐厅，而且警方还查到当天有黑客入侵了大楼的控制系统，不仅获取了员工通道、电梯的使用权限，还篡改了监控，从案发当天下午三点十一分开始，监控画面都是循环录像。

璇空餐厅在重新装修，暂停营业，直达电梯又需要 ID 卡，一般人进不去，这些有利条件，让张奕兰和同伙们可以从容布置现场。

徐修武、张奕兰以及同伙们，布局精密、手段毒辣，这让刘文昊颇感棘手，更让他不明白的是，为什么对方故意把他和杨天明拖下水？

刘文昊细细阅读吴淑涵发来的受害者笔录，希望能从中找到一些线索。既然这些受害者不是随机挑选的，而是凶徒极力想要报复的对象，从他们身上一定能发现一些端倪。

受害者除了都是国际马戏剧院火灾的幸存者，还有什么共同处呢？

时间一分一秒过去，一袋牛轧糖也空了。刘文昊趴在桌上，一边在电脑上浏览资料，一边在纸上写写画画。

忽然刘文昊眼前一亮，一条信息引起了他的注意。他和杨天明救下的女人陈茜云在口供中提到了一件事——她在遭遇国际马戏剧院的大火后，曾经参加过一个针对应激性创伤心理障碍患者的心理康复活动。

那段时间，她一直睡不好，每天夜里都做噩梦，忽然接到心理医生的电话，说是政府专门为国际马戏剧院火灾幸存者安排了免费的心理治疗，不需要任何诊疗费，她就去了。

陈茜云之所以会提到这件事，是因为做笔录的民警给她看了其他受害者的照片，她认出其中一个人也参加过这个活动。

经过一番核实，刘文昊发现这些受害者竟然全部参加过心理康复活动。

这个心理康复活动确实是由正规机构主办的，并且费用全部由政府承担，目的是帮助大火中的幸存者尽快度过伤痛期，恢复心理健康。

刘文昊查到承担心理治疗的机构是汉昌市第二人民医院心理科，于是他叫上吴淑涵一起去医院走访调查。

刘文昊和吴淑涵来到前台，向护士表明身份，一位护士带着他们来到心理科主任曾波的办公室。

曾波戴着眼镜，一身白大褂，看起来斯斯文文的。

"两位请坐，这里是你们需要的记录文件。"曾波早已准备好刘文昊他们需要的资料，足足三个大纸盒。

"多谢，麻烦曾主任了。"刘文昊搬过大纸盒，纸盒外面贴着标签，他很快就找到了这些受害者的名字，不过这些病历资料里并没有文静、罗天翔和熊星淇的信息。

也不是所有的幸存者都需要心理疏导，所以名单里没有倒也不奇怪。当年那场演出没有使用实名制购票，所以给警方的调查带来了不小的困难。

"曾主任，我看医生签名里也有您，能说说当时的情况吗？"

"当时我们接到上级指示，立刻安排全科几乎所有人员参与到火灾事故幸存者的心理辅导工作中，可谓时间紧、任务重……"曾波面带笑容，侃侃而谈，不过说到一半，就被刘文昊打断了。

"主任，在治疗过程中，你们有没有发现某些不寻常的迹象，例如有人有报复情绪，或者仇视社会的思想。"

"这个确实是常见现象，不过大部分人经过疏导后，这种极端情绪会得到化解。"

"这些接受辅导的对象里，有没有死者家属？"

"我接手的病人里应该没有，诊疗记录都在你手里了，你们可以查一查。"

"除了主任您，还有哪些人可以接触到这些诊疗记录？"

"按照规定，只有科里的医生可以接触到这些资料。"曾波谨慎地回答道。

"主任，您这边能不能提供一下科室人员的名单，包括医生、护士以及护工？"刘文昊思索片刻，客气地问道。

"当然可以，我帮你们安排。"说着，曾波拿起电话，吩咐行政人员打印了一份科室内的工作人员名单。

"谢谢主任。"刘文昊拿到名单，起身告辞。

从医院出来，已是华灯初上，不知不觉一天又过去了。

第十二章

罪与罚

万福墓园位于市郊一处依山傍水、风景秀丽的地方。今天并非什么特殊的日子，墓园里祭拜的人也不多，偌大的地方显得有些空旷。

天气阴沉，阵阵寒风卷起落叶，为墓园平添了几分悲凉之色。

杨天明手里拿着一束黄菊花，沿着台阶上行，穿过一片树林，停在了一个墓区前。

杨天明走进去，来到七排十四列的墓前，从口袋里拿出纸巾，擦拭墓碑，扫净墓前的落叶，这才摆上自己带来的菊花。

墓碑上有一张醒目的照片，照片里是一位花季少女，笑容甜美，只是在墓地里出现这样的少女，实在让人扼腕叹息。

"王婷婷……"杨天明长叹一口气，"对不起，当时的我没有选择。"

"你有选择！"这时树林里传来一个声音。

杨天明回过头，看到一个女人从树林里走出来，正是张奕兰。

"你选了你儿子，尽管你最后也没能救到他！"

这句话就像是匕首，插入了杨天明的胸口，让他的呼吸都变得沉重。

"你做这些事，就是为了报复我吗？"

"是，但也不全是，那些踩着别人尸体逃走的幸存者，都应该得到教训！"张奕兰愤恨地说道。

杨天明看着张奕兰，没有再说话。

"那之前，你一直是我们的偶像，我们的宿舍里贴着你的海报，为了看你那场演出，我们两个人花了几乎一个月的工资。"张奕兰说着走到王婷婷的墓碑前，慢慢蹲下来，轻轻抚摸墓碑上的照片，"而你，竟然见死不救！如果当时你花哪怕十秒，不，五秒就够了，或许婷婷她就不会出事……"

"人死不能复生，你说的这些毫无意义，只是你的假设，而你却为此伤害了更多无辜的人。"杨天明打断了情绪激动的张奕兰。

"没有意义？她对我而言就是生命的全部意义！"张奕兰看着王婷婷的照片，忽然流下了眼泪。

杨天明沉默了片刻，说道："你跟踪我到这里来，肯定不是想听我道歉的，你究竟要怎么样才肯罢休？杀了我吗？"

张奕兰此时却笑了起来："我怎么会杀你呢？让你活着就是最好的报复了。"

杨天明闻言，脸上扭曲的五官不自然地抽动了几下。

张奕兰看到杨天明的样子，顿时有了复仇的快感，继续说道："我想给你一个机会，一个发现真相并赎罪的机会。"

"你是说你知道那场大火的真相？"杨天明说着向张奕兰的方向走了一步。

"不错。"张奕兰干脆地说道。

杨天明眼角抽动，不过他仔细一想，张奕兰恐怕在骗他："造成那场大火的人才是真正的凶手，如果你真的知道是谁，为什么不把他公布于众，又或者报复他？"

张奕兰笑了。

"这场表演才刚刚开始，你就急不可耐地想要揭秘了。"说着，张奕兰从口袋里摸出一张折叠的海报，然后缓缓打开。

这张海报已经发黄脱色，看起来有些陈旧，上面的人正是杨天明。

海报上的杨天明英俊潇洒，手里拿着魔术棒，看起来就像电影里无所不能的魔法师。

张奕兰用两根手指夹着海报，轻轻一抖，海报立刻被点燃。

火焰蔓延，海报瞬间消失在火光之中，与此同时，张奕兰的手里多了一张卡片。

"你这蹩脚的魔术还要再练练，动作实在太慢，容易让人看到海报后面的引线。"杨天明一句话就点破了张奕兰的魔术。

张奕兰没有被杨天明的话激怒，她只是晃了晃手里的卡片。

"真正的魔术在这里。"张奕兰手中的卡片消失了。

杨天明冷笑一下，把手伸入自己的口袋，取出了卡片。

这是一张邀请卡，正面写着：Magic Show，反面写着：11 月 20 日 20:00，下面还有一个图案，是一条蛇缠着一个双头人，造型极其诡异。

"你要是想知道真相，就来吧。"张奕兰从杨天明身边走过。

"我现在留下你，难道不能问出真相吗？"杨天明目露凶光，威胁道。

"你可以试试，但我保证你会后悔。"张奕兰停下脚步，看着杨天明。

杨天明把目光投向树林，那里有人影晃动。

他不是警察，他没有权力抓张奕兰，刘文昊也不在，他大概无法一人对抗她的同伙们，只能眼睁睁错失这一机会。

杨天明看着张奕兰渐行渐远的背影，喃喃地说道："你忘了，我才是真正的魔术师。"

刘文昊和吴淑涵花了一些时间整理了第二人民医院心理科人员的信息，并逐一排查这些人中有没有国际马戏剧院大火中受害者的家属。可调查结果令人失望，这些人里没有一个和那场大火有关联。

"会不会有遗漏？"吴淑涵有些不甘心。

"我再三核实过，这是近六年来心理科所有的工作人员，清洁工都没有放过一个。"刘文昊摇摇头。

"那或许不是心理科的人，理论上来说，只要是能混进档案室的人，都能拿到这些病历。"吴淑涵猜测到。

病历上详细记录了让患者产生心理问题的遭遇，包括很多细节，所以部分病历中记录着这些患者的逃生经历。

比如陈茜云，她的病历里记录了她在逃生过程中推倒了另外一个女人。这件事让她很后悔，她甚至不知道那个女人长什么样子，叫什么，是否活了下来。那段时间，她每晚都会梦见一个看不见脸的女人在火焰中追杀她。

凶手只要拿到这些病历，就可以从中找出究竟哪些人在大火中做了亏心事，从而挑选自己的报复对象。

"除了医院的工作人员，还有病人……"刘文昊似乎想起了什么，他重新拿出这些病历，"这些接受心理治疗的幸存者，可能同时是死者家属。"

在堆积如山的病历中，他们重新翻找起来。

"这里，刘哥，我找到了。"吴淑涵高兴地拿起一份病历。

刘文昊连忙拿过来看，果然，这份病历上所写的内容可以证实患者是一名死者的家属。

患者名叫方梅，女，那年六十五岁。她的独子宋大海在大火中丧生，让她悲痛欲绝，一度拒绝进食，所以家里人送她来做心理康复。

刘文昊和杨天明解救幸存者那晚，警方也找方梅了解过情况，不过她年事已高，住在养老院，一问三不知。

看完所有病历资料后，刘文昊和吴淑涵只发现方梅一个人是死者家属。

"我们去见见她。"刘文昊感觉曙光就在眼前。

方梅住在市区内一家私人养老院，环境优美，设施齐全，还有专人护理。养老院护理费高昂，不是普通人能够承担的。

根据资料显示，方梅退休前是外资企业的高管，年收入过百万。她的丈夫因为儿子离世，伤心过度，一天夜里酒后驾车出了事故。如今就剩下她一个人，所以住进了养老院。

走进养老院，刘文昊和吴淑涵确实开了眼界，这里就像配备了医生和护理人员的五星级酒店。

"在这里养老也太爽了吧！"吴淑涵忍不住羡慕道。

刘文昊笑着摇摇头，一听就知道吴淑涵这丫头对这种等级的养老院价格没做功课。

方梅住在一间复式套房里，装修精致典雅。他们来之前已经联系了养老院，也征得了方梅的同意，到房门口，刘文昊按了按门铃。

方梅在房间的可视门铃上看到了刘文昊和吴淑涵，她按下开门键，只听"咔"一声，门自动打开了。

方梅穿着黑色的呢子外套，戴灰色围巾、金边眼镜，银色白发束成一团，看起来高贵典雅。

"刘警官、吴警官，请坐，我让人为你们准备了热红茶和点心。"方梅坐在摇椅上，没有起身，指了指自己身旁的一个长方形桌子。

桌上摆着热茶和茶点，旁边还有两张椅子。

刘文昊和吴淑涵两个人坐下来，但并没有去喝茶。

"方阿姨，打扰了，我们这次来，是想了解有关你儿子的事情。"刘文昊开门见山地说道。

吴淑涵坐在旁边，心里"咯噔"一下，觉得刘文昊直接问一个老人的伤心往事未免有些无情。

方梅的身体微微一颤，不过她还是深吸一口气，用平静的语气说道："我儿子的事情，你们恐怕比我还清楚，想问什么就直接一点吧。"

"好的，火灾发生的那年，您是不是参加过心理治疗，在第二人民医院心理科？"

方梅点点头，说道："去过。"

"治疗期间，您有没有接触过其他火灾幸存者？"刘文昊循序渐进地问道。

"为了保护患者隐私，所有治疗都是一对一进行的，你们明白的。"

"几天前，一位名叫蔡光启的男性被人推下楼摔死。"刘文昊冷不丁地提起蔡光启，想要试探方梅的反应。

方梅面无表情，神态平静如水。

刘文昊停顿了片刻，见方梅并无反应，便继续说道："我们调查到蔡光启是国际马戏剧院大火的幸存者，他也参加过第二人民医院的心理治疗，你们俩还是同一个医生，更重要的事情是——"

刘文昊说到这里故意顿了顿，他发现方梅的手在微微颤抖。

"更重要的事情是，蔡光启跟您儿子的死有莫大的关系。"

刘文昊这句话一出口，方梅再也无法维持刚才的镇定，面带怒气地说道："刘警官，我想请你说说，蔡光启和我儿子的不幸遭遇有什么关系？是他放的火吗？"

"蔡光启和宋大海的位子靠在一起，大火发生后，他们被困在原地，房顶的钢架断裂，蔡光启为了活命，拖拽宋大海挡住了钢架……"

"杀得好！"方梅打断了刘文昊的讲述，"这种畜生早就该死了，还让他多活了五年！"

刘文昊闻言倒吸一口凉气，刚才还温文尔雅的老人忽然间充满了戾气。

他思索了一会儿，拿起面前的茶杯，喝了口茶，慢慢说道："警方有理由怀疑你参与了连环谋杀案，这就是我们来这里的原因。"

"你们的推测没错，我每次去会面都会趁医生离开办公室的时候，用手机拍下几页病历档案，渐渐地所有病历档案都被我拿到手了，我把这些资料给了徐修武，他没有令我失望，蔡光启的死令我很欣慰。"方梅说话的语速不快，声音也不大，但是字字清晰。

刘文昊没有想到她承认得如此爽快，一时间有些意外。

"就凭你和徐修武两个人干不了这么大的案子，还有谁？"刘文昊质问道。

"'坦白从宽，抗拒从严'的政策我是知道的，但我都这把年纪了，别说我不知道了，就算知道，我也不会说啊。"

"方阿姨，那些人虽然有过错，但罪不至死，更何况还有许多无辜的人也受到了牵连，制造大火的元凶才是罪魁祸首。"刘文昊劝说道。

"放火的人固然可恶，但是这些人就无辜吗？你肯定看过事故报告，死亡的三十七人中真正被火烧死的有几个？我告诉你，是七个，只有七个人是因为大火和浓烟而死的，剩下三十个人的死亡都是踩踏和外伤导致的！三十七人里老人、妇女和儿童占大多数，你告诉我，那些自私无耻之徒，那些踩着老弱妇孺的身体逃跑、制造混乱的人该不该受到惩罚？"方梅说到这里，扶着拐杖站起来，宛如万军之中持剑而立的战士。

刘文昊一时无言以对，他看过报告，事实确实如此。

"方阿姨，无论什么理由，都不能以私刑来解决问题，那只会造就更多的无序和混乱，违法者由法律惩处，无德者由社会谴责，我坚信只有如此，世界才能变得更加美好！"吴淑涵不知道该怎么劝说这位老人，但还是努力地组织语言。

方梅听到吴淑涵的话笑了，她再次坐下来，躺在了椅子上。

刘文昊忽然间想到了什么，急忙对吴淑涵说道："快打急救电话！叫楼下医生也过来！"

说完，他一个箭步，冲到方梅身边。

"方阿姨，别做傻事！"刘文昊试图撬开方梅的嘴，但为时已晚，方梅的脸色苍白，毒药已经起效。

"你们来得也好，我走的时候不是孤零零的一个人。"方梅说完，闭上了眼睛。

急救人员把方梅送去了医院，医生能否把她抢救回来，暂时无人知晓。

刘文昊和吴淑涵心情沉重，一方面是因为方梅的自杀，另一方面则是因为方梅所说的话。

随后他们搜查了方梅的公寓，在方梅的抽屉里发现了一张奇怪的卡片。

这是一张邀请卡，正面写着：Magic Show，反面写着：11 月 20 日 20:00，下面还有一条蛇缠着一个双头人的诡异图案。

"二十号，那不就是明天吗？怎么没有地址？"吴淑涵看到刘文昊手里的卡片，忍不住问道。

"这卡片看起来像是专门留给我们的。"

"既然有心留给我们，又不告诉我们具体地址，还要猜谜语。"吴淑涵皱了皱眉头。

"蛇与双头人应该就是地址……"刘文昊若有所思地说道。

"汉昌市哪有这样的鬼地方？"

"他们有心留下这张卡片肯定是希望我们去，所以即使现在不告诉我们，到时候他们也会通过某种方式告诉我们。"

"如果我们能提前找到位置，不就可以瓮中捉鳖吗？"

"理论上是这样……"

"刘哥，把卡片给我，我想想办法。"吴淑涵自告奋勇道。

刘文昊把卡片递给吴淑涵，他忽然想起了叶波和林雪瑶。

那天被杨天明的电话叫走了，他还没来得及查这两个人的关系呢！

叶波后来给曹力打了好几次电话，但他都没接，好不容易接了一次，也说照片的鉴定结果还没出来，技术处的同事太忙了，让他别急，要再等几天。他觉得曹力在忽悠他，又或者在隐瞒什么，但他也没办法，打算再等两天。如果曹力再不给他一个交代，他就去找其他人做鉴定。不过他没想到刘文昊会主动给他打电话，并约他在西堤酒吧见面。

西堤酒吧开业十几年了，刘文昊和叶亚丹以前常去那里玩，酒吧不大，但老板随和，每周会有几个民谣歌手去那里驻唱。

叶波来到酒吧，刘文昊正坐在角落里等他。他径直走过去，并没有坐下，而是盯着刘文昊说道："你想说什么？"

刘文昊没有回话，先倒了一杯酒，喝了一口。

"我们这么久没见了，要说的话可不少，你想知道的事情，还有我想知道的事情，今天都可以好好谈一谈。"说完，刘文昊给叶波也倒了一杯酒。

叶波迟疑了片刻，还是坐了下来。

"你要是想忽悠我，就省了这个心。"叶波说着，把杯子里的酒一饮而尽。

"你找曹力鉴定的那张照片是真的，那天我确实在开场前去过国际马戏剧院。"刘文昊不紧不慢地说道。

叶波闻言就像被点燃的爆竹，一下子抓住了刘文昊的衣领："那你还骗我！"

刘文昊推开叶波的手，整了整衣服。

"你年纪也不小了，成熟一点，我既然告诉你，自然有原因。"

"难怪曹力说话吞吞吐吐的，你最好把话说清楚，别想再骗我。"

刘文昊拿起酒杯，也一口喝完了杯中酒，回忆混着烈酒，一起涌上心头。

六年前，刘文昊刚被提拔为刑侦大队队长，又接连遇到好几起大案，他连睡觉的时间都很少，更别提做其他事情了。

刚开始，叶亚丹还是挺理解刘文昊的，但时间长了，难免积累了许多不满情绪。更令叶亚丹难以接受的事情是他们的婚期被一拖再拖，让她倍感冷落。

恰好在此时，一位优秀男士开始追求她。最终，那位男士无微不至的关心让她决定与刘文昊分手，开始新的生活。

刘文昊没办法接受，希望叶亚丹能再给他一次机会。

"丹丹，我们可以重新来过，我休假，我们出去旅游好不好，你不是一直想去丽江吗？留下来，求你了。"刘文昊拉住叶亚丹的手，急得就像是无助的孩子。

"刘文昊，你成熟一点，我们的生活步调完全不一致，不适合长期生活在一起，勉强在一起还有什么意义。"叶亚丹挣脱了刘文昊的手，"不要再来找我了，过段时间我会跟他一起出国。"

说完，叶亚丹拖着箱子，决绝地离开了。

"那段时间，丹丹不接我电话，也不回我消息，我查到她和那个男人去看演出，所以就跟了去，想再找她谈谈，可没想到剧院里发生了意外……"刘文昊说到这里，又喝了一杯酒。

"我姐从没和我说过这事……难怪那时候我觉得她有些不一样……"叶波想起姐姐那时对刘文昊态度的转变，总算明白发生了什么。

"你姐人也走了，我不想再谈这些私人感情，所以才没说，并非有意隐瞒什么。"

"你说的这些，有什么证据？"

刘文昊从口袋里拿出一张照片，放到桌子上。

照片是夜晚拍的，光线不太好，街道旁的霓虹灯牌下，叶亚丹抱着一个男人，脸上露出幸福的笑容，男人的脸有些模糊，但可以看出绝对不是刘文昊。

"那，那当时发生火灾，你为什么不想办法救我姐姐，还是你为这事耿耿于怀，见死不救？"叶波忽然少了一些底气，不过他还是忍不住质问道。

"我当时没买票，根本进不去，等我发现剧院里面起火的时候，已经来不及了……"刘文昊面带苦涩地摇摇头。

叶波沉默了，他不知道该说什么，只能喝酒。

"好了，现在我问你，这张照片是怎么来的？"刘文昊问道。

"一个匿名邮箱发给我的。"

"匿名邮箱？对方知道你的电子邮箱？"刘文昊手里握着酒杯，轻轻转动。

叶波若有所思，没有理会刘文昊的问题，反问道："他为什么给我发这张照片，有什么目的，想让我给你找点麻烦？"

"这场大火造成三十七人丧生，最近又发生多起与之相关的命案，你如果没什么事，尽快离开这里。"刘文昊劝道。

叶波没想到事情这么复杂，他喝了杯酒，点点头，算是答应了刘文昊。

"还有一件事，你跟林雪瑶是什么关系？"刘文昊问道。

叶波嘴里的酒差点儿喷出来，他勉强咽下去，然后咳了几声，才说道："你查我？"

"林雪瑶是我们调查的嫌疑人之一。"刘文昊隐瞒了自己去找叶波的事情。

"她是嫌疑人？怎么可能？"叶波没有否认他和林雪瑶认识，但不相信林雪瑶是嫌疑人。

"她曾经是杨天明的助手，跟杨天明的关系也不一般，涉案的事情我没法和你说。你们是怎么认识的？"

叶波知道林雪瑶和杨天明的关系，但那时候她已经辞职了，不可能和火灾有任何关系，更不可能和现在的谋杀案有关系。他沉默了好一会儿，才说道："你们会不会搞错了？"

"不说这些，你先回答我的问题。"刘文昊继续追问道。

"我在美国工作的公司与她的公司是合作伙伴，她来纽约参加一个洽谈会，我负责公司的翻译以及接待工作，我们就认识了。"叶波回忆起他和林雪瑶的相识，忍不住露出笑容。

刘文昊一看叶波的样子，就知道他现在深陷情网，恐怕不是三言两语就能让他信服的。

"林雪瑶有没有找你问过我的事情？又或者谈过那场大火？关于杨天明的事情她提过吗？"刘文昊抛出一连串问题。

叶波想了想，摇摇头，说道："她从没提起过这些事情，我想你多心了。"

刘文昊又喝了杯酒，叶波的回答反而让他觉得林雪瑶有问题，很明显，她是在有意回避这些话题，不想让叶波知道。

"该说的我都说了，剩下的事情，你自己好自为之。"刘文昊站起来，给叶波留下一句忠告，走出了酒吧。

外面下着小雨，星星点点打在刘文昊的脸上，让他透了口气，今夜或许会是一个安静的夜晚。

四十八小时到了，王爱国从分局拘留室里出来了。没有实质性的证据可以证明他杀了崔光强或是贪污了马戏团的公款，警方也没有理由再继续扣留他，让他办完手续后，就放了他。

时间太晚，一路上几乎看不到出租车。

王爱国拖着行李，沿着公路走了十几分钟，才看到一辆空出租车路过。他急忙挥手，出租车缓缓停靠在了路边。

王爱国喘着粗气，让司机打开后备厢，先把行李放进去，这才坐进后座。

"师傅，麻烦了，去皇廷酒店。"王爱国想好好休息一下，多花点钱也不在乎了，这几天他可憋屈坏了，都能闻到自己身上的馊味。

司机没有说话，开车上了公路。

王爱国看见后座的杯架上放着两瓶没开封的矿泉水，顿时感觉口渴，于是顺手拿起一瓶，问道："师傅，这水卖吗？"

"乘客免费。"司机戴着鸭舌帽和口罩，一开口才知道是个女人。

"你们这出租车公司的服务越来越好了。"王爱国恭维了一句，笑着打开矿泉水瓶，喝了一大口水，然后长舒一口气，靠在后座上，准备休息一会儿。

司机透过后视镜看了王爱国一眼，慢悠悠地说道："我等你好久了。"

"等我？你，你是……"王爱国一惊，司机的声音他听着耳熟。

司机摘下口罩，回头看了王爱国一眼。

"周美琴！"王爱国惊道。

"王团长，好久不见了。"周美琴露出一个迷人的笑容。

王爱国却好像见了鬼一样，吓得冷汗直冒，吞吞吐吐地说道："你，你别搞我，我要下车，我什么也没说……"

"一会儿就到了。"周美琴一边开车，一边笑着说道。

王爱国想去拉车门，却忽然发现自己一点力气都没有，眼皮也越来越重，眼前的事物渐渐模糊……

杨天明坐在书桌前，手里拿着张奕兰给的邀请卡。

卡片是用某本杂志上的空白部分加工而成的，如此一来，就没法从卡片的材料上获得更多线索。张奕兰的心思如此缜密，令他不得不佩服。

唯一可以猜测的部分只能是卡片上的图案，一个被蛇缠绕的双头人。

杨天明用放大镜查看图案，看起来是用钢笔手绘的，不知道是不是张奕兰画的，又或者另有其人。他现在很确定张奕兰还有同伙，那天在墓地，他看到有人埋伏在树林里。

这个图案并不算十分特别，许多神话故事或者传说里都出现过蛇与双头人，不过卡片上的图案肯定不是想讲述什么神话故事，而是一种隐喻，就像是上次徐修武设置的谜语。

杨天明思考了许久，但始终没找到要领，忽然，他想到了什么，拨通了电话："我收到了一张卡片，蛇与双头人，或许你知道这个图案的意思……"

北屯村是一个近乎荒废的村子，一面靠山，一面靠水，进出村只有一条路，村内建筑都是老宅，小巷子曲里拐弯，外人走进去十有八九得迷路。

村民们早已集体搬迁，但是这几天村里却格外热闹，在进村的路上，还有三三两两的人在放哨，对陌生的车辆进行检查。

刘文昊开的车也被拦了下来。

"师傅，这边修路，走不了了。"两个看起来流里流气的青年拦下刘文昊的车，其中一个高个的青年喊道。

刘文昊放下车窗，笑着说道："我是来玩的。"

两个青年打量了一下刘文昊，问道："谁介绍你来的？"

"老红薯。"刘文昊熟练地对上了暗号。

"老板里面请，村口有停车的位置，下了车有人带路，玩得开心。"高个青年说着挥手放行。

刘文昊把车停在村口，下来后，一个满脸横肉的男人上来带路。

他跟着男人在村子里七拐八拐，最终来到一间大宅门口，这里看起来像是村民们以前集会的地方。

男人敲了五下门，三重两轻，片刻后，有人打开门，屋内传出喧闹的声音，呼喊、叫骂声不绝于耳。

原来这里是一个地下赌场，牌九、轮盘、扑克等应有尽有。

刘文昊走进去，换了一些筹码，找了一桌百家乐坐下，一边下注，一边留心观察四周。整个赌场大概有五六百平方米，作为地下赌场来说已经不算小了，四周遍布监控摄像头和看场的马仔。

刘文昊已经大体摸清了情况，又假意下了几注，输掉后，骂骂咧咧站起来，就像一个标准的赌徒。

"兄弟，哪里能借点钱？"刘文昊走到一个看场马仔身边。

"借多少？"马仔见怪不怪。

"二十万。"刘文昊狮子大开口道。

"老哥玩得挺大啊，这个数目要去那边找经理。"马仔指了指赌场里面，那里站着一个戴眼镜穿西装的中年男人，看起来像是负责人。

刘文昊从众多赌客中挤出来，走到经理跟前。

"我想借二十万。"刘文昊开门见山地说道。

经理扶了扶眼镜，上下打量了刘文昊一下。

"带身份证了吗？"

"带了。"刘文昊点点头。

"跟我来。"经理转身往一扇木门走去，木门后是一条狭长的走廊。他们穿过走廊，来到一间独立的宅院前，宅院门口站着两个彪悍的打手。

其中一个打手上来想搜刘文昊的身，刘文昊挡住对方的手，问道："这是什么意思？"

"规矩。"经理说道。

刘文昊身上藏着枪，哪能让对方搜身，嘴里说"好"的同时，一拳击中了打手的喉结，紧接着不等另一个打手反应过来，回身一脚踢中了对方的小腹。

两个打手瞬间痛苦地瘫倒在地，经理哪能想到刘文昊竟然敢在这里动手，一时目瞪口呆。

刘文昊也懒得理他，一脚踹开门。

房间里至少有十几个人，几张桌子上摆着五台点钞机，一张张红色的钞票被清点数量后捆成一扎，摆在旁边。

最里面有一张老板桌，后面坐着一个体型彪悍的光头男人。光头男人脖挂大金链，手戴大金表，脚翘在桌子上，一副凶神恶煞的样子。

刘文昊破门而入，屋里所有人都是一愣，马上就抄起家伙，围了上去。

"都别动！"刘文昊二话不说掏出枪。

围上来的人立刻停下了动作，但并没有逃散，毕竟刘文昊只有一个人。

见状，光头男人站起来，推开其他人，走了出来。

"呦，这不是刘队吗？"光头男看见刘文昊，一副皮笑肉不笑的样子，"刘队，不用搞这么夸张吧？"

光头男一边说，一边示意手下把家伙都放下。

刘文昊三步并作两步，冲到光头男面前，用枪顶住对方的头。

"让你的人都出去。"

"刘队，你就六发子弹，我这里可有十几个人！"

"是吗？你问问他们谁想做剩下的五个人。"

光头男皱了皱眉头，挥挥手，示意手下退出去。

不一会儿，屋子里的人都走完了。

刘文昊把光头摁在桌子上，然后扯下他的衣领。光头男的后颈上有一个文身，图案正是一个被蛇缠绕的双头人，与那张邀请卡上的图案一模一样。

"山鬼，是不是你在背后搞鬼，信不信我现在就毙了你！"

"刘队，您这是闹哪一出，我们都有五六年没见过面了，我哪敢惹您啊。"山鬼人虽然被摁住，脸上却没有半点惧色。

刘文昊拿出张奕兰的照片，放到山鬼面前。

"认识她吗？"

"不认识。"

"看清楚点！"

"真不认识……"

"这个图你总认识吧？"刘文昊拿出邀请卡上的图案给山鬼看。

"这个不就是我脖子上的文身吗？"山鬼抬抬手，"刘队，您先把枪挪开，有话好说……当年我可是帮过您忙的……"

"少跟我来这一套。"刘文昊不但没把枪挪开，反而还打开了保险，"我问你，最近有谁找你问过我的事情？"

"没有啊……"山鬼忽然话音一转，"刘队，不会是有人抓着你把柄了吧，那可跟我没关系！"

"问你什么说什么！"刘文昊用枪把狠狠砸了山鬼一下。

山鬼"嗷"地叫了一声，他这才发现刘文昊来真的。

"真没说，那件事要传出去，我也没好果子吃啊……"

"你再想想，最近有什么不寻常的事情没有？"

"不寻常？"山鬼扭过头，看着刘文昊。

刘文昊松开了山鬼，收起枪，点了点头，提醒道："跟你的文身有关的。"

山鬼甩了甩被扭疼的手腕，说道："如果是跟这个文身有关，那还真有件事，前两天，有个人来问我这文身是在哪里文的。"

"什么人问你？"

"一个贼靓的妹子。"山鬼说着就猥琐地笑了起来。

"那你告诉她了吗？"

"南街一品，手艺确实不错。"

"那女人长……"刘文昊话还没说完，外面传来了警笛声。

刘文昊进来后，就给曹力发了信息，让他带人来查抄地下赌场。

"他妈的，刘文昊，你来真的？"山鬼闻声，大惊失色。

"什么真的假的，我是兵，你是贼！"

"你大爷！"山鬼猛地发力，一拳打中刘文昊的脸颊，跟着一脚把他踹倒在地，然后转身就跑。

刘文昊举起枪，扣动扳机，山鬼倒在了血泊中。

第十三章

旋涡

王爱国是被冻醒的，他发现自己此时被扒光了衣服，全身上下只剩下一条内裤。

四周光线昏暗，他只能隐约分辨出这里是一个地下室。他试着扭动了一下，手脚上的铁链十分牢固，他根本无法动弹。

"周美琴，周美琴，你个疯婆娘，快出来！放了我！"

可他嚷了半天，也没人理他，反而弄得自己口干舌燥，更加难受。

"别喊了……没用……"这时候从阴暗的角落里传来一个干涩又混沌不清的声音。

王爱国吓了一跳，他没想到这里还有其他人。

"谁？"

"王团长……不记得……我了吗？"说话的人声音略微清晰了一些，也没有刚才那么断断续续了。

这时候，那阴暗的角落里响起铁链摩擦地面的刺耳声，一个满头乱发、衣衫褴褛、骨瘦如柴的人从黑暗中爬了出来。

那人手脚上也锁着铁链，从他的样子不难看出，他已经被关在这里不少日子，简直是不人不鬼。

"你是谁？"王爱国惊恐地问道。

那人缓缓抬起头，白炽灯黄色的微光照在他脸上，一双黑溜溜的眼睛盯着王爱国，就像地狱里的恶鬼。

王爱国看清那人的面目后，不由倒吸了一口凉气，失声叫道："崔光强！"

崔光强听到王爱国叫他的名字，咧开嘴，露出满口的黄牙。王爱国也看不出他是在哭，还是在笑。

"你，你怎么会在这里？"王爱国不等崔光强答话，又问道，"周美琴把你关在这里的？"

崔光强的手脚似乎有些退化了，他费了很大的力气才晃晃悠悠地坐好，看着王爱国点了点头。

"她把你关在这里多久了？"王爱国瞪着眼睛继续问。

崔光强伸出手，张开五根手指头。

"五年？"

崔光强又点点头。

王爱国环顾四周，只感到头皮发麻，额头的冷汗冒个不停。

"疯了，她真疯了……周美琴，快放了我，你这个疯婆娘！"

曹力带领大批警员来到北屯村后便立刻封锁了现场，没过多久，警方对外发布了一条消息：警方于近日捣毁了一个位于我市近郊的地下赌场，赌场的负责人、绰号"山鬼"的犯罪嫌疑人暴力袭警，被当场击毙。

刘文昊做完汇报和交接工作后，从分局里出来，却看见杨天明站在路边，向他招手。刘文昊将车停在路边，从车上走下来。

"你怎么在这里？"刘文昊问道。

杨天明看了眼刘文昊红肿的脸颊，从口袋里拿出一张邀请卡递给他。

这张邀请卡与刘文昊在方梅那里找到的一模一样。

"你从哪里找到的？"

"张奕兰给我的。"

"你找到张奕兰了？怎么不通知我们过去抓她？"刘文昊怒气冲冲地问。

"我也没想到会遇见她，想通知你也来不及。"杨天明把张奕兰和王婷婷的事情和盘托出，包括自己当年"见死不救"的事情。

"原来她当时也在国际马戏剧院，这么说她是为了朋友报复你……"

"我觉得她们不止是朋友那么简单……"杨天明说到这里欲言又止。

刘文昊点点头，不过他觉得没必要去讨论这个话题。

"你来找我，就是为了给我这张邀请卡吗？"刘文昊并没有告诉杨天明他也找到了同样的卡片。

"不，我是来问你这个图案的。"杨天明指着卡片上的图案说道。

"问我？"

"不错，因为我们两个人才是他们报复的终极对象。"杨天明的语气斩钉截铁，"国际马戏剧院的灾难也算是因我而起的，对王婷婷见死不救也是事实，他们报复我理所当然，可有一件事我不明白，刘警官是为什么被盯上的？"

刘文昊沉默不语，眼神闪烁不定。

杨天明稍稍停顿后，继续说道："那些人设置的谜题都与我们两个人有关，这幅画我研究了很久，完全没有头绪，所以只能来找你了。"

"找我？是跟踪我吧！"刘文昊突然提高了音量，语气中带着愤怒。

"只是碰巧。"

"杨天明，你要搞清楚自己的身份，我随时可以用'妨碍公务'的罪名拘捕你。"刘文昊威胁道。

"这么说，刘警官不想跟我合作了？"杨天明反问道。

"你别太把自己当回事，我自己一样可以找到真相。"刘文昊说着转身上车，路过杨天明身边的时候又说道，"不要再跟着我，否则我对你不客气！"

杨天明目送着刘文昊的车缓缓离开，他的手指间转动着一个圆形的红色筹码，那是他在赌场里赢来的，九个小时前还值一千元，现在怕是分文不值了。

南街一品文身店，也算是汉昌市的老牌文身店了，不少顾客慕名而来。

老板赵一品据说以前是个画家，后来改行做了文身师。

店面不大，除了老板，还有两个学徒，刘文昊来的时候，店里刚好有一个客人趴在特制的床上，赵一品正在给他文身。

刘文昊一进门，一个学徒立刻迎上来招呼他。

"老板，来文身的吗？喜欢什么图案？"

"我想文这个。"刘文昊拿出双头人的图案给学徒看。

学徒看了一眼，说道："没问题，赵老师现在还忙着，待会儿给您安排，您先坐一下。"

学徒招呼刘文昊坐下，又给他倒了一杯水。

刘文昊坐在等待区，四处打量了一下店里的环境。

店内布置与其他文身店大相径庭，墙上挂着油画，屋内摆有雕塑，还养了不少花草，色彩搭配协调，颇有几分艺术气息。

刘文昊等了差不多半个小时，赵一品才给前面的客人文完身，站了起来。

学徒立刻拿出刘文昊的图给赵一品看，说有客人想文这个。

赵一品看了一眼图，又把目光撇向刘文昊："文哪里？"

"赵老师能不能借一步说话。"刘文昊拿出警察证。

赵一品一愣，点点头，让两个学徒先出去，顺手关了门。

"赵老师，这个文身你应该很熟悉吧？"

"谈不上熟悉，只是帮人文过。"

"哪些人？"

"这可记不得了。"赵一品摇头道。

刘文昊从手机上调出一张山鬼的照片，放大了他颈部的文身，拿给赵一品看。

"这个文身是你文的吗？"

赵一品点点头。

刘文昊又从手机里调出一张照片，是一具趴在解剖床上的尸体。这具尸体大部分皮肤被烧得焦黑，但是恰好背部的部分皮肤没有被烧毁，可以看到一个双头人的文身图案，看起来与山鬼的差不多。

"这个也是你文的吗？"

"不错，也是我文的。"赵一品再次确认。

刘文昊抬手看了看手表，离晚上八点还有两个多小时，不过他现在已经知道该去哪里了。

吴淑涵坐在办公桌前反复查看一张照片，那是她前两天在办公室捡到的照片，似乎是谁不小心掉出来的，照片拍摄于法医室内，上面是一名大火中丧生的死者，尸体背面朝上。

吴淑涵注意到死者背部有一个文身，文身有一半被火烧毁，看不清楚，但另一半却依稀可见，看起来正是双头人的下半身和蛇尾。

根据照片上标注的编号，吴淑涵在电脑上找到了原始照片，放大数倍后，确认死者身上的文身与邀请卡上的图案完全一样。

根据警方的记录，这位死者的身份至今无法确认，没有找到DNA配型，也没有任何身份信息，没有家属朋友认领，警方推测他可能是一个孤儿。

吴淑涵又从抽屉里拿出一张证物组刚拍的照片，照片里是一位中枪的死者。死者绰号"山鬼"，击毙他的人正是刘文昊。

吴淑涵拿着这两张照片，急匆匆地走进了曹力的办公室。

"小吴，有事？"曹力抬头看到吴淑涵，随口问道。

"曹队……"吴淑涵欲言又止。

"怎么了？表情怪怪的，有什么就说。"曹力放下了手头的工作。

"我找到线索了。"

"什么线索？"

"这个！"吴淑涵把手头的两张照片递给曹力，"山鬼身上的文身和国际马戏剧院火灾中身份不明的死者文身是一致的。"

曹力看着照片，眉头紧锁，一言不发。

“我怀疑山鬼的死不是偶然，恐怕……”

“你是想说刘文昊杀人灭口？”曹力站起来。

“刘哥一而再、再而三地隐瞒火灾当天去过国际马戏剧院的事实，这张邀请卡上的图案一出现，一个有着相同文身的男人就死了，曹队，你觉得这是巧合吗？”吴淑涵反问道。

曹力坐下来，看着吴淑涵，沉默了片刻，说道：“你做得很好，我刚才打电话也联系不上刘文昊，你通知同事们，看到刘文昊立刻给他带回分局。”

刘文昊到地下停车场取车，远远就看到车旁站着一个人，正是杨天明。

刘文昊瞬间怒气上涌，快步上前，二话不说，扭住杨天明的手，把他压倒在汽车前盖上。

“杨天明，现在我以涉嫌妨碍公务罪拘捕你！”

杨天明没有反抗，只是语气平缓地说道：“你要是就这么去，那正中他们下怀。”

刘文昊听到这句话心里不由得“咯噔”一下，不过他手上的动作没停，给对方戴上了手铐。

“你要是信我，我们还有五成的胜算。”杨天明继续说道。

“少给我废话！”刘文昊拖着杨天明，把他铐在了车库的水管上。

杨天明看着刘文昊上了车，大声喊道：“你究竟想隐瞒什么事情，情愿为此跟他们同归于尽？”

刘文昊不再理会杨天明，上了车，一脚油门，绝尘而去。

杨天明摇摇头，他双手交合，摸了一下手铐，两只手瞬间恢复了自由。

杨天明活动了一下手腕，骑上一辆摩托车，往刘文昊离开的方向追了出去。

刘文昊开着车，面无表情，时不时看一下仪表台上的时间。他想起刚才杨天明说的话，握着方向盘的手不由紧了紧。

他来到浩天体育馆，停好车，却被门口的保安拦下了。

这时是晚上七点四十分，平常这个时候体育馆里应该还是灯火通明，可今天楼里却只透着应急灯的橘黄色灯光。

"体育馆今天没开放吗？"

"不好意思，突然停电了。"保安解释道，"供电局的维修人员已经进去了，正在抢修，要不您等会儿？"

"陆局今天过来没有？就是江南分局的陆景峰局长。"

浩天体育馆在江南分局附近，许多干警都会来这里健身，陆景峰只要不加班每天都会来这里跑步。

"陆局来了，应该还在里面，没见他出来。您是？"保安认识江南分局的大部分干警，但没见过刘文昊。

"我有工作要向陆局汇报。"刘文昊出示了警察证。

"那您注意点。"保安放行了刘文昊。

楼内应急灯亮着，光线有些昏暗，但勉强可以照亮。

如今江南分局的局长是当年青秀分局的副局长陆景峰，也是刘文昊曾经的顶头上司，把刘文昊免职的人正是他。

刘文昊一口气爬到体育馆四楼，右手边走廊尽头的房间亮着应急灯，那里是陆景峰常去的 VIP 健身房。

他不由自主地把手伸进了口袋，里面的枪冰凉冰凉的，有种不真实的触感。

刘文昊来到门口，伸手敲了敲门，现在整个楼层已经看不到其他人了。

"进来。"

刘文昊推门进去，看到了正坐在椅子上擦汗的陆景峰。

陆景峰国字脸，皮肤黝黑，身材魁梧，今年虽然已经五十出头，但看起来比实际年龄年轻不少。

"刘文昊？你来这里干什么？"看到刘文昊，陆景峰先是一惊，然后露出不悦的神色。

刘文昊没有回答陆景峰的话，而是警惕地观察健身房内的情况。

"房间里还有没有其他人？"刘文昊反锁住门，并拉上所有窗帘。

"你干什么？疯了吗？"陆景峰站起来，完全不明白刘文昊在做什么。

"可能有人想对你下手！"

"胡说八道什么！"陆景峰怒道。

"五年前国际马戏剧院失火，你是主管案件调查的领导，但却草草结案，如今几个受害者家属正在报复和这件事有关的人。"刘文昊看了看时间，还有五分钟，他拿出枪。

"放屁！案子清清楚楚……"陆景峰话还没说完，忽然火光一闪，跟着"砰"一声，似乎哪里发生了爆炸。

刘文昊急忙拉着陆景峰趴到地上。

陆景峰心有余悸，他没想到刘文昊说的是真话。

"爆炸是在楼下！"刘文昊站起来，举枪跑到窗口，探头往下看，果然楼下火光冲天。

然而这一切只是开始，刘文昊正在观察楼下状况，突然火光再起，楼下依次传来爆炸声。

事情发生得太过突然，所有人都被这一连串的爆炸震得六神无主。

好在楼里基本没什么人，剩下的几个人赶紧逃出了大楼。

"你在这里等谁？"刘文昊从窗口退回来，看着还在发愣的陆景峰。

陆景峰回过神来，说道："没等谁。"

"都停电了你留在这里干什么？"刘文昊急问道，他不相信有如此巧合，必然是对方早有安排，把陆景峰留在了健身房内。

陆景峰面露难色，故意岔开话题："这里不是说话的地方，我们先离开再说。"

大火在楼下蔓延，楼道内浓烟滚滚，刘文昊和陆景峰试图下楼，很快他们就发现这是根本不可能的事情，他们想要活命只有一条路，往上走。

"去楼顶，等消防的救援！"陆景峰抢先一步，往楼顶跑去。

刘文昊叹口气，他知道这是对方故意留给他们的路，但生死之间也别无选择。

两个人迅速来到天台门口，陆景峰刚要推门，却被刘文昊一把拉住。

"先别急，小……喀喀……心有……喀喀……埋伏！"刘文昊被烟雾呛得连连咳嗽。

陆景峰眼泪直流，只感觉自己快要窒息了，根本听不进刘文昊的话，甩开他的手，推开天台门，冲了出去。

刘文昊怕他出事，举枪紧跟着他冲了出去。

天台上舒爽的风吹散了烟雾，也让刘文昊二人喘了口气。

不过，还不等他们缓过劲来，一个巨大的铁笼忽然从天而降。

铁笼约莫两米宽、三米长，把刘文昊他们死死罩在里面。

刘文昊和陆景峰本能地用手去抬铁笼，可使尽全力也没抬起分毫。

"不用怕，消防肯定马上到！"陆景峰这句话更像是安慰自己，因为浑身发抖的人只有他。

事实上，他还不知道，浩天体育馆所在的道路两侧，有两辆坏掉的工程车正堵在路口，别说消防车，就是摩托车想开进来都有些困难。

正当刘文昊思索如何出去的时候，高处亮起两盏探照灯，两道强光打在了铁笼上。

天台一侧的平台上忽然亮起光，平台上坐着一排戴面具的人，每个都身穿长袍，分不清男女。刘文昊定睛数了数，一共是七个人。

这时从他们身后，又走出来一个女人，这个女人没戴面具，也没穿长袍，而是穿着一身华丽的白色礼服，正是消失已久的张奕兰。

她站在高处，在耀眼的灯光和呼啸的大风中，显得英姿飒爽。

"女士们、先生们，有史以来最精彩的魔术秀即将上演……"

"张奕兰，你到底想干什么，你疯了吗？"刘文昊嘶吼道。

"你们简直胆大包天，立刻自首，争取宽大处理！"陆景峰也在一旁胡乱喊叫。

张奕兰跳下高台，迈着优雅的步伐，来到铁笼前，她根本没理会刘文昊和陆景峰，而是转身面向高台上的"观众"。

"即将上演的魔术名为'刻骨铭心'！"

刘文昊听到这个魔术的名字，不禁打了一个冷战。

他从林雪瑶那里得到了杨天明所有魔术的演出资料，自然看过"刻骨铭心"这个魔术。

魔术表演者被关在一个铁笼中，不一会儿铁笼上方的喷头会喷出特别调配的硫酸雨。观众会看到硫酸雨慢慢腐蚀掉表演者，让他变成一摊黄黑色的污水。当然，最后表演者会神奇地出现在笼子外面，并向观众挥手致意。但是刘文昊和陆景峰会不会有这么好的"运气"，就不一定了。

刘文昊抬头看向铁笼上方，果然有六个喷头覆盖了整个铁笼。

"陆局，赶快把衣服脱下来，盖在头上！"刘文昊说着脱下外套罩在头顶。

这时喷头开始喷洒犹如毛毛细雨一般的液体。

酸雨落在刘文昊他们的衣服上，发出刺鼻的味道，令人不寒而栗。

"张奕兰，你到底想怎么样？"刘文昊沉声问道。

张奕兰神情冷漠，根本不在乎刘文昊他们的危险处境。

陆景峰躲在外套下面，凑到刘文昊身边，埋怨道："你怎么不早点告诉我，让我有些防备，他们绝不可能得逞！"

"一来我说了你未必信，二来想要抓住这些人，我们就是最好的诱饵。"

刘文昊声音很小，但"诱饵"两个字无疑让陆景峰怒火中烧，如果不是此时他命在旦夕，逃离险境还需要依靠刘文昊，他早就发飙了。

"这是一场审判！你们的命运将由七位审判者裁决，遵循少数服从多数的原则！"说到这里，张奕兰长袖一甩，手里多了一叠白色的A4纸，"陆景峰，这份事故调查报告是你一手操作的吧？"

"这是联合调查组的一致意见。"

张奕兰冷哼一声，不过她没有驳斥陆景峰的辩解，继续说道："报告漏洞百出，报告里说起火原因是舞台玻璃球破裂，火源外溢，更是一派胡言。玻璃球是因外力破碎的，火源来自剧场顶部！种种迹象都表明这场大火是人为的，为什么你要遮掩事实？"

这一番质问让笼子里的陆景峰哑口无言。

刘文昊听杨天明说过类似的话，所以对这份调查报告也心存疑虑。

"陆景峰，你最好快些将真相公之于众，留给你们的时间不多了。"

陆景峰也知道现在的处境，即使双手隔着外套也能感觉到酸雨的灼热，一想起皮肤接触到酸雨的可怕后果，他忍不住浑身发抖。

"这件事当时影响恶劣，调查组的破案压力太大，最好的办法莫过于定性为意外，尽快结案。"陆景峰一口气说道。

"三十七条人命，你说得好轻松！"张奕兰的语气中透着悲愤。

"你先把这酸雨停下来……其实算作意外事故，保险公司给受害者的赔付更多，如果定性为谋杀，你们拿到的赔偿可能连零头都没有……对你们来说，这不是更实际吗？"陆景峰虽然是辩解，但实情也是如此。

"你还有其他借口吗？"张奕兰深吸一口气，问道。

陆景峰愣了一下，他知道自己就像是在"法庭"上，台上那几个"法官"决定着他的生死。

"我没有辩解，我讲的都是事实……"陆景峰希望多讲几句，好拖延时间等待救援，"如果我不这样处理，死者家属们会更痛苦，你们可以问刘文昊，从出事那天开始，他查了好几年，找到线索了吗？还有你们这些人，你们这么有本事，找到放火的人了吗？肯定没找到吧？要不然你们早去报复真正的凶手了。家属们在痛苦中要熬多久？我先给他们一个交代，让他们拿到应得的赔偿，不好吗？"

刘文昊这时候也不得不佩服陆景峰的口才，即使是强盗逻辑，他也能说得如此大义凛然。

"闭嘴，够了！"张奕兰打断了陆景峰。

陆景峰此时蹲在地上缩成一团，他不得不脱下毛衣加厚"保护层"。

"刘文昊，你呢？"张奕兰冰冷的目光投向刘文昊。

"我也想问你们，为什么从一开始就要把我拖进这场复仇之中？"刘文昊的外套更厚，他暂时还没有大碍。

"刘文昊，若要人不知，除非己莫为，大火那晚，有人看到你在剧院里，你究竟隐藏了什么秘密？"张奕兰质问道。

刘文昊没有回避张奕兰的眼睛，只是平静说道："追捕嫌疑人。"

国际马戏剧院发生火灾那天，刘文昊得到线报，辖区内一个贩卖摇头丸的犯罪团伙正在四处活动。为了不打草惊蛇，他决定一个人去收集情报。

根据线报，这个团伙的窝点就在国际马戏剧院附近的太宇大厦。

太宇大厦是一栋老楼，紧靠着国际马戏剧院一侧，两栋建筑之间隔着一道栅栏。

大厦内鱼龙混杂，一楼二楼是小商品批发市场，三楼到八楼则是传销公司、美容修甲、借贷平台的聚集地。

刘文昊乔装成推销上门保洁服务的推销员，在国际马戏剧院及太宇大厦周围打探消息。

国际马戏剧院门口人山人海，全是等待进场观看演出的观众。

刘文昊看了一会儿后，便挤出人群，去了太宇大厦。

他在大厦里晃悠了大半个小时，七楼一家借贷公司引起了他的注意。这家公司的生意看起来不错，但进进出出的都是打扮夸张的少男少女。这些孩子看起来不像是需要借贷周转的生意人。

刘文昊收起推销的道具，假装要借钱，进了借贷公司，但前台接待的人一听他是来借钱的，并不热情，随便敷衍了一番，就把他请了出去。

刘文昊此时已经断定这家公司一定不是正常经营的公司，他走到楼梯口，打算拦下几个从里面出来的人询问情况。

这时候恰巧有两个二十出头的男青年进了那家公司，过了大概十分钟又出来了。两个男青年打扮得花里胡哨的，一个光头，一个染着黄头发。

刘文昊悄悄跟着两个男青年来到楼下，这才拦下他们盘查。

"警察，你们两个做什么的？拿身份证出来。"刘文昊亮出警察证。

"同志，我们就来逛个街，谁逛街带身份证啊？"光头的语气十分嚣张。

"查你就查你，好好配合啊！打开包！"刘文昊指着黄发青年说道。

黄发青年背着一个黑色挎包，刘文昊注意到他一直用手护着包，没松开过。

"你有搜查证吗？凭什么看我的包。"黄发男下意识地往后退了一步。

"别动啊，不然抓你们回去！"刘文昊伸手去抢包。

这时候光头男人突然抱住刘文昊，黄发男拔腿就跑。刘文昊用膝盖猛击光头男的腹部，接着一个擒拿招式把对方摔倒在地，转身去追那黄发男。

华灯初上，人流熙熙攘攘。

刘文昊在人群中搜索着嫌犯的踪迹，好在这青年染了一头黄发，在灯光下尤其显眼，他一眼看到黄发男跑进了大厦的后巷。

刘文昊在后面紧追不舍。黄发男发现自己竟然进了死巷子，一咬牙翻栅栏进了国际马戏剧院，就连铁栏杆划伤了自己的手，他也浑然不顾。

刘文昊也跟着他翻过了铁栅栏。

国际马戏剧院内灯光璀璨，澎湃激昂的音乐声环绕四周。

剧院大门已经封闭，观众早已入场。

刘文昊看见黄发男往剧院后面跑，也跟了上去，可没过多久他却跟丢了黄发男。

他环顾四周，看到墙上有个窗户开着，想来是那黄发男从这里溜进了剧院。

刘文昊爬了上去，从窗户钻入剧院。他进去一看，才发现这个位置是剧院的后台。黄发男正躲在搭建舞台的脚手架上。

刘文昊飞速爬上脚手架，与黄发男在架子上撕扯，在这个过程中，两个人不慎摔下了架子。

黄发男爬起来还想跑，刘文昊哪里会给他机会，上前制伏他，扭过他的手腕，给他戴上了手铐。

"你他妈的凭什么抓我？"黄发男痛得嗷嗷直叫。

"包呢？"

"什么包？不知道！"黄发男装糊涂。

刘文昊本想着人赃并获，没想到这个黄发男还挺狡猾，把包藏起来了。

如果他找不到包，就算带回分局，也最多扣留其四十八小时，今天算是白忙活了。

"好你个小兔崽子，等找到包看我怎么收拾你。"刘文昊环顾四周，开始寻找挎包。自己这一路追来，黄发男一直背着包，他一定是把包藏到国际马戏剧院了。

果然，没用多久，他就看到挂在吊灯上的挎包。原来黄发男担心自己被抓，爬到脚手架上，把包挂到了后台的吊灯上。

刘文昊本想把黄发男铐在楼道里，自己去取包，可无意间瞟向观众席的时候，却看见一个熟悉的人——叶亚丹。

叶亚丹和一位英俊的男士亲密地依偎在一起，两个人有说有笑的。刘文昊只感觉呼吸困难，仿佛有人忽然掐住了他的脖子。他不想继续待在这里，打算先带黄发男回分局，可他们还没走几步，忽然听到"砰"的一声巨响，接着就传来火光和尖叫声，人们纷纷涌向出口，场面混乱不堪。

整个剧场内瞬间化为人间地狱。

刘文昊丢下黄发男，直奔叶亚丹。

黄发男一时间也吓傻了，他追着刘文昊，大喊："钥匙，手铐钥匙！"

刘文昊回头把钥匙丢给黄发男，就没再管他。

叶亚丹原本与恋人一起随着人流往外跑，但是忽然坍塌的铁架把他们分开了。

由于工作人员的失职，逃生通道竟然被堵住了，前面的人出不去，后面人却还在往前挤，于是一场不可避免的踩踏事故发生了。

混乱中，叶亚丹被挤倒，眼看就要被人踏上一脚，这个时候一只手伸过来，把她硬生生拉了起来。

"文昊……"叶亚丹看到拉起她的人，不由吃了一惊。

"跟我走！"刘文昊看到剧院后面的窗台，那里已经有人砸碎玻璃往剧场外面爬。

刘文昊护着叶亚丹来到窗台下。

"不要挤，大家一个一个上去！"刘文昊大声呼喊，但根本没人听他的，无奈之下，他一把揪住一个不管不顾往前冲的壮汉，"孩子和女人先上去！"

刘文昊靠墙半蹲下来，让身边的女人和小孩踩在他的肩膀上先上去。

"亚丹，你也上去！"

叶亚丹咬咬牙，爬了上去，可她一回头，却正好看到了倒在地上的恋人。她立刻从窗台跳了下来，直奔恋人。

刘文昊想拦住她却晚了一步，叶亚丹消失在烟雾中。

"我一直隐瞒这件事，就是因为我自己都无法面对自己，为什么当时没能救出亚丹，眼睁睁地看着她消失在火海里，却无能为力。"说到这里，铁笼里的刘文昊眼里泛起泪光。

"双头人文身呢？大火中有一个死者身上也有同样的文身，这件事你如何解释？"张奕兰追问道。

刘文昊平复了一下情绪，慢慢站起来，看着张奕兰，一字一句地说道："这件事就是为了把你们一网打尽。"

说完，刘文昊忽然扔掉盖在身上的外套，"酸雨"纷纷落下，但他却毫发无损。

"这，这怎么可能？"张奕兰睁大眼睛，往后退了一步。

陆景峰看到刘文昊的样子，也试着伸手出去，发现落下的根本不是"酸雨"，而是普通的热水。

这时，一个人从天而降，落在铁笼之上。

"我说过，我才是真正的魔术师！"来人正是杨天明。

张奕兰冷笑着说道："多一个杨天明又能如何？"

刘文昊这次没有理会张奕兰，而是把目光投向坐在高台上的七个人，大声喊道："吴淑涵，你不用演了，我知道你坐在上面。"

这句话一喊出来，中间一位面具人的身体忍不住抖动了一下。

"没有酸雨，我们就奈何不了你们吗？"张奕兰正准备再次发难，却发现形势已经逆转。

十几个荷枪实弹的特警涌上来，把他们团团包围。

"你们已经被警方包围，立刻放下武器投降！"曹力拿着扩音喇叭喊道。

坐在正中的面具人此时终于站起来，脱下面具，露出一头短发和清秀的面容，正是吴淑涵。

"你是什么时候开始怀疑我的？"吴淑涵目光冷峻，盯着笼子里的刘文昊问道。

"我怀疑有内奸，但从来没想过会是你。"刘文昊脸上没有半点胜利者的喜悦，"徐修武被捕时，所有个人物品都被没收了，他哪来的毒药自杀？我的从警经历和个人隐私，甚至警方的行动，对方怎么能了如指掌？这让我不得不怀疑有内奸。所以我暗中与曹力商量，布了这个局。首先，让山鬼在道上宣扬手里有我违法乱纪的把柄；其次，伪造线索，山鬼和剧院中身份不明死者背上的文身都是特意加上去的，文身师也是我们找来的演员；最后，利用陆景峰局长作为诱饵……你是聪明人，这个局不用我说得太详细。"

"你拿着两张照片来找我，举报刘文昊涉案的那一刻，我就知道你有问题了。你在刘文昊的公文包隔层里偷偷放了窃听与定位装置吧？早在我介绍你们正式成为搭档前，你就已经开始跟踪他了！"曹力在一旁补充道。

"可刘文昊杀了山鬼啊……"

"你还是不死心啊。"曹力拿出手机，拨通了视频电话，手机屏幕上出现了山鬼的面容。

"曹队，我可是什么都按照你们说的办了，你们可要帮我求情，算我立功减刑啊……"山鬼在电话里叫道。

吴淑涵看到"死而复生"的山鬼，脸色苍白。

"这不可能，我不相信你们能伪造一个那样规模的地下赌场，那里面的赌客看起来可不像是演员。"吴淑涵还是一副难以置信的样子。

"赌场确实是真的，山鬼是地下赌场的看场人，但他早在一个星期前就因为贩毒被我们抓获，我们和他做了交易，剩下的不用我多说了吧。"曹力看到吴淑涵执迷不悟的样子，摇了摇头。

"你们千方百计拉我入局，无非是怀疑我与国际马戏剧院的大火有关，如今给了你们'证据'，你们自然会展开行动，入局是理所当然的事。"刘文昊一语中的。

"可是我，我们一直监控你，行动前，我们也检查过大楼附近，这些人是怎么突然出现的？"吴淑涵心中还是疑惑重重。

"这是杨天明的魔术。"刘文昊指了指站在铁笼上的杨天明。

杨天明从铁笼上跳下来，一挥手，楼下因为"爆炸"而产生的火焰和浓烟立刻烟消云散。

"你们潜入这里埋下的炸弹已经被我换成了魔术道具。"

"原来你们闹矛盾全是在演戏……刘文昊，算你狠……"吴淑涵咬牙切齿地说道。

"也不全是演戏……"刘文昊看了眼杨天明，杨天明戴着面具，沉默不语。

"但我还是有一件事想不明白。"铁笼这时被特警打开，刘文昊走出来，"据我了解，国际马戏剧院火灾中的死者，除了那位身份不明的死者，没有人和你有关系，你为什么要这么做？"

特警已经控制住所有嫌犯，吴淑涵也被两位特警左右架住，戴上了手铐。

"你以为那场大火中受到伤害的只有那些死去的人吗？那些生不如死的人呢？就像你故事里的那个黄发青年！"

刘文昊浑身一震，只觉得头皮发麻，他确实不知道那个黄发青年怎么样了，如果不是今天的事，他几乎都忘了这个人。

"他怎么了？"

"你记住，他叫吴铭，是我哥哥，那场大火给他造成了三级烧伤，他每天生不如死！如果不是你，他怎么可能会这样！"吴淑涵嘶吼着，眼泪夺眶而出。

刘文昊此时总算明白了吴淑涵的动机，也知道这才是自己被他们拖进复仇旋涡的主要原因。

杨天明听到吴淑涵这番话，身体不由微微颤抖，他也是三级烧伤，他明白那种痛苦，不仅仅是毁容，还有宛如千万只蚂蚁撕咬皮肤的痛苦折磨。

曹力走到刘文昊身边，说道："刘哥，我先把他们带回去，再慢慢讯问。"

刘文昊点点头，没有继续问下去。

"把他们都带回分局。"曹力挥手下令。

原本喧闹的天台不多时便恢复了寂静。

一直保持沉默的陆景峰这时终于忍不住发作了。

"曹力，这么大行动，你都不知会一声，你这个副队长怕是干不长了。"

"陆局，我们这也是为了工作，所有行动细节都做了全程记录，一会儿我就向领导汇报。"曹力早有准备。

陆景峰脸色一变，咳嗽了几声，说道："刚才……那个……我说的有些话是权宜之计，为了稳住凶徒的，不能当真，没有必要记录，避免一些误会。"

"陆局放心，这次行动正是得到了陆局和江南分局的全力支持配合，我们才能把犯罪分子一网打尽，报告里我会重点说明，至于那些有的没的，我可没记录。"曹力讨好地说道。

"话虽这么说，一会儿你还是需要先向我做个详细汇报。"陆景峰总算放下心来。

"这次谢谢你，如果没有你的帮助，我们不可能这么顺利。"刘文昊诚心感谢杨天明的协助，正是有了他的魔术设计，才能让张奕兰一伙掉入陷阱，也把所有伤害降到了最低。

"可那场大火的罪魁祸首究竟是谁，我们还是没得到答案。"杨天明神情落寞，他以为张奕兰他们知道真凶的身份，但到头来才发现他们并不知道真相，只是把刘文昊当作了可能的嫌疑人。

刘文昊无言以对，这也是他想追问的问题——谁是罪魁祸首？

第十四章

金蝉脱壳

　　因为嫌疑人较多，刑侦大队两个人一组，二十四小时轮流讯问。

　　张奕兰交代了她杀罗天翔的原因。她潜伏在文静身边的时候，发现罗天翔的人渣行为，他强迫一些涉世未深的女孩从事非法陪侍，凡是不服从的女孩，他就拍下不雅照片和视频进行威胁，或者直接暴力胁迫。张奕兰索性一不做、二不休，杀了文静之后，就拿罗天翔来陪葬，而且这样可以扰乱警方的侦查，一举两得。

　　张奕兰自称是整个复仇行动的组织者，而通过其他嫌犯的交代，也证实了这一点，他们都是从张奕兰那里获得指令的。

　　但让警方意想不到的是，张奕兰承认了文静、罗天翔在内的四起谋杀案，并详细交代了每个案件的设计过程，但是她坚称自己没有杀熊星淇，也不认识这个人。其他嫌犯包括吴淑涵，都不知道熊星淇的死是怎么回事。如果他们没有事前串供，那么就意味着还有其他人利用他们的复仇计划来达成自己的目的。

　　"熊星淇的死是怎么回事？"曹力和一个同事负责讯问吴淑涵，他们之前已经从张奕兰那里得到口供，她拒不承认杀害熊星淇。

　　警方虽然怀疑张奕兰撒谎，但如果她真的做过，对于一个已经承认了四起谋杀案的嫌犯，又有什么理由去否认另外一桩命案呢？

　　吴淑涵摇摇头，说道："我其实只负责给他们提供刘文昊的信息，没参与他们的行动。这件事我一直在暗中调查，熊星淇从来不是他们的报复对象，甚至他们都不知道有这么一个人，原本他们打算在陈茜云身上用'水遁'这个魔术，可是还没动手，刘文昊就在那里发现了熊星淇的尸体，他们只能更改计划。而且熊星淇在青龙山给刘文昊打的那个电话，差一点就破坏了他们杀罗天翔的计划，如果不是大雨的掩护，他们可能当时就露出马脚了。"

"会不会是你们团伙中其他人干的，并没有知会你们？"曹力猜测道。

"不可能，我们都明白复仇计划想要成功，必须依赖于统一的行动，绝不可能有人做这样的事情。"吴淑涵说到这里停顿了一会儿，转而说道，"我当时认为熊星淇这件事是刘文昊自导自演。"

"你为什么怀疑刘文昊？"曹力皱眉问道。

"因为他撒了太多谎！"吴淑涵恨恨地回道。

曹力闻言有些生气，斥责道："你哥哥的事情是意外，怎么能算到刘文昊头上呢？而且你身为警察，不但不阻止这些罪犯，还参与其中，难道一点悔恨都没有吗？"

"我有，我后悔自己没有直接解决掉刘文昊，而是跟着他们的计划走！"吴淑涵心中依旧燃烧着仇恨的火焰。

曹力知道三言两语说服不了吴淑涵，更烦心的是竟然还有案中案，他深吸一口气，调整了一下情绪，继续问道："那我问你，你为什么怀疑这件事是刘文昊自导自演？杀了熊星淇对他有什么好处？"

"当然是熊星淇掌握了他犯罪的证据，所以他要杀人灭口！而且他是当年负责调查的警官，正好利用他所掌握的信息，模仿作案，然后嫁祸给我们。"吴淑涵咬了咬嘴唇，"可惜我找不到证据……"

曹力觉得吴淑涵完全被仇恨蒙蔽了双眼，才会说出这样的无稽之谈，可他心里也在反复琢磨：究竟是谁杀了熊星淇？

刘文昊没有参与讯问，而是去了精神病医院，去看一直住在那里的吴铭，也就是吴淑涵的哥哥。

吴淑涵的父母走得早，她基本上就是哥哥吴铭带大的，两个人感情深厚，可以说是相依为命。

吴铭自从五年前被重度烧伤后，变得面目全非，生活难以自理，而且需要一直吃止痛药，前两年终于精神崩溃，住进了医院。

因为他有自残行为和攻击倾向，医生不得不把他关进独立病房，刘文昊也只能透过玻璃窗看他。

刘文昊敲了敲玻璃，叫了一声："吴铭！"

吴铭听到声音，转过头，他的毁容程度比杨天明还严重，脸上仿佛就剩下几个窟窿。

刘文昊也算有心理准备，可还是被吴铭的样子吓了一跳。吴铭的头发已经剃光，眼神呆滞，双手被白色束缚衣包裹，防止他自残或者伤人。房间四周都是软包材质，无论他如何撞击，也不会受伤。

吴铭看见刘文昊，径直冲过来，嘴里"哇啦哇啦"地说着没人听得懂的话。

"他看见陌生人都是这个样子。"一旁的护士解释道。

刘文昊点点头，把目光投向吴铭，隔着玻璃窗问道："你还记得我吗？"

吴铭把脸贴在玻璃上，来回磨蹭，发出古怪的声音。

"他不会说话了吗？"刘文昊问身旁的护士。

"吃过药后，情绪稳定下来，也能说几句话。"护士回道。

"说什么呢？"刘文昊继续问道。

护士一听笑了："谁会去听疯子说话。"

刘文昊沉默了，点点头，又看了一眼吴铭。

吴铭这时候仿佛失去了对刘文昊的兴趣，转过身，在房间里转起了圈。

刘文昊叹口气，跟着护士离开了病房。走之前，他给吴铭的医院账户上存了五万块钱。

离开医院后，刘文昊回了家。他从电话里得知案情又有了变化，事情还没有结束，熊星淇的死另有蹊跷。不过他对这些事暂时失去了兴趣，他现在只想好好休息一下，昨晚那场大戏似乎已经耗尽了他所有的力气。

杨天明一早就收到了单位的电话和辞退书。他能够理解，这段时间他麻烦不断，又时常请假旷工，单位已经算是仁至义尽。

他决定去找崔光强的前妻——周美琴。

刚出狱那会儿，他去找过一次周美琴，询问崔光强的下落，但周美琴三言两语就把他打发走了。

不过昨晚的事情，让他觉得应该再去找一次周美琴，他有一个只有她才能解答的问题。

杨天明犹记得第一次见到周美琴的时候，他才二十多岁，刚参加工作，而崔光强已经算是老员工，所以他称呼对方崔哥，叫周美琴嫂子。

他和崔光强都是极有天赋的魔术师，很快就成了好友，一起钻研魔术设计和表演。杨天明与妻子还是通过周美琴的介绍认识的，他们两家人有一段时间可谓亲如一家。

祸福难测，人生无常。杨天明有时候会感慨如果当时不离开马戏团，或许就没有现在的悲剧。

周美琴如今依旧住在那栋旧楼里，女儿则是住校。她和崔光强离婚后，一直也没再婚。

杨天明回想着往事，不知不觉就来到了周美琴家楼下。

这栋居民楼离动物园不远，虽然老旧，但是地处市中心，生活便利。

崔光强和周美琴离婚后，房子留给了她和孩子，那之后她们就一直住这里。

杨天明本想先打个电话，但他担心周美琴不愿意见自己，反而弄巧成拙。他知道周美琴如今正在做电商，大多数时间都在家，所以不难找到她。

天空飘着毛毛雨，杨天明穿着一件长款风衣，竖着衣领，头上的帽子压得很低，以免自己扭曲的容貌吓到别人。

他爬上五楼，来到503号门前，伸手敲了敲门。没人应答，他又敲了几下，还是无人回应。

杨天明有些失望，看来周美琴没在家，他正准备离去，可忽然感觉有些不对劲。他伸手拧了拧门把手，"嘎吱"一声，门开了，没有锁。

"周美琴……"杨天明喊了一声。

屋子里空荡荡的，没有人。

杨天明犹豫了一会儿，他看了看楼道两边，又往屋里探了探头。

客厅里飘散着香水味，椅子倒在地上，衣物七零八落，看起来就像是刚被洗劫过。这番状况让杨天明决定进去看看，他担心出了什么意外。

他走进屋子，随手关上了门。

客厅、餐厅、厨房、阳台都没有人，卧室门开着，里面也被翻得乱七八糟的，不过现场没有打斗痕迹。

杨天明没看出什么端倪，他拿出手机，给周美琴女儿的学校打了一个电话。

他从学校那里得知周美琴早就为女儿办理了转学手续，至于去了哪里，学校也并不知情。他又打电话给周美琴，可无人接听。

杨天明放下手机，皱了皱眉头，周美琴为什么忽然间要离开？她带着女儿又能去哪里呢？周美琴的父母早就过世了，她没有什么亲人。

崔光强的老家在凭东县，而且他的母亲至今健在，周美琴会不会把女儿送到她奶奶那里呢？

杨天明在屋子里又搜索了一番，在垃圾桶里翻出一个纸团，他看到上面有一个电话号码，后面写着"学校"。他打过去，这个号码是凭东县中学的电话，周美琴果然把女儿送去了她奶奶那边的学校。

杨天明叫了一辆出租车，赶到了凭东县。

他站在凭东县中学的门口，一直等到学校放学。

周美琴的女儿随母姓，叫周晓蓉，今年十九岁，上高三。小时候这孩子就特别聪明，看东西过目不忘，还能举一反三，学什么会什么，崔光强和周美琴将她视作掌上明珠。只是孩子小时候生了一场大病，需要进行手术，所以中间休学了一年。

杨天明也很喜欢周晓蓉，她聪慧懂事，他经常给她买好吃的糖果和玩具，还时不时带她和乐乐一起去公园玩。

杨天明已经多年没见过周晓蓉了，不过当周晓蓉走出校门的那一刻，他还是一眼就认出了她。

"小蓉。"杨天明走上前，喊了一声。

周晓蓉正和几个同学有说有笑地往前走，听到喊声转过身，看到杨天明，愣住了。

"你是？"周晓蓉抬起头，想看清杨天明的脸。

杨天明戴着口罩和帽子，只露出一双眼睛。

"我是杨叔叔，还记得吗？"

"杨叔叔……杨天明？"周晓蓉瞪大了眼睛。

杨天明点点头。

周晓蓉让同学们先走，这才拉着杨天明走到一处僻静的地方。

"杨叔叔，你出来了？没事了吧？"周晓蓉关切地问道。

"没事，好几年没见你，你都变成大姑娘了。"杨天明欣慰地笑道。

"我现在都高三了。"周晓蓉挺直了背。

杨天明看着周晓蓉，她的样子真是像极了周美琴。

"我来是想问问，你知道你妈在哪儿吗？"

周晓蓉警惕地看了一眼杨天明，反问道："你找我妈干什么？"

"我有点事想问问她，可她的电话打不通，所以就来这里问问你。"杨天明解释道。

周晓蓉神情有些沮丧，说道："我也不知道她去了哪里，我现在跟着奶奶一起生活。"

"她走之前，没交代你什么吗？"杨天明有点难以置信，毕竟周晓蓉是她的女儿，周美琴总不能一走了之，不闻不问吧？

"她只说要去办一件重要的事情，让我照顾好奶奶。"周晓蓉说到这里，眼眶有些泛红。

杨天明闻言有些纳闷，周美琴说的这番话简直就像遗言，但他也想不出周晓蓉有什么理由在这种事上撒谎。

"这是我的电话，如果你妈回来或者给你打电话，请让她给我打个电话。"杨天明拿出一张纸条，上面是自己的手机号码。

"我有手机。"周晓蓉把杨天明的号码存入手机，"杨叔叔，没什么事，那我先走了。"

"好，慢点儿，注意安全。"杨天明嘱咐道。

周晓蓉背着书包，甩着辫子转身离去。

杨天明忽然想起什么，又喊住周晓蓉。

"小蓉，你有你爸的消息吗？"

周晓蓉的身体仿佛僵住了，停顿片刻，才回过头说："没有。"

杨天明点点头。

"对了，杨叔叔，我一直想问你，关于魔术，是你比较厉害，还是我爸比较厉害？"

"你爸，他教会我许多东西。"杨天明想也没想就说道。

"哦。"周晓蓉若有所思地点点头，转身追上了前面的同学，一起说笑着离开了。

杨天明看着周晓蓉的背影，在原地沉思片刻后，拿出手机，给刘文昊打了一个电话。

"刘警官，你的案子我已经帮你解决了，现在轮到你帮我了。"

"嗯……你说什么……"刘文昊的声音听起来就像是没睡醒。

"帮我找崔光强。"

"你是不是有什么线索了？"刘文昊从床上弹起来。

"你有时间来一趟凭东县吗？见面说。"

"好，没问题……大概八点到那边。"

杨天明挂了电话，他避开人群，走小路来到周晓蓉奶奶家附近。

这是街边的一栋独立楼房，有四层，县城本地人大多住这样的自建楼房。街上的楼房不少都租出去做了门面，只是今天看起来生意有些冷清。

杨天明观察了一会儿，看见周晓蓉家斜对面有家餐馆。他进了餐馆，点了两菜一汤，上了二楼，找了一个靠窗的位置坐下。他一边吃饭，一边留意着周晓蓉家的动静。

不一会儿，周晓蓉家的门开了，楼内橘黄色的光随着门的一开一合，变幻出奇特的光影。一个女人走了出来。

女人身形高挑，装扮入时，既不是周晓蓉也不是周晓蓉的奶奶。但杨天明没看到她的正面，一时无法判断此人究竟是不是周美琴，他匆匆下楼，跟了上去。

女人走得并不快，还不时停下来，左顾右盼一番，更显得鬼鬼祟祟。

杨天明时停时走，保持着安全的距离，既不让她发现自己，又不会跟丢她。

女人走出居民区，上了大道，拦下一辆出租车。

杨天明看对方上了车，也想拦辆车跟上，可县城不比大城市，不是随时都能拦下车，无奈之下，他只能拦下一辆摩的。

"师傅，帮我跟上前面的出租车。"杨天明默默记下了出租车的车牌号。

摩的司机看了杨天明一眼，又看看前面的出租车，没有动。

"走啊，师傅。"杨天明催促。

摩的司机伸出右手，张开两根手指。

"二十，没问题。"

"两百。"

"走。"杨天明干脆利落地说道。

摩的司机咧嘴一笑，发动了摩托车，说道："放心，肯定给你追上。"

出租车沿着主干道出了县城，拐进一条坑坑洼洼的老路，最后在一片荒郊野地停了下来。

杨天明看到出租车停了车，就让摩的司机也停下来，然后自己步行。

过了一会儿，杨天明看到出租车掉头出来，车头亮着醒目的"空车"牌。确认女人已经下了车，他继续往里面走，来到道路尽头，这才发现这里是一个鱼塘。

鱼塘边上有一栋木屋，木屋里面亮着光。

杨天明弯下腰，摸到木屋后边，透过窗户的缝隙，往里面看。

一个女人坐在桌前，似乎正在等人。等杨天明看清女人的面貌，顿时大吃一惊，她不是别人，正是林雪瑶。他感到头皮发麻，林雪瑶怎么会从周美琴的家里出来，她又为何一个人来这里？

杨天明环顾四周，静悄悄地不见有人。他生怕自己暴露形迹，便躲在一个木箱后面，这里既能看见屋内的情况，又不会被人发现。

等了片刻，屋内忽然传来一阵响动，地上的木板被打开，一个女人从里面钻了出来，原来这木屋下面还有地窖。

从地板下面钻出来的女人正是周美琴。

周美琴拍了拍身上的灰尘，跟林雪瑶打了个招呼。

两个人看起来十分熟稔，都没有什么客套话。

"什么时候过来的？"

"刚过来。"

"没人跟着你吧？"

"我很小心，不过听小蓉说杨天明在找你。"

"魔术上的事情，怕是瞒不住他……"周美琴沉吟片刻，"这是你要的东西，拿去吧，以后不要再来这里了。"

林雪瑶接过一个厚厚的文件袋，眼睛里露出兴奋的神色，问道："终于完成了？"

"我答应他事情结束就放他出来。"周美琴点点头。

"这样也好……"林雪瑶一副欲言又止的样子，但她最终也没说什么特别的话，"那我先走了。"

"我送你出去。"周美琴走到柜子旁边，拿了一把钥匙，吹灭了屋里的煤油灯。

两个人推门出来，杨天明连忙蹲下躲好。

周美琴扯开一块帆布，帆布下面有台摩托车，她熟练地跨上车。

"上来。"

林雪瑶闻言上了后座，抱紧周美琴。周美琴一扭油门，摩托车窜了出去，沿着土路消失在黑夜之中。

杨天明确定她们走远了，这才站起来，打开手机，想给刘文昊发送定位，却发现这里根本没有信号。

他摇摇头，打开手机电筒，走到木屋门前。

门上挂着锁，不过这种锁对杨天明来说就是玩具，他毫不费力地打开了。

进屋后，他点上煤油灯，房间里又亮了起来。

木屋内陈设虽然简单，但是家具一应俱全，还有灶台，长期住在这里完全没有问题。

杨天明蹲下来寻找地窖入口，他掀开一块地毯，果然在下面发现了一扇门。

门板上有一个铁栓，拨开铁栓，轻轻往上一拉，门就开了，露出通往地窖的木质楼梯。

杨天明探身往下看，可除了墙壁和几个木架，看不见其他东西。

他侧着身子下了楼梯。木梯子看起来并不结实，他每踩一下，木板便发出"嘎吱"的声音。

地窖里弥漫着一股腐朽的气息，空气中飘浮着尘埃，令人呼吸不畅。

杨天明来到地窖下面，这里空间狭小，堆满了杂物，除此之外，连鬼影都没见一个。

"有人吗？"杨天明喊了一声，但无人回应。他在地窖里转了一圈，发现一个木柜的侧面没有灰尘，显然有人经常触碰这里。

杨天明试着推了一下木柜，果然是个机关，柜子下面有滑轨，他几乎不费力就把柜子推开了。

木柜后面有一扇铁门，没有上锁。杨天明打开门，门后是一条狭长的走道，他需要侧身才能穿过去。

他举起手机电筒，往里面照，但光线还是太弱，看不分明。

"有人吗？"杨天明又喊了一声。

没有人回应他，一切都处在寂静之中。

杨天明犹豫了一下，加快脚步，往走道深处走去。

走道尽头是一扇栅栏门，栅栏上也挂着锁，里面的房间里有一盏油灯。

一个人影伏在地上，姿势十分扭曲，杨天明心中顿感不妙。他急忙上前查看，发现地上的人正是动物园马戏团的团长王爱国，只是此时，王爱国已经停止了呼吸。

他身边散落着药瓶和一些药片，杨天明在现场搜索了一番，最终在王爱国身上找到了一封认罪书。

本人王爱国，于五年前九月十二日，受周美琴指使，到国际马戏剧院破坏演出。事发当日，我拿着周美琴给我的剧院内部构造图，沿二楼通风管道爬到舞台顶部的火球机关下方，用弹弓把她给我的蜡丸射向玻璃火球，蜡丸融化后，里面的氢氟酸溶液腐蚀了火球的玻璃，造成了爆炸。

我受周美琴所迫，不得已为之，但未曾想过大火会造成三十七人死亡，令我悔恨至今。如今，周美琴又以此事要挟我，让我为她做更多丧尽天良之事！我不愿再受她驱使，她便给我两个选择，一是活着为她办事，二是带着她的秘密去死。所以，我唯有一死，才能得到解脱。

希望看到这封信的人能把它交给警察，让这个疯子被绳之以法！我所说的句句属实！

刘文昊来到凭东县，在约定地点没找到杨天明。

"我在县医院，王爱国死了。"

刘文昊匆忙赶到医院，把杨天明带到一边，询问他事情经过。

杨天明讲述了事情的大致经过，不过他隐瞒了林雪瑶的信息。

"你觉得王爱国在认罪书里说的是真话吗？"

"可能他确实受到了周美琴的威胁，但他那么惜命的人不可能自杀，明显是周美琴杀了他。"杨天明并不完全相信王爱国所说的话，"况且，我们事先对国际马戏剧院进行过安全检查，他所说的通风道确实存在，但通道的大小绝不可能让一个成年人通过，更不用说像王爱国这样的胖子。"

"你的意思是，认罪书是周美琴伪造的？那她为什么要说王爱国是受自己指使呢？"刘文昊想不明白。

"总之，如今所有信息来源都是王爱国单方面的话，现在他又死了……"杨天明此时却思索着另外一件事，就是要找到林雪瑶。林雪瑶为什么会参与这种事，她和周美琴又是什么关系，或者说她们之间做了什么交易？

在弄清楚这些事之前，他不愿意警方介入，这是他的私心。

"嗯，当务之急是找到周美琴和崔光强。"刘文昊知道再讨论下去也不会有结果，他让杨天明带警方去木屋，或许在现场可以找到更多线索。

刘文昊和杨天明来到鱼塘边，可是木屋早已化成一片废墟。

第二天一早，刘文昊去了周晓蓉的奶奶家，调查崔光强和周美琴的去向。

老人七十二岁了，身体不太好，又有些耳背。她一见到刘文昊先是哭，说他儿子失踪了这么久，活不见人、死不见尸，然后就是抱怨儿媳妇不像话，没孝心，也不管女儿。

刘文昊耐心地安慰一番后，才问了她一些关于崔光强和周美琴的事情。

老人说崔光强和周美琴一直在城里工作生活，也就逢年过节回来一下，这几年崔光强直接失踪了。

不过提起孙女周晓蓉，她脸上笑开了花，拉着刘文昊给他看周晓蓉在学校拿到的各种奖状和奖杯。

"这孩子争气，爸妈都没怎么管她，可她在学校老是第一名。"

"伯母，您保重身体，要是周美琴回来，您赶紧通知我。"刘文昊扯开嗓子在老人的耳边喊，也不知道她听没听清。

"警察同志，我还想打听一个事，我能不能帮我孙女改个名？"

"这个恐怕要监护人同意才行，您想改什么名啊？"刘文昊随口问道。

"当然是重新姓崔，她本来就是我们崔家的闺女！"说起这件事，老人用手里的拐杖使劲敲打地面。

清官难断家务事，刘文昊只能敷衍老人几句，赶紧借故离开了。之后他又在县民警的陪同下，去了县中学，在那里见到了周晓蓉。

周晓蓉有些紧张，毕竟在学校里被警察约谈会引发其他同学的议论。

刘文昊也考虑到了这一点，所以除了他和一位民警，谈话现场没有其他人。

"别紧张，我们来只是想问问你妈妈周美琴的事情。"刘文昊和蔼地说道。

周晓蓉抿着嘴，点了点头，但没有抬起头看刘文昊。

"你昨天看见你妈妈了吗？"

"没有。"周晓蓉摇摇头。

"可有人在县城里看到了你妈妈，她没有来找你或者联系你吗？"

"我没见过她，她也没联系我。"

"你最后一次见她是什么时候？"

"她送我到奶奶这里后，我就没再见过她了。"

"那是什么时候？"刘文昊追问道。

周晓蓉想了想，说道："上个月。"

刘文昊沉思了片刻，上次他在汉昌市见过周美琴，那不过是几天前的事情。但是早在一个多月前，周晓蓉就转学了，难道周美琴那天去市里是给女儿转学办理什么后续手续？他觉得有必要再去了解一下这件事的具体情况。

刘文昊感觉眼前这个小姑娘对警方有很强的戒心，甚至可能在隐瞒什么，他又问了一些问题，但周晓蓉都答得滴水不漏。

刘文昊不得不放弃从周美琴的家人身上寻找线索，他只能把注意力集中在木屋现场留下的痕迹以及道路监控上。

放学后，周晓蓉没有像往常那样和同学们一起走，而是一个人走进了一条僻静的小道。

杨天明靠着墙，似乎早就知道周晓蓉会从这条路过来。

"杨叔叔。"她没想到会再次见到杨天明，但还是笑着打了声招呼。

"昨晚我看见林雪瑶从你家里出来。"杨天明开门见山地说道。

"林阿姨来找我妈，今天警察也来问我妈的事，是不是我妈出什么事了？"周晓蓉那一双天真的大眼睛瞬间就红了。

"没有，我昨晚还看见她了。"杨天明安慰道。

"真的？那她为什么不回家？"

杨天明没法回答她的问题，只能摇摇头，转而问道："你有没有和警方提林阿姨的事情？"

"他们没问，我也没提，有什么关系吗？"

杨天明没有说话，沉默了一会儿，才开口说道："没什么关系……我也该走了，你专心读书。"

说完，杨天明轻轻拍了拍周晓蓉的头，就像多年前那样，只是如今女孩已经长高了。

第十五章

情仇

　　林雪瑶牵着叶波的手，两人各怀心事地走在满是金黄落叶的林间小道上。

　　"我打算回美国。"叶波突然松开林雪瑶的手，向前走了两步，深吸了一口气。

　　"哦，什么时候飞？"林雪瑶没有跟上去，仿佛早就知道了这件事，只是淡淡地问道。

　　叶波握紧拳头，犹豫了片刻，还是转过身来，问道："林雪瑶，你是不是一直在利用我？"

　　"为什么这么说？"林雪瑶的声音听不出任何波澜。

　　"那张照片是你发给我的吧？"叶波走到林雪瑶面前，居高临下地俯视着她，"那天你洗澡的时候……有人给你发了条消息，是刘文昊的照片，你为什么派人跟踪他？你接近我就是为了对付刘文昊，对吗？"

　　林雪瑶沉默不语，没有否认，也没有承认。

　　"你告诉我，刘文昊究竟做过什么事？如果他伤害过你，我就算拼了命也要让他付出代价！你又何必瞒着我搞这么多阴谋诡计！"叶波抓住林雪瑶的手，仿佛等待女王命令的骑士。

　　这一次，林雪瑶甩开了叶波的手。

　　"你要走就走，我想做的事不需要任何人来插手！"林雪瑶说完转身离开。

"我不明白，你总要给我一个答案！"叶波在林雪瑶身后不甘心地喊道。

林雪瑶没有转身，只是挥挥手，说了一句很快就飘散在风中的话。

"不是所有事都有答案。"

林雪瑶来到大道上，那里有一辆车停在路边，司机看到她过来，连忙下车，为她打开车门。

林雪瑶坐上车，示意司机开车。

"林总，不等叶先生了吗？"

"不用了，走吧。"

汽车缓缓起步，沿着被落叶铺满的大道飞驰。

林雪瑶正在回想往事，司机忽然一个急刹车，让她差点儿撞到前排座椅上。

"怎么回事？"林雪瑶有些不高兴地问司机。

"林总，前面有个人拦车。"

林雪瑶探头去看，拦车的人竟然是杨天明。

"把车靠边停下，你在车上等我就行了。"林雪瑶等车停稳后，下了车。

杨天明依旧戴着口罩和帽子，只露出一双明亮的眼睛，他看着缓缓走来的林雪瑶，心中既有疑惑又有些许的愤怒。

"你怎么在这里？"林雪瑶开口问道。

"我从凭东县过来。"杨天明一双眼睛紧紧盯着林雪瑶。

"哦，去那里做什么？"

"我去找周美琴，可却在木屋里看到你和她在一起。"杨天明直截了当地说道。

林雪瑶脸色微微一变，说道："那又如何？"

"木屋下面有个地窖，我在里面找到了王爱国的尸体，他留下了一封认罪书，说是周美琴指使他放的火。"

"那恭喜你找到真凶，你现在应该去找周美琴，或者找警察……"

"够了，别再装傻了！你究竟知道些什么？周美琴如今在哪里？她在木屋里面给你的又是什么东西？"杨天明抓住林雪瑶的手，宛如连珠炮似的说出自己心中的疑问。

林雪瑶此时却忽然笑了起来。

"杨天明啊杨天明，平日里装作高深莫测的样子，仿佛什么事都尽在掌握，如今却像《十万个为什么》一样来问我。"林雪瑶的笑声终于停了下来，"我告诉你，我什么也不知道，别说是你，就算是警察来了，也是一样的答案。"

杨天明没想到林雪瑶竟然耍无赖，自己手头确实没有她参与绑架王爱国的任何证据，王爱国的认罪书中从头到尾也没提到过林雪瑶。

林雪瑶看杨天明无言以对的样子，带着一丝得逞的笑容转身离开了。

"我知道，你想对付的人是刘文昊。"杨天明忽然开口说道。

林雪瑶身形一滞，显然杨天明的这句话比刚才的质问更能刺激她。

"我不明白你在说什么……"

"我一直跟踪你们过来，你和叶波说的话我都听到了。"杨天明此时更加确定自己的推测。

林雪瑶的眼里闪过一道凌厉的光，不过很快她就恢复了常态，不再理会杨天明的挑衅，上了车。

杨天明看着林雪瑶的车绝尘而去，虽然她什么也没有告诉他，但他知道自己现在应该去找刘文昊了。

刘文昊想方设法找来国际马戏剧院的平面图和设计图，请来技术人员，利用三维建模技术，在电脑上对国际马戏剧院进行了复原。按照王爱国认罪书中所说的话，确实可以利用二楼的通风管道抵达火球的右斜下方。他又按照通风管道的尺寸，制作了一个两米长的管道，找来和王爱国身材相仿的人试着穿过管道。但正如杨天明所说，别说王爱国这样的胖子，稍微壮实一点的成年人也无法穿过。除此之外，他还找来化学专家，配置了氢氟酸溶液。然而，即使是高浓度的氢氟酸溶液，腐蚀一小块玻璃也要好几个小时。

刘文昊经过一系列的实验，证实王爱国所说的破坏方法不完全可行，唯一可以确定的是，作案的人不可能是王爱国。

是周美琴杀了王爱国并伪造了他自杀的现场？可如果是想洗脱自己的罪名，这种手法也太拙劣了吧？

此外，杨天明还为警方提供了一个重要线索，那就是周美琴离开木屋时，骑的是一辆摩托车。虽然晚上看不太清楚，但他可以肯定那是一辆拼装的越野摩托车，没有牌照，也没有任何品牌标志。

刘文昊根据这些线索立刻开始排查，虽然木屋附近没有监控摄像头，但是周美琴不可能只在附近活动，她在这种荒无人烟的地方生活需要采购生活用品，所以肯定会进县城。刘文昊重点查看县内超市、便利店、小卖部等周边的监控，果然有了发现。

周美琴每隔三五天，就会骑摩托车到县城西边的美达超市购物。这里远离那处老宅，看起来她在有意躲避熟人。

她每次进超市也是戴着口罩、眼镜和帽子，行动迅速，一般不超过十分钟就结账走人。

刘文昊来到美达超市，查找周美琴在超市的消费记录。除了生活用品外，周美琴每次来超市都会买外接插线板，近一个月里她一共买了三十多个。周美琴为什么需要如此多的外接插线板？

他找来周美琴买的那种插线板查看，发现这种插线板一般用于连接大功率电器，例如空调。

刘文昊很难想象周美琴要用它们做什么，不过既然接了大量大功率的电器，耗电量也不会少，这倒是一个可以追查的线索。

刘文昊找到县供电局，查询这段时间内耗电量异常的住户。可事情没有他想象中那么容易，供电局为他提供了十几个用电异常的户号，他和县局同事一一走访后并没有找到与周美琴有关的线索。

刘文昊怀疑自己可能推测错了，说不定周美琴没有使用民用电，而是偷电呢？他再次找到供电局，希望他们能帮他排查近期公共用电的异常状况。

经过调查他们竟然真的发现了一处异常的地方，就在洋湖水库。

　　洋湖水库是县城的水源地，设有泄洪闸，闸口靠电力开关，除此之外还有一些耗电量不大的用电设施。一般情况下，水库的用电量在雨季会大一些，但如今是旱季，水库的用电量却大幅超出了正常值。

　　案情如火情，刘文昊不敢耽误到第二天，立刻带队赶往洋湖水库调查。

　　水库建在半山，位置偏僻，四周寥无人烟。半夜又突降寒雨，让此处平添几分阴冷。

　　刘文昊和两个县局的民警打着电筒，在水库四周搜索配电房。

　　水库面积不小，他们沿着水边一路搜索，走了十几分钟才找到地方。

　　配电房看起来已经很久没有人来过了，到处是蜘蛛网，房间里弥漫着烟尘的味道。

　　刘文昊打开配电柜，三个人凑上前，仔细检查电路设施。

　　民警小肖发现了端倪。刘文昊上前一看，有一个接口，原有的电缆被拔下来，一根看起来比较新的电缆接在插口上，顺着电柜下方的出口一直接到了配电房外面。

　　他们三个人从配电房里出来，绕到后面，果然看见一条线缆沿着水库边缘一直通向山上。

　　"这山上也没人住啊，拉条电缆上去干什么？"

　　"我们上去看看就知道了。"刘文昊手里摸着电缆，抬起头往山上看去，远处一片漆黑，就像无尽的深渊。

　　三个人正准备上山，忽然有人在背后喊了他们一声。

　　"等一等！"

　　刘文昊转身过来，用电筒照向声音传来的方向，说话的是一个穿着黑色风衣、戴着帽子和口罩的男人。

　　"杨天明！"刘文昊皱了皱眉头。

　　小肖和小耿有些诧异地看着刘文昊，其中一个问道："刘哥，这是你叫来的人吗？"

刘文昊不知道杨天明怎么会突然出现在这里，为了不节外生枝，他点点头说道："我的线人，你们等一下，我过去跟他聊聊。"

刘文昊说完快步走到杨天明面前，问道："你怎么在这里？"

"跟着你来的。"杨天明实话实说。

"你……"刘文昊脸色有些难看，如果不是杨天明曾经帮他抓捕了张奕兰一伙人，他早就发火了。

"这是个圈套。"

"圈套？"刘文昊一惊，"你知道些什么？"

杨天明沉默了片刻，他看到刘文昊的面容有些憔悴，但是想起林雪瑶，他感觉有些话似乎还不到能说出口的时候。

"我猜的。"

"猜的？别胡闹了！"

"我跟你一起去，或许能帮上忙。"

刘文昊有些犹豫，他确实想不通周美琴在山上要做什么，难道真如杨天明所说，又是一个圈套？

毕竟熊星淇的死还没有查出真相，他想起熊星淇曾经往王爱国的账户里打过钱。如今王爱国离奇死亡，而他的死又与周美琴有关。他们三个人之间似乎有什么联系，所以熊星淇会不会也是周美琴所杀？

"好吧，不过一切行动要听指挥，不能乱来。"刘文昊想了想，还是同意了杨天明的请求。

四个人顺着电缆开始爬山，雨中山坡泥泞，视线不佳，他们行进十分艰难。爬了四十多分钟，他们来到一个洞穴口，电缆正是通往洞中的。

"大家小心一点。"刘文昊拿电筒往洞穴里照，想一探究竟，可里面似乎深不见底。

正当四人准备进洞的时候，洞口忽然亮起了灯。那是一串彩色的小灯球，让黑暗的洞穴有了一丝光。

可这亮光不但没有给他们增添一点安全感，反而让他们感到头皮发麻。

"刘哥，要不要再多叫一些人来？"一旁的小耿感觉有些不对劲。

刘文昊点点头，觉得这并不是坏主意。小耿拿出手机想要叫人，可这里没有信号。

"我们没必要都进去，你下去叫人吧。"刘文昊说道。

小耿闻言迅速顺着山坡往下滑，寻求增援去了。

"小肖，你在洞口守着，以防万一。"刘文昊行事谨慎，他知道增援最少也要一两个小时才上得来。

"最保险的方法还是等增援来了再进去。"杨天明这个时候突然说道。

刘文昊闻言一愣，不过他还是说："对方摆明冲着我来的，如果增援来了，怕是也抓不到人了。"

"刘警官，你有时候还真是让人琢磨不透，不过既然你坚持，我就和你一起进去看看。"

刘文昊不再多说，举着电筒，掏出手枪，顺着彩色灯球照亮的路，往洞穴深处走去。杨天明空着手跟在刘文昊的身后，宛如一个游客。

洞内并没有经过旅游开发，地面凹凸不平，所以刘文昊和杨天明只能深一脚浅一脚地往里面走，两个人这样走了十来分钟，穿过一条狭长的洞穴缝隙后，洞内豁然开朗。

刘文昊简直不敢相信自己看到的景象，他倒吸一口凉气，随即大声喊道："住手！"

手电筒光下，叶波手里握着刀，瘫坐在地上，刀上血迹斑斑，而林雪瑶倒在地上，胸膛不断渗出血来。

叶波被电筒光刺得睁不开眼睛，大声喊道："不是我，不是我，不是我杀的……"

"叶波，把刀先放下！"刘文昊靠近叶波，命令他放下刀。

叶波丢掉手中的刀，这才看清来人竟然是刘文昊。刘文昊急忙上去扭住他的手腕，给他戴上手铐。

杨天明跟在后面，他一眼就看到了躺在血泊中的林雪瑶，顿时脸色惨白，慌忙跑上前，抱起她。

"雪瑶……"杨天明摸了摸林雪瑶的鼻息和脉搏，已经没有了半点动静。

杨天明怒火中烧，站起来一脚踹到叶波头上，大骂了一声："畜生！"

叶波顿时鼻青脸肿，他痛哭流涕，嘴里不停地说道："不是我杀的，真不是我杀的。"

刘文昊拦住还要动手的杨天明，说道："冷静一点！"

杨天明握紧了拳头，不过没有再动手。

刘文昊查看了一下林雪瑶的情况，已经无力回天了。他站起来，举起电筒，四处打量。这里四面都是石壁，除了入口处的狭长缝隙，没有其他通路可以进出。洞穴里也没有可供藏身之处，他搜索了一圈，没看到其他人。

"你和林雪瑶怎么会在这里？"刘文昊回到叶波身前，抓住他的衣领质问道。

"我……我……我……"叶波急火攻心，一下子说不出话来。

刘文昊怒道："冷静点，把话说清楚！"

过了一会儿，叶波缓过气来，终于说道："我醒来的时候就在洞里，看见林雪瑶胸口插着一把刀，急忙上去看她怎么样了，你们进来的声音吓了我一跳，我就把刀拔出来了，我……我真没杀人！"

"昏迷之前你在哪里？"

"我今晚本来要坐飞机回美国，叫了一辆出租车去机场，可车里忽然冒出刺鼻的烟雾，我就晕过去了，不信你们可以查！"叶波挣扎着从地上坐了起来。

刘文昊此时也很难判断叶波说的是真话还是假话，也许真如杨天明所说，一切都是周美琴的圈套？

他们等了一个多小时，增援总算来了。

刘文昊先安排人手将林雪瑶的尸体运出去送往尸检处，又派人将叶波押往最近的派出所，接着又组织人对整个洞穴进行了全面的搜查。杨天明也被带去录口供。

洞穴的墙壁上有不少人工痕迹，似乎安装过什么，但此时都寻不见踪迹，大量用电应源于此，但具体用电做了什么，暂时不能确认，也许真的只是为了干扰警方的视线？

凶器是一把常见的水果刀，刀身上有林雪瑶的血迹，刀把上有叶波的指纹。林雪瑶的心脏被刀刺穿，法医鉴定林雪瑶的死亡时间是凌晨一点左右，这恰巧是刘文昊、杨天明和两位县局民警抵达洞口的时间。

洞穴只有一个出入口，如果凶手不是叶波，那么刘文昊他们理应看到另外一个人，可四个人确定自己在洞穴内外都没有看到其他人。

根据叶波的供词，他是当晚七点四十五分的飞机，办理登机手续需要耗费不少时间，所以他四点五十分就离开了家。叶波叫了一辆牌照为"汉A89PL"的网约车送他去机场，但是根据网约车公司的内部记录，司机并没有接到叶波。换言之，叶波可能撒了谎，也可能坐了一辆假冒的网约车。

警方试图从道路监控中寻找线索，但是叶家老宅门口的路上没有监控，而有监控的地方并没有发现可疑车辆。

刘文昊和杨天明都能证实叶波拿着刀，并且在洞穴内没有看到其他人，刀柄上只检测出了他一个人的指纹。

从目前的证据来看，凶手最有可能是叶波，警方对其进行了拘捕。

但刘文昊觉得这起案件还有疑点，一是他虽然看到叶波手里拿着刀，但没看到他杀人；二是周美琴才是把自己引到山洞的人，很难不怀疑她是故意留下线索让自己追查。

要想弄清楚叶波究竟杀没杀人，最关键的就是那辆接走他的"网约车"，只要找到车和司机，证实叶波确实被绑架，那么凶手必然另有其人。

在拘留所，叶波一直不吃不喝，情绪低落，不过他还是详细地讲述了事发经过。

那天他在家里收拾行李，临走前，他还特地点了一份外卖——陈记煎包，出了国再想吃这样正宗的家乡美食就难了。吃完东西，他收拾干净，就拿着行李箱出了门。

门口停着一辆小轿车，但粗心大意的他没看车牌，也没打开打车软件核实就上了车。

司机戴着口罩、围巾和帽子，还下来帮他把行李放进了后备厢。叶波没看清司机长什么样子，不过应该是个男人。上车后，他只是低头玩手机，也没和司机聊什么。

忽然一阵浓烈的烟雾从前面喷过来，叶波根本来不及躲避，呛了几口烟，就感觉头晕目眩晕了过去。再醒来的时候，他发现自己在一个洞穴里，四周有一圈彩色小灯泡。他缓了口气才坐起来，一眼便看到有个人倒在地上。

洞穴里光线昏暗，他看不分明，于是急忙上前查看。当他看清躺在地上的人竟然是林雪瑶后，大惊失色。

林雪瑶脸色苍白，一动不动，胸口插着一把刀，四周全是血。

叶波本能地抱住林雪瑶，想要唤醒她，可无济于事。就在这个时候，刘文昊他们走了进来，叶波一紧张，拔出了刀……

"你确认司机是男的吗？"刘文昊问道。

"应该是吧……他动作大大咧咧，搬箱子也很利索……"叶波被他这么一问，还真有些迷糊了。

刘文昊摇摇头，知道再问也没用，这小子大概只顾着低头玩手机，根本没留意司机的样子。

"他一句话也没说吗？"

"没说，就是'嗯'了几声。"叶波回忆道。

"那给你送外卖的人呢，你见到没有？"刘文昊看着笔录，忽然问道。

"外卖放在门口，我出去拿的时候已经不见人了。"

"把你点外卖用的手机号、外卖软件的名称写下来。"刘文昊把笔和纸递给叶波。

叶波写好后，刘文昊看了看，站起来准备离开。

"刘哥，你相信我，真不是我干的。"叶波激动地想站起来，但讯问椅让他动弹不得。

"你放心，警方不会冤枉一个好人……"

"杨天明，前天我看见杨天明去找过林雪瑶，他们还起了争执，杀人的一定是他！"叶波想起了什么。

刘文昊又坐下来，问道："说清楚，是怎么回事？"

叶波平复了一下情绪，说道："前天我和林雪瑶去了森林公园，在那里我们吵了一架，她生气离开。我心里不舒服，决定再找她谈谈，就追了出去。可她的车已经开走了，我只好顺着来时的路回去。我走了一会儿，发现林雪瑶的车停在路边，她和杨天明在车对面的树林里说话。我一时好奇就躲到旁边，想听听他们说什么，可当时他们似乎已经说完了，我只听到杨天明说的一句话。"

"什么话？"刘文昊追问道。

叶波看着刘文昊，沉默片刻才说道："我知道你想对付的人是刘文昊。"

刘文昊闻言，眉头一皱。

"我和林雪瑶吵架也是因为你，我怀疑她和我在一起是为了对付你，对了，那封匿名邮件也是她发给我的。林雪瑶为什么要对付你？是不是你和杨天明杀了林雪瑶？你们想陷害我！"叶波声嘶力竭地质问道。

刘文昊面无表情，只是冷冷地对旁边的民警说道："把他带下去吧。"

叶波被带下去了，刘文昊坐在空荡荡的讯问室里，忍不住从口袋里摸出一颗牛轧糖，放进嘴里慢慢咀嚼。

杨天明做完笔录就被放了出来，清冷的街道上，空无一人。

他漫无目的地走了一段路，忽然停在一棵树前，一拳重重打在树上。

大树纹丝不动，只有一块树皮沾上了血迹。

杨天明没有理会手上的血，一拳又一拳打在树干上。他的脑海里全是那些死在他眼前的人，妻子、儿子、王婷婷、林雪瑶……他眼睁睁地看着他们在自己面前死去，却都无能为力。

杨天明忍不住长啸一声，终于停下手，此时他的手背已是血肉模糊。他靠着大树坐下来，叹了口气。

昨晚他虽然在洞穴里看见叶波拿着凶器，但如今冷静下来思考，叶波杀林雪瑶的可能性不大。周美琴的嫌疑反而更大，但是周美琴和林雪瑶之间明明关系很密切，这也是他亲眼所见。如果不是周美琴，那还能有谁呢？

他忍不住想起刘文昊，但刘文昊一直和自己在一起，绝没有动手的机会。

杨天明深吸了一口气，现在还不到放弃的时候。他清理干净自己的手，从衣服内层的口袋里摸出儿子的照片，安静地坐在树下，默默端详着照片上儿子的笑容。

不知道过了多久，一阵风吹来，所剩无几的枯叶纷纷落下，惊扰了沉浸在回忆中的杨天明。他想起来自己还有事情需要办，于是小心翼翼地收起照片，站起身来，离开了树林。

国际马戏剧院大火中有一位死者叫程浩江，杨天明出狱后也调查过程浩江的情况，但他直到现在才知道这个人就是叶亚丹的情人。

火灾发生时，程浩江正与前妻进行离婚法律诉讼，但他与叶亚丹交往时仍是已婚身份，根据他前妻赵蕾的说法，丈夫对魔术非常感兴趣，经常自己买魔术道具练习，喜欢在亲人朋友面前露一手，所以去看魔术演出也挺正常。

赵蕾如今已经再婚，和丈夫一起开了一家西餐厅，还有两个孩子，过着令人羡慕的幸福生活。杨天明本不愿再去打扰她，但事到如今，为了寻求真相，他不得不硬着头皮去找赵蕾聊聊。

下午两点多，店里没有客人，杨天明要了一杯咖啡和一块蛋糕，在角落里坐下来。

过了一会儿，赵蕾从店铺外面进来，看见了店里唯一的客人——杨天明。她以前见过杨天明，虽然前夫因为看他的演出而遭遇意外，但她还是挺同情这个男人的。

杨天明看到赵蕾，没有过多的寒暄，便直入正题。

"你前夫程浩江有外遇这件事，你知道吗？"

赵蕾神情平和，语气平淡地说道："怎么可能不知道，其实那时候我们已经准备离婚了。"

"这个人你认识吗？"杨天明找出手机里偷拍的刘文昊的照片给赵蕾看。

赵蕾仔细端详了一会儿，点头说道："他应该是叶亚丹的男朋友吧，来找我说过老程的事情。我跟他说我知道了，正在和老程办离婚手续，他听我这么说就气冲冲地走了。"

"你还记得他是什么时候来找你的吗？"

"嗯……"赵蕾想了想，"就是老程出事的前一天吧。"

杨天明收起手机，喝了口咖啡。

"这人跟意外事故有关系吗？"赵蕾知道杨天明在追查当初的事故真相，忍不住问道。

杨天明没有回答赵蕾的问题，只是说道："你这里的咖啡和蛋糕都很不错，以后有机会我会再来的。"

说完，杨天明就起身告辞了。他来到路边，拦下一辆出租车。

"师傅，麻烦送我去精神病医院。"

司机回头看了一眼杨天明，这才按下计费器，踩下油门。

杨天明在医院先是登记填表，又等了一个多小时，才终于获得医生的批准，进了探视房。

探视房看起来就像监狱里的会面室，探访者和病人隔着一个玻璃窗，两边都有护士陪同。吴铭进来的时候穿着一套白色的连体衣，手脚都被束缚住，行动不方便，他身边有一个男护士，扶着他坐到椅子上。

这是杨天明第一次见到吴铭，看到他同样毁容的脸，忍不住眼角抽搐，有种同病相怜的感觉。

吴铭眼神呆滞，没有正眼看杨天明。

杨天明摘下口罩，露出同样毁容的脸，大火让他们的样貌变得相近。

吴铭看到杨天明的脸，注意力被吸引过来，疯疯癫癫地说道："你和我一样啊，你和我一样啊。"

杨天明重新戴上口罩，一双眼睛就像清澈的湖水倒映着吴铭的笑脸。

"你是真疯还是假疯？"

"你是真疯还是假疯？"吴铭学着杨天明说道。

杨天明凑上前，脸几乎要贴上玻璃。

"我不管你是真的还是假的，已经这个样子了，逃避是没有用的，你的亲妹妹吴淑涵为了你，很快就会以谋杀罪被起诉，你总要做点什么帮帮她吧。"

"妹妹……"吴铭仿佛被电击了一下，眼睛不再那么空洞，有了情绪反应。

"你这个样子，最伤心的莫过于你的亲人，为了他们，你也要振作起来。"杨天明努力安抚吴铭的情绪。

"妹妹……妹妹……"吴铭嘴里还在念叨着，似乎在努力回忆着什么。

"我知道那晚你就在刘文昊身边，你有没有看到什么？你好好想想！"

"妹妹，我要见我妹妹！"吴铭突然狂躁起来，把头用力往玻璃上撞。护士连忙拉住他，阻止他自残。

"对不起先生，病人情绪激动，我们要带他回病房。"医护人员请杨天明离开探望室。

杨天明无可奈何地起身离开，吴铭的精神状况比他想象中更不稳定，想从他这里找到线索并不容易。

刘文昊那天在国际马戏剧院的经历，目前只是他自己的一面之词，事情真的像他说的那样吗？林雪瑶怎么会有那张照片？是她拍的，还是另有其人？她和刘文昊之间又有什么恩怨……

一时间许多问题盘旋在他的脑海里，但都没有答案。

临走前，他以亲属的身份去拜访了吴铭的主治医生。

医生看起来对吴铭的病情很乐观。

"你们应该多来看看他，亲人的探视对于他这种病患来说是有极大好处的，以前他妹妹常来看他，这段时间都没见她过来了，有空还是要多来。"

杨天明连连点头，他想自己确实应该想办法见一见吴淑涵，只是谁能帮他这个忙呢？

就在他思绪万千之时，刘文昊给他打来了电话。

"杨天明，我们找到崔光强了。"

第十六章

案件重组

刘文昊从外卖软件上找到了叶波的订餐记录，证实他当天下午三点五十分点了一份"陈记煎包"和一杯饮料。外卖送餐员叫胡光远，是四点三十分左右把餐食送到叶波家门口的。

叶家老宅位置偏僻，又是独门独户，进出就一条路，如果那辆车并不是叶波叫的，而是提前蹲守在他家附近的，那么送餐员往返的时候可能会看到那辆"网约车"。

刘文昊找到胡光远，向他了解当天的情况。

胡光远对那天的事情记忆犹新，因为一提起来就一肚子火，平台给他派的这个单实在是吃力不讨好，距离远，费用又低。他还真记得在往返路上看到一辆小轿车，车就停在离叶波家不远的路边。不过他没看车牌，也没留意车里的司机。

胡光远的话至少证实了叶波没有撒谎，早就停在路边的"网约车"显然不可能是平台的车。这说明绑架者早就知道叶波当天要坐飞机离开，甚至对他的航班信息、出门时间和用车习惯都了如指掌。绑架者只有充分掌握了这些信息，才有可能劫走叶波。

谁会对叶波如此熟悉？难道是林雪瑶？刘文昊脑子里有了一个颇为荒诞的想法，那就是周美琴和林雪瑶一起绑架了叶波，然后周美琴和林雪瑶之间发生了内讧，周美琴杀人后嫁祸给叶波。

刘文昊和县局民警小耿、小肖一起，再次来到水库。

白天的水库风和日丽，景色迷人。因为查案需要，配电房盗接的电缆还没有被拆除，正是这条电缆，把刘文昊他们带往案发现场。

假设叶波不是凶手，那么凶手一定在刘文昊他们抵达之前就离开了洞穴。如果叶波是被绑架来的，凶手有没有可能一个人把他运到洞穴里？这是刘文昊要做的第一个实验。

叶波的体重大约是七十七公斤，身高一米八三，按照这个标准他们准备了一个假人。三个人中小肖力气最大，体能最好，刘文昊让他从水库拖着假人往洞穴爬，看他是否能够完成这个任务。

小肖费了九牛二虎之力，折腾了一个多小时，甚至用了一些简易工具，才把假人运到了洞穴口。这个时候假人身上已经"伤痕累累"了，可当时叶波身上并没有伤痕，也没有明显的淤泥和污渍。

山坡陡峭，灌木丛生，夜里还下着小雨，凶手一个人把昏迷的叶波运到洞穴几乎不可能。

第二次，刘文昊安排小肖、小耿两个人用担架来抬假人，总算毫发无伤地把假人运到了洞穴里。

"如果绑架者是两个人，假设就是周美琴和林雪瑶，她们目的何在？林雪瑶又为何而死？"

"只要抓住周美琴就知道了。"小耿说的确实是最直接有效的办法。

刘文昊没有出声，警方已经发出了通缉令，他现在能做的就是尽可能找到更多线索。

三个人戴好手套和鞋套，穿过警戒线，进入洞穴。这一次来，他们带着高瓦数的照明灯，将整个洞穴照得犹如白昼。

地上的血迹依旧清晰可见，除此之外，还有粉笔画的死者倒地的位置，以及各项取证的标记。

"我进来的时候，看见叶波握着刀，半跪在地上，而林雪瑶躺在那里一动不动。"刘文昊回忆起当时的情况，"正常情况下，如果凶手从正面袭击受害人，受害人肯定会激烈反抗，但尸检结果显示林雪瑶身体其他部位没有明显的伤痕。"

"这看起来有些不合常理。"小肖在县局刑侦大队也见过一些命案，但没处理过这么棘手离奇的案子。

"小耿，你过来。"刘文昊招手让小耿过来，然后他来到小耿背后，左手从后面抱住对方，右手拿假刀刺向心脏，"如果凶手是从背后突然袭击，那么就可以一刀致命，而且避免对方挣扎。但如果是这样的话凶手会直接拔刀出来，没有必要再转到前面来拔刀。"

"这里回音明显，远处的脚步声也会被听到，说明他们应该是一起来到这里的，然后凶手再找机会从背后袭击被害人，能在大半夜一起来到这个地方，我认为凶手一定是林雪瑶认识的人！"小肖分析道。

"凶手想布局陷害叶小波？"小耿在一旁忍不住说道。

"这个局太刻意了，更像是在混淆视听。"刘文昊否定了小耿的猜测。

"这里已经被反复搜查几遍了，恐怕很难再找到新的线索了。"

"辛苦大家了，这次来我是希望能重现当晚的情景，找出凶手逃离这里的路径。"刘文昊停顿片刻，继续解释道，"林雪瑶的死亡时间和我们到这里的时间基本重合，她不是当即死亡，所以凶手实际上有十几分钟的时间撤离，但可以肯定凶手没有从我们上来的山坡离开，那样一定会撞上我们，所以他们应该有别的逃跑路线。"

"他们不能下去，那么只能往上。"小肖猜测道。

刘文昊点点头，这也是他的猜测。三个人来到洞穴外，往山上望去，洞穴之上就没有平缓的坡了，而是陡峭的险坡，没有工具不可能徒手攀爬。

小耿眼尖，在附近的石壁上看到了一颗登山钉，立刻指给其他人看。顺着这颗登山钉，他们又看到了另外几颗登山钉。

这些登山钉是灰色的，与岩石颜色相仿，就算是在光线好的白天，如果不是有心去找，也很难发现，更别说是在深夜了。

"我们上去看看。"刘文昊从背包里拿出登山绳，他之前猜测凶手可能向山上逃跑，所以特地找人为他准备了这些工具。

小肖接过绳索，绑在腰间。

"我上去固定，你们跟着来。"小耿玩过攀岩，他轻车熟路地在登山钉上固定了绳索。

三个人先后爬上山顶，这里耸立着几块巨石，山的另一面是一个缓坡，坡下是一眼望不到尽头的森林。

"有没有其他路可以到达这片森林？"刘文昊问小耿，他是本地人，熟悉附近的情况。

"据我所知这边没有能通车的路，但有可以步行的山间小路，不过这里是一片原始森林，就连本地人都容易迷路。"小耿虽然在这里长大，但他也从来没有深入过这片森林，听老人们说那里寸步难行。

"这么看来，从水库那边上山，再从这边下山，是最好的选择了。"刘文昊若有所思地说道。

"既然如此，我们顺着这边下去，看看能不能有什么发现。"小肖一边说，一边收起攀爬绳索和工具。

刘文昊点点头，虽然已经过了两天，但如果他们真是从这里逃走的，说不定会留下线索。

"拔一根登山钉下来，带回鉴证科。"刘文昊嘱咐道。

三个人收拾好东西后，开始向森林进发。

"这么找怕是不行，总要有点方向吧。"小肖看着茂密的森林，摸了摸额头，要在森林里寻找周美琴留下的线索，犹如大海捞针。

"这样的森林里找人其实最容易。"刘文昊却笑了，"周美琴是聪明反被聪明误。"

"森林里找人容易？"

刘文昊点点头，说道："你看这片森林里没有防火带，也没有人工道路，保持着原生态的样子。一个人在里面穿行必须要用刀来开路，而开路的痕迹很难消除。只要我们细心留意，一定能发现线索。"

"刘哥，你可真是牛，这回嫌犯算是碰上老猎人了！"

刘文昊笑着挥挥手："大家分散开来找找，有没有被损伤的树枝、灌木和植物茎叶。"

他们三人很快就发现了一连串被折断的树枝，沿着这些痕迹一路追踪过去，他们发现了被拆散后遗弃的简易担架和捆绑用的绳子。

"看来他们是用担架把叶波抬进洞穴的。"刘文昊蹲下来，仔细查看担架和绳子。

"小耿，用无线电呼叫一下，看能不能联系上局里，让他们派警犬和增援过来。"

"他们赶过来恐怕要三四个小时。"

"先联系，不耽误我们继续追踪。"刘文昊一边吩咐，一边戴上手套，用随身携带的证物袋包好担架上的帆布和绳子，这些都是极其重要的证物。

小耿和小肖拿出警用无线电开始呼叫，总算和局里取得了联系，并向局里报送了所处位置的经纬度数据。

一切处理妥当后，刘文昊他们继续沿着痕迹向森林深处走去。

艰难地行进了一段路后，密集的植被忽然变得稀疏起来，可如此一来，痕迹也就变得不显眼了。

刘文昊皱起眉头，现在基本上无法靠痕迹搜寻了。

"怎么搞，刘哥？"

"现在只能反其道而行了，往植被少的地方搜寻，实在不行就只能等警犬了。"刘文昊也没有什么太好的办法，只能推测周美琴他们往宽阔的地方去了。

三人往开阔处走去，十来分钟后，树林又变得茂密起来，他们发现前面的树干上似乎绑着一个人。他衣衫褴褛，被一根钢索绑在树上，钢索用钉子固定在树干上。

小耿上前查看，小心地取下那人头上的布套，只见这人头发乱糟糟，脸上胡子拉碴，面黄肌瘦，犹如野人。

"快，快救人！"刘文昊很快就认出这个人正是他们苦苦寻找的崔光强。

三人小心翼翼地撬开钉子，慢慢解开绳索。

"不用怕，我们是警察。"刘文昊一边安抚，一边慢慢把他平放在地上。

杨天明见到崔光强的时候，他已经剪过头发，洗过澡，穿着舒适的衣服，但手腕上包扎的纱布，显示着他曾经受过伤害。

隔着玻璃，两个人的目光交会，时光仿佛在一瞬间倒流。

那是演出开场的两个小时前，崔光强来找杨天明，他看起来神情有些落寞，不像杨天明，总是人群中最耀眼的那一个。

"崔哥，有事？"

崔光强点点头，又看看四周的人，欲言又止。

"走，我们出去说。"杨天明善解人意，拍了拍崔光强的肩膀，两个人来到一处僻静的角落。

崔光强从口袋里掏出一包烟，抽出一根，把烟递给杨天明。杨天明摆摆手，示意不要，崔光强这才把烟放进自己嘴里。

杨天明一弹手指，食指上立刻冒出火来，帮崔光强点着了烟，气氛这才没有刚才那般压抑。

"这招是你教我的。"

"你已经青出于蓝而胜于蓝了。"崔光强用力吸了口烟，吐出一口烟雾。

"崔哥，回来吧，我去找资方谈，绝不会亏待……"杨天明想要劝说崔光强，却被打断。

"不用了，不是钱的问题，没有魔术师愿意只待在幕后设计魔术的。"崔光强果断拒绝了杨天明的好意。

杨天明叹了口气，一时间也不知道该说什么。

两个人沉默了一小会儿，崔光强把烟灭了，然后说道："我签了一家公司，他们愿意让我做首席魔术师。"

"那是好事啊！"杨天明笑着搂了搂崔光强的肩膀。

崔光强干笑两声，说道："我来是想找你说件事，今天你的魔术表演能不能不用'火精灵之舞'？"

杨天明一愣："为什么？"

"我去这家公司应聘的时候，向他们展示了'火精灵之舞'的设计构想，他们很喜欢……准备在下次演出的时候推出，如果今天你在这里表演了，那……"崔光强看着杨天明，神色中多有哀求的意味。

杨天明皱起眉头，此时他已经了解了崔光强的来意。

"崔哥，不是我不想帮你，但是现在离演出开始只有不到两个小时了，一切道具都已经准备就绪了，临时改演其他魔术根本不可能。"

"我也知道你为难，不如这样，你可以表演隔空取物，给我一个小时，我一定能帮你准备好现场！"

"崔哥！"杨天明打断了崔光强，"这次真没办法，对不起。"

崔光强脸色一变，心中压抑已久的怒火终于爆发出来，大声说道："'火精灵之舞'这个魔术可不是你一个人想出来的，以前的事情我就忍了，这一次无论无何，你不能用这个魔术。"

"崔哥，不是我不想答应你，如果你早一点，哪怕是昨天来找我，我都还有回旋的余地，现在几千人等着看演出，我根本没有任何退路。"杨天明语气诚恳地解释道。

"你就不能牺牲一次吗？就算你这次演砸了，无非赔点钱，你有那么多粉丝，根本没关系！可是我呢？我如果失去这次机会，就再也翻不了身了！"崔光强声嘶力竭地吼道。

杨天明看着崔光强，不敢相信他会说出这样的话。

"小杨……"崔光强忽然间又像泄了气的皮球，"我快四十了，老婆嫌我没出息，跟我离了婚，我不怨她，但我还想趁着有点精力，为小蓉创造好一点的生活，你也是做父亲的人，你应该理解我这种心情。"

杨天明叹口气，说道："崔哥，这不是我一个人可以决定的事情，等今天演出结束，我把新设计的魔术资料给你，一定能够帮你脱颖而出……"

"这么说你是不肯放手了？"崔光强用冰冷的声音问道，语气里已经满是威胁。

"对不起，我没法答应你这件事。"

崔光强恶狠狠地说道："我要毁了你的魔术！"

那是他们最后一次见面。

直到五年后的今天，杨天明才在刘文昊的陪同下，与崔光强再度见面。

这是崔光强被救的第四天，他的伤势并不算太严重，如今已无大碍，警方也对他进行了调查，结合他的交代，警方初步判断，近期系列杀人案件，他应该并未参与，周美琴将他囚禁了长达五年。但国际马戏剧院的火灾是否与他有关，并不能确认，还需要进一步调查。

崔光强和杨天明大吵一架后，怒气冲冲地想去舞台捣乱，可还没靠近舞台就被警戒的安保人员架了出去。

崔光强在剧院外看到那些为杨天明欢呼的人，他们所表现出的那种狂热的爱恐怕是他永远无法得到的，一时间他不免有些心灰意冷。

正当他准备离开的时候，忽然在人群中看到了自己的前妻周美琴。她少有地穿着一套运动装，一双球鞋，背着一个双肩小包，正在排队入场。

周美琴从来不喜欢魔术，怎么会突然来看杨天明的演出？满腹疑问的崔光强想喊住她问个究竟。

"周美琴！"崔光强一边喊，一边向周美琴挥手。

剧院外人声鼎沸，周美琴并没有听到崔光强的喊声，顺着人流进了剧院。

崔光强跟上去，但他没有门票，又没有杨天明帮他打招呼，所以在入口检票的地方被保安拦住。焦急间，他忽然看到一个观众插在兜里的门票，迟疑片刻，他还是上前取走了门票，慌忙进了剧院。

崔光强先在一楼寻找周美琴的身影，但是他转了几圈也没看到人。

演出即将开始，服务人员正催促观众尽快落座。崔光强溜到二楼，他扫了一眼就看到了坐在第五排边缘的周美琴。

崔光强喘了口气，整理了一下衣服，打算上去打招呼。他刚抬步，周美琴却忽然起身了。

此时音乐已经响起，几乎所有人的目光都聚集在舞台上，没有人留意到起身离开的周美琴，除了崔光强。

周美琴没有下楼，而是沿着二楼观众席的边缘走进了安全通道。

崔光强急忙赶上，想要喊住周美琴，然而来到楼道里，她的身影却不见了。

很快崔光强就发现了端倪，过道一侧的通风口网罩有些异样，他轻轻一拉，网罩就掉下来了。

崔光强探头往里看，里面漆黑一片，他拿出手机照亮，却看不太远，但能听到爬行声。他想钻进去看看，但是通风口太窄，他只能对着通风管道里喊了两声"周美琴"，但也没有人回应。

"我在想什么呢？"崔光强觉得自己有些多虑了，可能是看错了，又或者周美琴从安全通道出去了。他顺着安全通道下楼，到剧院门口询问保安有没有看到一个女人从里面出来，可保安给了他否定的回答。

"就在大概五六分钟前。"崔光强不死心地继续问道。

保安还是摇头，十分肯定。

崔光强反身又回到剧院里面，心里有些不好的预感。

他来到二楼观众席，此时表演已经正式开始了。

崔光强抬起头，把目光投向剧院顶部，那里藏着"火精灵之舞"最重要的机关——魔球。他记得"魔球"这个名字还是女儿周晓蓉给取的。

时光如梭，如今这个魔术终于成熟，登上了舞台，而杨天明的表演也确实让这个魔术即将成为传奇。

崔光强叹口气，想要离开，却突然看见楼顶通风口的网罩被人打开，一双手从管道里伸出来，而这双手里拿着一个弹弓。

"不好！"崔光强大惊失色，但根本没有人理会他，也没有人注意到剧院顶部的异样。

"砰"一声巨响从剧院里传来。

崔光强最先发现异常，所以第一时间逃出了剧院。他气喘吁吁地站在剧院外发呆的时候，消防车和警车已呼啸而至，几名消防员冲了过来。

"别站在这儿，赶快离开现场！"一名消防员推了崔光强一把。

崔光强精神恍惚，他不知道该去哪里，四周都是乱糟糟的，喊叫声、警笛声、水声、车声、撞击声……仿佛世界末日已经来临。

不知不觉，他就到了马路边，一辆疾驶而来的车，拼命对着他按喇叭，但他毫无反应，若不是司机紧急刹车，必然会造成一场交通事故。

"不要命了！"司机打开车窗骂道。

崔光强回过神来，却没有理会司机，而是回头望向国际马戏剧院，那里已经火光冲天，染红了半个夜空。

周美琴不会有事吧？

想到这里，崔光强浑身一激灵，他急忙折返，在人群中寻找周美琴的身影。

不一会儿，一个穿着运动服，戴着帽子和眼镜的女人进入了崔光强的视线，他凭借这人的身形步态，认出这人正是自己的前妻周美琴。

崔光强急忙追上去，一把拉住对方。

"周美琴！你，你在里面做了什么？"崔光强声音颤抖，语无伦次。

"什么？"周美琴一副不明所以的样子。

"你还装，我看到了！"崔光强不由分说地抢过周美琴的包，要打开来看。

周美琴一把抓住崔光强的手腕，指甲几乎掐进他的肉里："我只是做了你想做的事情。"

"你……"

"你有点出息行不行，杨天明这次必定身败名裂，这是你的机会啊！"周美琴拉着崔光强的手，"你还想不想复婚，你不把债还完，我们怎么办？"

"那也不能干这种事啊，要死人的，你疯了吗？"崔光强只感觉浑身发软，他刚才确实威胁过杨天明，但那不过是气话，如今周美琴闯下了这么大的祸，该如何收场？

"我们回去再说。"周美琴压低了帽檐，张望四周，不断有警察和救护车赶到现场，附近的人也越来越多。

崔光强神情恍惚地跟着周美琴回了家，女儿此时已经睡着，书桌上堆着她的课本作业。女儿很争气，又聪明懂事，年年在学校拿第一名，家里的奖状和奖牌都需要一个专门的大箱子来装。

"我陪你去自首吧。"

"你怎么能说出这种话！我可是为了你，为了这个家，我走了，女儿怎么办？"

"你小点声，别吵着孩子。"崔光强小心翼翼地打开孩子卧室的门，看了一眼周晓蓉。她睡得正甜，脸上似乎还挂着笑容。

崔光强放下心来，关上门，拉着周美琴来到主卧。

"美琴，你说实话，谁叫你这么干的？你怎么知道如何破坏'魔球'？"

"天天看你捣鼓那些东西，傻子也知道是怎么一回事，还需要别人告诉我吗？"

"我不相信你只是为了我出头！"

周美琴一把从后面抱住他，紧紧贴住他的背，温柔地说道："这个世界上，没有人比你更爱我，无论我要求你做什么，你都会答应我，就算是女儿，你也愿意让她随我的姓……"

崔光强不忍再责怪周美琴，但他想不到的是，一夜温存换来的却是五年的囚禁生活。

当他从甜美的梦里醒来，发现自己竟然被关在一个地下室里。周美琴一周给他送一次食物、饮用水、报纸和图书，但是既不跟他说话，也不听他求饶。

就这样，崔光强一个人在地下室里过了五年，直到不久前，王爱国也被带到了囚室。他从王爱国那里得知警方还在追查当年国际马戏剧院大火的真相，而且周美琴似乎胁迫王爱国做过什么事情。

崔光强想从王爱国那里问出更多的事情，可不一会儿，周美琴又在囚室里释放了乙醚气体，等他再次醒来的时候，发现自己被转移到了别处。从那以后，他再没见过王爱国。

崔光强被囚禁在一个洞穴里——他在被刘文昊等人救下来后，才知道自己这段时间被囚禁在凭东县赤心原始森林。又过了好几天，周美琴把他带到了山上。

"你别记恨我，怪只怪当年你不该去国际马戏剧院，如今瞒不下去了，我也不会再关着你，但你能不能活下来，就看命了。"

周美琴把他绑在一棵大树上面，直到刘文昊他们赶来救了他。

根据崔光强的口供，警方得知了摧毁"魔球"的真正方法。王爱国所说的工具并没有问题，关键是射击的部位。"魔球"整体用玻璃制成，其中包含一个阀门，这个阀门控制着燃料和热气的进出，一旦被破坏，球内因燃料燃烧产生的热气无法被排出，就会导致爆炸。这一部件的设计误差不超过一百微米，因此被高浓度氢氟酸腐蚀后，二十分钟左右后便会无法张合，导致球内热气聚集，发生爆炸。警方随后展开了调查，证实了几件事：一是崔光强确实在国际马戏剧院门口问过保安是否见过女人的事情，保安还依稀记得崔光强；二是在发现崔光强的大树附近确实有一个洞穴，里面有人类生活过的痕迹；三是崔光强确实在演出前找过杨天明，并威胁他。但崔光强说的其他事情，则无从查证。

对于林雪瑶和熊星淇的事情，崔光强一无所知，也不知道周美琴的去向，无法向警方提供更多的线索。

"我想见见杨天明。"崔光强忽然提出了一个既合理又不合理的要求。

杨天明出狱后一直在找崔光强，崔光强获救后第一个想见的人是杨天明，这两个似乎被命运诅咒的男人，终于再一次重逢，只是这一次，两个人的样貌都发生了巨大的变化。

杨天明自不用说，容貌尽毁。崔光强则因为长期不见阳光和营养不良，变得满脸皱纹，弯腰驼背，干瘦如柴，看起来就像个小老头。

两个人四目相对，最终还是崔光强先开了口。

"对不起。"

"跟你没关系，又何必说对不起。"杨天明语气冰冷，并不想接受这样的道歉。

"她毕竟是我老婆……前妻……"崔光强叹口气，转而说道，"我向警方说过，她绝不是为了我才干那种事，一定是有人指使。"

杨天明不置可否，只是耐心地等待崔光强还想说些什么。

崔光强稍微停顿一下，继续说道："我想问问，你知不知道还有谁想害你？"

杨天明摇了摇头，说道："'火精灵之舞'所用的道具，只有我们两个人清楚它的结构和关键所在，换言之，只有我们身边最亲密的人才有可能知道如何破坏它。至于有没有人指使周美琴，等抓到她就知道了。"

"有件事我想告诉你，火灾那天我不是去找你，希望你不要演'火精灵之舞'吗？"

"不错，你说想去新公司演这个魔术。"

"那家公司就是林雪瑶的星光娱乐，也是她让我去找你的，我在想这件事会不会……"

"林雪瑶死了。"杨天明声音里有了明显的情绪波动。

崔光强瞪大了眼睛，一副难以置信的表情。

"警察没告诉你吗？"

"没有……她怎么死的？"

"据我所知，目前有几个嫌疑人，周美琴就是其中之一。"

崔光强沉默了片刻，忽然想起了什么，说道："周美琴这几年不断逼迫我创作魔术设计图给她，不然就不给我饭吃，她要这些设计图干什么呢？不过我倒是很享受创作魔术的过程，我这几年设计了几个新魔术，就算是你也无法超越的魔术。"

可是杨天明对于他说的这些毫无兴趣，只是淡淡地说道："没听说周美琴从事和魔术有关的工作，她可能是把这些设计图给了林雪瑶。"

杨天明想起在木屋周美琴曾把一个文件袋交给林雪瑶，想来应该就是那些魔术设计图纸。

"那这或许是条线索……"崔光强说着抬头看了看摄像头。

"你不恨周美琴吗？她关了你这么久，甚至差点儿要了你的命。"杨天明在谈话中感受不到崔光强对周美琴怀有任何的仇恨，这有些不符合常理。

崔光强苦笑道："她可以直接杀了我，但她并没有这么做，她对我还有一份情义在，不是吗？"

杨天明多年前就知道崔光强对周美琴千依百顺，但没想到他竟然如此疯狂，事情到了这般地步，还认为周美琴对他有情分。

"我找你，并不是为了国际马戏剧院火灾的事情。"杨天明此时深吸了一口气。

"你难道不认为是我干的？毕竟我威胁过你。"崔光强一直以为杨天明是因为这件事找他。

"我记得你跟我说过一句话……"杨天明的声音明显软了下来，"魔术是给人带来欢乐和希望的，所以你不是那种会把痛苦和绝望带给观众的人，哪怕再恨我。"

崔光强闻言一时愕然，眼眶竟有些湿润了。

"那你找我的原因是……"

"大火之前，你见过我儿子乐乐，是吗？"杨天明身体前倾，紧张地看着崔光强。

"对，确实有这事，我那天晚上原本是去你家找你，但小吴说你一个星期没回家了。"崔光强回忆道。

"那个……那个……乐乐他……"杨天明浑身颤抖，几乎语无伦次。

"你别激动，究竟想说什么。"崔光强从来没见过杨天明这个样子。

此时刘文昊和曹力看到杨天明的举动，也是面面相觑。

杨天明用尽全力握紧拳头，终于控制住情绪，重新说道："乐乐打电话给我，说他让崔伯伯带了一件礼物给我，会给我带来好运，保佑我演出成功……"

杨天明说到这里，再也忍不住，失声痛哭。

崔光强仿佛被电击了一下，恍然间才想起这件对他而言微不足道的事情。

"是，是有这么回事，乐乐拿给我一罐千纸鹤，说是他折的，让我带给你。"崔光强面露愧色。

"那罐千纸鹤在哪里？"

"在……"崔光强努力回忆。

"在哪里啊？"杨天明狠狠拍打了一下玻璃窗。

"我那天把这事给忘了，东西放在家里，现在应该还在吧……"崔光强五年多没回过家了，他心里也没底。

"哪个家？"

"我爸那里。门锁密码是……"崔光强和周美琴离婚后，一直住在父亲的老房子里，老人早已离世，如今房子无人居住。

杨天明二话不说，站起来转身后拔腿狂奔。

没有人阻拦他，他们都知道他要去哪里。

崔光强父亲的老宅在一栋老居民楼里，门锁都生锈了，信箱塞满了各种小广告，显而易见，这里已经很久没有人住了。

杨天明出狱后也来这里找过崔光强，但从来没人给他开门。房子是旧房子，不过换了密码锁，杨天明输入密码后推门而入，空气里弥漫着灰尘，四处都是蛛网和老鼠屎。

杨天明一眼就看到了那个玻璃罐，那个装满了千纸鹤的玻璃罐。

罐子上面落满了灰尘，里面的千纸鹤可能因为受潮，大部分已经腐烂或卷成团。可也有几只完好无损的千纸鹤，仿佛受了什么庇佑，顽强地挺立在瓶子里。

杨天明慢慢走过去，轻轻拿起罐子，好像经历了一个世纪，终于把这罐千纸鹤抱在了怀里。

"乐乐，乐乐，爸爸好想你，好想你啊……"杨天明紧紧抱着罐子，缩成一团，坐在墙角。

刘文昊没想到杨天明和崔光强的见面会以这种方式结束，但从崔光强的口供中，还是得到了许多重要线索。

首先，崔光强明确表示自己没有找王爱国借过钱，更没有被王爱国打落水。这说明王爱国之前向警方交代的是假话，他可能被周美琴买通了，也可能是受到了威胁，熊星淇受周美琴安排给王爱国汇款，则是从侧面帮他圆谎。周美琴这么做的目的很明显，就是要掩盖崔光强被囚禁的事情。

但疑问也随之而来，熊星淇为什么会帮周美琴做事，她失踪的一年去了哪里，她又是被谁所杀？

如果熊星淇出现在星空魔术店是受周美琴指使，那么熊星淇晚上去青龙山也绝非偶然，只能是周美琴安排的。

"周美琴知道张奕兰他们的计划……"想到这里，刘文昊汗毛都竖了起来。张奕兰他们都坚称不认识周美琴，这一点刘文昊倒是不怀疑，特别是周美琴极有可能就是造成国际马戏剧院大火的元凶，张奕兰他们这些复仇者是绝不可能袒护凶手的。

崔光强说自己被囚禁的时候，周美琴一直让他画魔术设计图，这确实是一个值得追查的线索。

根据张奕兰等人的口供，他们之所以能模仿杨天明的魔术，是在一个魔术爱好者论坛里获得的资料。

警方对张奕兰的电脑进行了技术搜查，电脑里有大量魔术演出的资料。这些资料来自不同的论坛用户，把这些资料拼凑起来，便可以大致还原杨天明的魔术。

刘文昊把这些资料拿给杨天明和崔光强看，两人不约而同地认为有人故意拆分了魔术设计，并通过不同的用户分发到网络上。

警方的技术人员根据这个判断，开始一一核查论坛上发放杨天明魔术资料的用户，发现他们的 IP 地址都来自同一街道，极有可能是同一个人所为。

另一方面，技术人员也在这些魔术资料里发现了木马病毒，张奕兰的电脑在她不知情的情况下被远程控制，所以对方对他们的行动计划甚至对话内容都了如指掌。

吴淑涵曾在刘文昊的公文包里偷偷放了窃听和定位装置，张奕兰和吴淑涵随时可以掌握刘文昊的动向，如果给张奕兰电脑植入病毒的人是周美琴，那她确实可以安排熊星淇提前过去等他。

技术人员继续在网络上追查线索，刘文昊在这方面是完全帮不上忙的，他重新拿出所有与熊星淇有关的案件资料，这些资料他已经看过不下十遍，但是如今有了新的推断，对原有资料也就需要重新分析。

在熊星淇"隐居"的一年里，周美琴每月都往一个账户里汇钱，一次两万，一年来从未间断，直到熊星淇被杀后的一个月才停止。这个时间点非常微妙，周美琴汇款的行为与熊星淇有没有关联？

刘文昊去银行调查账户信息，发现周美琴汇款的账户属于一个叫秦旭东的人。

这个秦旭东可不是个简单人物，刘文昊随手一查，就发现他有一堆案底在身，不仅坐过牢，出狱后还搞了个小额贷款公司，是个相当令人头痛的家伙。

刘文昊知道经侦的同事在查他，于是去要了一些资料。

这家小额贷款公司表面上看像是一家正经的金融公司，前台知书达理，室内整洁有序，员工们也都西装革履的。

秦旭东在会议室里热情地接待了刘文昊一行人。他也不是第一次跟警方打交道了，言必称"领导"，态度谦和，文质彬彬。

"领导，您有什么需要尽管说，我们一定配合，我们的所有交易绝对合法合规……"

"不用说这些，我们是刑侦大队的。"刘文昊摆摆手，打断了秦旭东的话。

秦旭东扶了扶眼镜，有些疑惑地看着刘文昊，问道："刑侦？不知道领导找我有什么事？"

"你们公司有没有一个客户叫周美琴？"刘文昊问道。

"我让秘书查查。"秦旭东吩咐旁边的秘书小张查询一下客户资料。

"没那么麻烦，她从去年十一月开始，每个月给你的私人账户打款两万，你怎么可能不知道？"刘文昊直截了当地说道。

秦旭东尴尬地笑了笑，说道："领导这么一说，我确实想起来了，对，她是替人担保、还钱，如今已经结清了，有什么问题吗？"

"替谁担保？"

"熊星淇。"秦旭东脱口而出。

刘文昊此时此刻终于找到了至关重要的线索，萦绕在心中的疑问如今有了答案。他立刻让秦旭东拿出熊星淇的借贷资料，想弄清楚这其中的关联。

"领导，已经结清的借款，我们都不留存资料，也没那个必要不是……"

"你少跟我来这一套，我跟你讲，熊星淇遇害了，你是最大嫌疑人，要不配合我们工作，让你回分局慢慢交代！"

秦旭东瞬间冷汗直冒，急忙辩解道："领导，您可不能冤枉我，十几万的小买卖，我怎么会杀人，您等等，或许有备份，小张，快去找找熊星淇的资料。"

秘书小张急忙跑出去把熊星淇的借贷资料拿过来，递给秦旭东。秦旭东把资料转手递给刘文昊。

刘文昊打开来一看，借贷合同上的照片、身份证复印件和相关资料正是熊星淇。

"我看合同上写着五万，可周美琴一共转了你二十四万？"刘文昊质问道。

"领导，你也看到了，她这笔款欠了很久，我们总要收点利息。"

"熊星淇为什么找你们借钱？"刘文昊并不想与他纠缠那些问题，那些由经侦的同事负责侦办。

"这个我们可不过问。"

"那周美琴呢？你认识吗？为什么她愿意帮熊星淇还钱？"

"领导，这个我们可真不知道，有人还钱就行了，我们也不会过问客人的隐私。"

刘文昊冷笑一声，身体向后靠了靠，挥手对秦旭东身边的秘书小张说道："你先出去一下，我们和秦总单独聊聊。"

秘书小张看了一眼秦旭东，还来不及多说什么，就被刘文昊旁边的同事带了出去。

秦旭东有些不自在，赔着笑问道："领导，您这是……"

"放高利贷、非法催收、恐吓他人、非法限制他人人身自由……你做的坏事可不少，别以为警方没有证据。我现在给你一个戴罪立功的机会，老老实实把熊星淇的事情给我们交代清楚，还能少判几年，不然……"刘文昊说着拍拍秦旭东的肩。

"领导，我真的什么都不知道啊……"

"好，你嘴硬，回去让你慢慢演！"刘文昊拿出手铐，铐住秦旭东。

"领导，放我一马，我说，我说……"秦旭东的手被反扭着，痛得嗷嗷叫。

刘文昊手上的力道减弱了几分，呵斥道："快说！"

"熊星淇是通过网络向我们借钱的，你也知道，她这种没有还款能力的女孩子，我们不可能轻易借给她钱，所以给她录了像。"

"录什么像？"

"就是那种不雅视频。"

"视频还在吗？"

"我发誓，已经删了，周美琴把钱结清的时候，我们当着她面，把视频彻底删除了。"

"继续往下说，录了像，后来呢？"

"后来……后来……"秦旭东结结巴巴，不太愿意继续说。

刘文昊也不多说什么，提起他就往门外拖。

"后来她还不上钱，我们就威胁她……如果她不还钱，就把视频发给她的亲戚朋友。"秦旭东情急之下，终于说了出来。

"人渣！"

"我们也只是吓唬人，并不会真的这么做。"秦旭东为自己辩解道。

"少废话，那周美琴是怎么回事？"

"我们逼了熊星淇几次，她陆陆续续还了一些钱，后来她就找来了周美琴，周美琴给她做担保，担保协议还在呢，我去给你们拿……"秦旭东哀求道。

"就这些？"刘文昊盯着秦旭东问道。

"我发誓，我真的就知道这么多了。"

"让我查到你有所隐瞒或者瞎说，有你好受的。"刘文昊转过头对身旁的同事说道，"小黄，让下面经侦的同事上来收场。"

"领导，刘警官……"秦旭东脸色苍白，冷汗直流。

刘文昊没有理会他，头也不回地出了会议室。

警方查封了秦旭东的公司，从他的电脑里找到了大量违法放贷的证据，关于熊星淇的事情，他也没有完全讲真话。

秦旭东曾纠集社会上一些闲散人员用各种手段逼迫熊星淇从事色情交易。他们以这种方式赚取了大概八万元，又从周美琴手里讹诈了二十四万才收手。

刘文昊看到熊星淇的全部借贷资料，气得拍桌子。不过这也解释了熊星淇为什么会帮周美琴做事，周美琴帮她还清债务的条件大概就是帮自己干活。

第十七章

入局

　　暗红色的墓碑上简单刻了名字，边上长着一圈生机勃勃的姬小菊，杨天明的妻儿就埋葬在这里。

　　自从他出狱以后，每个月都会来一次。吴芳秀和杨乐乐都喜欢姬小菊这种紫色的小花，所以杨天明征得陵园管理处同意后，在墓地周围种了一圈。

　　杨天明每次来都是先打理花草，再清扫墓地，之后便坐在墓地前，和他们聊聊天。

　　"乐乐，你送给爸爸的千纸鹤，爸爸已经拿到了。"杨天明小心翼翼地从包里取出玻璃罐，在墓碑前晃了晃，"你知道吗？我突然间想到一个魔术，让所有千纸鹤飞起来，飞过河流，飞过树林，飞过高山……一定会非常精彩，这个魔术算你一份。"

　　杨天明收起玻璃罐，喝了口酒，把剩下的半杯洒在了墓碑前。

　　"芳秀，你也陪我喝口，你这人什么都好，就是太爱吃醋，现在你可放心了，你老公变成了怪物，别说女人，男人看到我都跑。"杨天明苦笑道。

　　杨天明就这么说着话，喝着酒，大半天晃过去了，夕阳如血，染红了整个陵园。

　　"芳秀、乐乐，你们先休息，我改天再来看你们……不，来陪你们，还有一些事我要做完才行……"杨天明有了几分醉意，他收拾好东西，又把墓地扫了一遍，才依依不舍地离开。

杨天明先回家收好玻璃罐，然后去了长途汽车站，买了一张开往凭东县的夜班车票。

长途车一路颠簸了两个多小时，到达凭东县的时候已经是晚上九点多了。

县城里灯火阑珊，一阵寒风刮来，更添几分冷清。

杨天明缩了缩脖子，裹紧了大衣，他走了大概半个多小时，来到了一家摩托车修理店。这里看起来还没有打烊，"勇哥摩修"的招牌亮着灯，一名修车师傅正蹲在地上修理一辆几乎散了架的摩托车。

杨天明戴好口罩，拉了拉帽子，来到修车师傅身旁。

"师傅，忙着呢，能向你打听个事情吗？"杨天明一边说，一边递给师傅一根烟。

修车师傅看起来三十多岁，脸上有些油污，抬头看了一眼杨天明，接过烟站了起来。

杨天明拿出打火机给修车师傅点上烟，师傅吸了一口，吐了个烟圈和颜悦色地说道："兄弟客气了，有什么事就说。"

"我想买辆摩托车。"杨天明压低声音说道。

"我们这儿只修车，不卖车。"修车师傅摆摆手。

"师傅，你把我当外人了，不打听清楚，我能来吗？"杨天明把一包烟塞进师傅的口袋里。

修车师傅见杨天明戴着口罩和帽子，一副神神秘秘的样子，还是摇了摇头，说道："真没有，去别家问问吧。"

"谁不知道你们这儿的拼装车，手艺好，价格便宜，我真是慕名而来。"杨天明倒不是完全胡诌，他一直在追查周美琴那辆摩托车的来历，如今有七八成把握，车是从这家店里出来的。

"你这样子……"修车师傅的态度有些松动了，不过还是用手指了指杨天明的口罩。

"哦，这个啊，师傅您别吓到了，我这个脸被烧伤了。"说着杨天明慢慢取下口罩。

要不是听到杨天明这么说，修车师傅夜里乍一看到这张脸还真会被吓到。

杨天明看到师傅的表情，也不介意，又把口罩戴上。

"最近几天有警察来查，所以我也比较谨慎……车倒是有几辆，不过这些车上不了牌，你清楚吧？"修车师傅放下了戒心。

"没事，我在林场打工，都是在山里转悠，不去人多的地方。"杨天明随口胡诌道。

"好，那你跟我来。"

修车师傅掩上店门，带着杨天明来到后面仓库，打开灯，扯下篷布，露出四五辆非法拼装的摩托车。

"虽然是拼装的，但是这些配件我们都仔细挑选过，还是很不错的，保修三个月，三个月内有问题免费维修。"

杨天明蹲下身，仔细查看，倒真像是在认真选车。

"我想要那种越野胎，我经常跑的地方有段路不是很好走。"杨天明仔细研究过周美琴那辆摩托车留下的压痕，确定是一款 SPORTMAX Q4 的越野轮胎。

"这种胎很少啊，旧车就更少了。"修车师傅摇摇头。

"不会吧，前几天我在林场看到个美女，她的车就是这种胎，她说车是在你们这里买的。"杨天明试探着说道。

"你说那个长得挺白的性感美女吧？"修车师傅脸上露出一丝猥琐的笑容。

"是啊，确实挺漂亮的。"杨天明附和道。

"那轮胎是她自己买的，我给换上的。"

"原来如此，那我也去买一对，你帮我换上呗。"

"没问题。"

"哪里能买到？我记得轮胎上面有英文字母，好像是 SPORTMAX……什么的……"杨天明故意只说了半截话。

"SPORTMAX Q4，就是这个胎，你去红曲路的通达轮胎找找，县城里就他们家有这种胎。"

"谢了，老板，我买到胎再来。"杨天明打探到消息，急忙转身离开，他可不想花钱在这里买一辆摩托车。

修车师傅没想到他说走就走，抓了抓头，也不知道这人是不是真心买车。

杨天明离开修车店，一看时间不早了，只能找了家小旅馆先休息一晚，早上再去轮胎店。

半夜里，他被一阵敲窗户的声音吵醒，打开灯，扭头去看窗外，却没看到人。他从床上起来，随手披上外套，走到窗前。

窗外有一盏路灯，光线昏暗，杨天明打开窗户，夜风灌入，冰冷刺骨。他低头一看，这才发现窗户下面吊着一个帆布小包。

小包是灰色的，没有任何标记。

杨天明环顾四周，没看到附近有人。他取下小包，关上窗户，来到书桌前坐下，打开小包。

小包里是一个木球，除此之外，别无他物。

杨天明拿出木球，确认这是一个解锁球，球体是由数十块形状不一的木制零件拼装而成的，工艺十分精巧。

一个魔术师除了要练习手速，还要了解机关和结构，解锁球无疑是非常合适的学习道具。

另外，魔术师之间也会使用解锁球来"下战书"，算是一种文明的决斗。这种魔术师之间的传统游戏，如今已经很少见到了，杨天明没想到还会收到这样的"挑战"。

杨天明倒没有急着去破解这个解锁球，而是在想这个球的主人会是谁。

这个人不仅认识自己，还知道自己住的旅馆，莫非一直在跟踪他？

想到这里，他不由得后背发凉。会是周美琴吗？不可能，她躲着自己还来不及。如果崔光强不是被扣留在公安局，那么他倒是最大的嫌疑人。

杨天明现在也睡不着了，索性烧了一壶开水，泡了一杯茶，坐在书桌前研究起了解锁球，他想看看里面究竟留下了什么信息。

刘文昊伏在办公桌上刚睡着，一旁的电话响了起来，技术处那边传来了好消息，他们锁定了论坛里发帖人的具体位置。

"哪里？"刘文昊立刻睡意全无，站了起来。

"凭东县，通达轮胎，在红曲路。"

"好，辛苦了，我们立刻跟进。"

刘文昊挂了电话，这才发现已经是早上七点多了，他赶紧打电话给凭东县公安局，让他们先安排人去盯梢，但在他过来之前暂时不要采取行动。

刘文昊去卫生间洗了把脸，眼睛里虽然还有红血丝，但人精神了不少。他拿上车钥匙，再次驱车赶往凭东县。

刘文昊来到通达轮胎附近的监控车上，县局的同事已经在车里盯了两个小时了，但店铺一直没开门，老板也没出来。刘文昊到了后他们又等了一会儿，直到十点，店铺老板才拉开了卷帘门。

通达轮胎的老板叫李晓光，三十一岁，在县城经营轮胎生意已经有七八年了，口碑不错。他目前单身一人，没有犯罪前科。

刘文昊正在思考先抓人审讯，还是自己先去探探口风的时候，一个熟悉的身影出现在通达轮胎店门口。这人虽然戴着口罩和帽子，但刘文昊还是一眼就认出他是杨天明。

"杨天明！"刘文昊在监视器里看到杨天明的时候，也不由心神一震，"能收听到声音吗？"

"屋外现在可以。"一旁的技术员说道。

"把声音调到最大！"刘文昊说完，做了一个让大家保持安静的手势。

杨天明径直走上前，跟老板打招呼。

"老板，我想买摩托车的车胎。"

"大哥，车没骑来吗？想要什么规格的？"李晓光热情地招呼今天的第一个客人。

"想要越野胎，你这里有吗？"杨天明一边问，一边往店里打量。

"有，你是什么车，我帮你推荐几个型号。"李晓光伸手，请杨天明进店。

杨天明随便报了个常见的摩托车型号，然后跟着李晓光进了店。

"刘哥，人进去了，收不到音和画面了。"

刘文昊双手环胸，从刚才的对话来看，杨天明应该是顺着周美琴那辆越野摩托车追查到这里来的。

"刘哥，要不要进去抓人？"县局的民警问道。

刘文昊摇了摇头，他决定相信杨天明，说道："不着急，让兄弟们继续在外面警戒，等候指令。"

杨天明跟在李晓光后面，饶有兴致地听他介绍轮胎。

"老板，勇哥摩修那边推荐我过来的，你可要给我算便宜点。"杨天明笑着用手拍了拍身前的轮胎。

"没问题，你放心，绝对是最优惠的价格。"李晓光拍着胸脯保证道。

"勇哥说SPORTMAX Q4最适合跑山地了，你这里有没有？"

"兄弟，你真是识货，全凭东县可就我这里能拿到货，全新的，你来看。"李晓光从货架上抬出轮胎，"给你个八折价，一千二。"

"不对吧，老板，我朋友上次来可是一千一。"

"不可能。"李晓光直摆手。

"小周，我朋友，一个美女，你肯定有印象。"

李晓光神色一变，脸上的笑容瞬间凝固，直接把杨天明赶出了店铺。

杨天明没想到老板说翻脸就翻脸，看起来他和周美琴确实有些瓜葛。他正寻思如何才能撬开对方的嘴，忽然看见刘文昊带着警察出现在路口。

李晓光看到突然出现的警察，面露惊恐，拔腿就跑。

杨天明离得最近，顺手使了个小手段，李晓光顿时人仰马翻，摔倒在地。两位民警上前抓住李晓光，给他铐上手铐。

刘文昊看着杨天明问道："你怎么在这儿？"

"追查周美琴的摩托车找过来的。"杨天明实话实说。

"有线索应该知会我一声，让警方来处理。"刘文昊皱眉说道。

"并不确定。"

刘文昊虽然知道这是杨天明的托词，但也不好发作，只能警告他以后不要擅自行动。

杨天明也不多说什么，识趣地离开了现场。

到了公安局，李晓光还没等刘文昊和民警们开始问话，就一把鼻涕一把眼泪地把事情给交代了。

大概一年多前，周美琴来店里买轮胎。喜欢摩托车的飒爽美女可不多见，李晓光厚着脸皮要了她的微信，说加微信可以打折，两人便认识了。

李晓光单身，见到漂亮女人便丢了魂，更何况周美琴能言善道，风情万种。他知道她也是单身，虽然是离异，还有个孩子，但依旧对她展开了疯狂的追求。

周美琴对他态度暧昧，若即若离，让他神魂颠倒。她虽然一时间没有接受他的追求，但却给他介绍了好几单大生意，让他赚了不少钱。

财色面前，李晓光哪还有半点抵抗能力，对她可谓言听计从。

那天晚上，周美琴约他出去，他以为好事将成，可到了地方，却看到一个被五花大绑的男人。

周美琴告诉李晓光，这个男人欠债不还，还多次侮辱她，所以她要把他绑进山上的洞穴里，吓吓他，逼他还债。

李晓光并没有觉得这有什么不妥，反而认为这是周美琴对他的信任，他不但没有劝阻，还踢了男人几脚，以表忠心。

两个人用担架把男人抬进了洞穴，这个时候李晓光才意识到不对劲。洞穴里竟然通了电，还布置了彩灯，周美琴似乎已经预谋很久了。

　　李晓光以为现在应该把男人弄醒，然后吓吓他，逼他还钱。不过周美琴却阻止了他，让他再等一会儿，因为她还有个朋友要来。

　　他们大约等了半个小时，来了一个女人，李晓光通过照片指认，来人正是林雪瑶。

　　周美琴和林雪瑶两个人因为这个男人发生了争执，李晓光从她们的谈话中大概能猜出这个昏倒的男人是林雪瑶的朋友。

　　"周美琴，你敢动他试试？你别忘了，你们的把柄在我手里！"林雪瑶瞪着眼睛，一字一句地说道。

　　周美琴退了一步，身体有些踉跄，李晓光连忙上前扶住她。

　　林雪瑶转过身，想松开那个晕倒的男人身上捆绑的绳子。

　　就在这个时候，周美琴突然从口袋里掏出一把水果刀，快步上前，从后面抱住林雪瑶，一刀插进了她的胸口。

　　鲜血喷涌，林雪瑶倒在地上，抽搐了几下，就不再动弹了。

　　"你，你杀人了……"李晓光吓得口齿不清，腿脚发软，一屁股坐在了地上。

　　周美琴拿出酒精湿巾，把刀把擦干净，她走到李晓光面前，拍了他一巴掌。

　　"我们现在是一条船上的同伙，明白吗？"

　　李晓光瞪着眼睛，一句话都说不出来。

　　"起来，帮我把这里收拾干净。"

　　"我什么也没做……和我没关系……"李晓光抗拒地说道。

　　"人是不是你扛上来的？警察会不会信你和这事没关系？"周美琴冷笑着问道。

　　"那……那现在怎么办？"李晓光脑子里一片空白，只能听从周美琴的指挥。

　　他们迅速清理干净现场的痕迹，解开了叶波身上的绳子。李晓光想把刀抽出，却被周美琴阻止了。

"就放在那儿。"

"可……"

周美琴瞪了他一眼，他立刻把手缩了回去。

他们处理好洞穴里的痕迹后，周美琴看了看时间，带着他迅速离开了洞穴。

出了洞穴后，周美琴并没有从原路回去，而是带着李晓光爬上了山顶。

李晓光这才明白周美琴早就布置好了一切，并非一时冲动才杀人，而自己就这么稀里糊涂地做了帮凶。如果刚才他不帮周美琴清理凶案现场，还有机会向警方自证清白，如今已是骑虎难下，只能一条路走到黑。

"领导，我真是被利用了啊，杀人的事情跟我没有半点关系，我跟周美琴也没关系，我连她手都没摸过……"李晓光讲到这里有些急了，前言不搭后语的，就怕警察不相信他。

"你别激动，我们不会冤枉一个好人，也不会放过一个坏人。"刘文昊说的是套话，但这个时候用来安抚李晓光的情绪再合适不过。

"那是，那是，相信领导，相信政府，我都坦白交代了。"

"现在能够证明你清白的关键在于抓住周美琴，你明白吗？"

"明白，明白。"

"所以你要好好回忆一下，周美琴和你分开的时候，有没有说自己之后要去哪儿？"

李晓光搓着手，努力回忆。

"周美琴跟我说她还有事情需要做，让我自己回去，然后她就进了树林。我问她到底要去哪儿，她说她要去自己最喜欢的地方。

"对了，对了，她说她喜欢海岛的落日，还在一处海岛上买过房子，等闲了，就去那里住，我当时还开玩笑说陪她一起去。如果她杀了人要逃跑，会不会躲到那里去？"

汉昌市并非沿海城市，最近的沿海城市天海市与汉昌市相隔三百多公里，即使不走高速，四五个小时也能抵达。周美琴如今被通缉，不可能搭乘飞机、火车等长途交通工具去很远的海岛，唯一可行的方式只有自驾车前往天海市。

天海市周边岛屿众多，但是能够通航住人的岛屿也就那么几个，排除那些过于小的岛屿，剩下最有可能的海岛就是长风岛。

长风岛面积有两平方公里，常住人口大约一万人，这里被称为"落日岛"，据说是海岸线上观赏落日的最佳岛屿。

综合各种信息，刘文昊觉得这个岛最有可能是周美琴藏身的地方。

如今看来，插线板和盗接的电缆都是周美琴给他们设下的圈套，王爱国也是受周美琴指使来迷惑他们的，那么李晓光说的话也有可能是周美琴故意留给他们的信息，只为把他们引入另一个谜局。

刘文昊有些犹豫，但他不想错失抓住周美琴的机会。

他向曹力汇报后，经过对话，曹力协调当地警方配合后，安排刘文昊带队里一名刑警小张同去长风岛探查。

抵达长风岛已是晚上九点三十分，来之前，刘文昊又亲自联系了岛上的派出所，派出所包括所长在内共有五位民警，岛上治安极好，民风淳朴，已经十几年没有刑事案件了。所长听闻可能有犯罪嫌疑人窝藏在岛上，高度重视，亲自接船。

岛上设施比较陈旧，监控摄像头也屈指可数。刘文昊并不能确定周美琴是否在岛上，因此他们决定暗中查访，既避免打草惊蛇，也避免给周围群众带来恐慌。

刘文昊和同事及岛上民警做好了计划，打算第二天天亮就开始找人，但是计划没有变化快，半夜气象局忽然发布台风黄色预警，一场暴风雨正向长风岛袭来。刘文昊不得不暂缓搜寻周美琴的计划。

第二天，大风和暴雨如期而至，轮渡停航，不过岛民们对这种暴风雨天气已经习以为常，除非是红色预警，否则他们照样顶着风雨出行。

刘文昊看着窗外的瓢泼大雨，无可奈何地紧锁眉头。

他在屋子里闷了大半天，实在受不住，打算出去转转。他找来警用雨衣和雨靴，自己一个人出了门。

刘文昊沿着长风路从北往南走，走了约莫半个小时，就有点受不住了，雨衣根本挡不住雨，他浑身上下已经湿透了，冷得直哆嗦。这个时候口袋里的手机忽然震动起来，他掏出来看了一眼，竟然是杨天明打来的。他急忙躲到屋檐下，避开风雨，接起电话。

"喂……"刘文昊扯着喉咙喊道。

"刘警官，我在长风岛。"电话那头也有风雨呼啸的声音。

"你怎么在这里？"刘文昊惊问道。

"我有周美琴的线索，你赶快过来！"

"什么？你在哪里？"

"长风路 178 号。"

"你不要轻举妄动，我马上过来！"刘文昊叮嘱杨天明后挂了电话，立刻又打电话给长风派出所的所长，让他们赶来增援。可此时长风派出所的所有民警都去救灾了，一户岛民的房子坍塌，他们正在全力救人。

刘文昊查看了一下地图，从他现在的位置赶到长风路 178 号，步行大概也就十分钟。他给同来的小张打了个电话，告诉他接下来的行动计划，并安排他做好协调工作。然后他一咬牙，裹紧雨衣，再次冲进了暴雨里。

长风路 178 号是一栋废弃的老房子，墙体由花岗岩砌成，历经百年，依旧屹立不倒。这里曾被改造成酒店，但是因为生意不好，老板跑路了，如今房子已经空置。

风雨里的古宅，就像是中世纪的城堡，令刘文昊不由生出几分莫名的恐惧。

杨天明没有进去，他站在老宅屋檐下，宛如一尊雕塑。刘文昊跑着过去，来到屋檐下。

"你是怎么找到这里来的？"刘文昊抹了抹头上的雨水。

杨天明从口袋里掏出一个解锁球，当着刘文昊的面把球拆开，球体里面印着一句话：她在长风岛。

"我在凭东县追查摩托车的时候，有人在我旅馆外面放了这个解锁球。"

"那天在轮胎店门口怎么不告诉我？"

"这个球是我见过最复杂的解锁球，直到第二天下午我才破解。"

"先不说这些，你怎么确定周美琴就在这里？"刘文昊抬头看了看身后的老宅。

"我比你早到一天。"杨天明讲述了他上岛的经过。

杨天明从轮胎店回到旅馆后，继续摆弄解锁球。在往常，不管是解锁球，还是其他魔术机关，只要拿在手里，不超过两个小时，他都能解开其中的奥秘。但这一次，这个神秘的解锁球却让他有了挫败感。

解锁球里每一个零件看似孤立，却又影响着其他部分，这个只有棒球大小的解锁球蕴含了如此精密的设计，实在令人叹为观止。

杨天明破天荒地用了十七个小时才打开这个解锁球，打开解锁球的那一瞬间，他汗如雨下。

"她在长风岛。"杨天明缓缓念出球里留下的信息，这个"她"无疑就是周美琴，什么人会知道周美琴的下落，又要用这种方式来告诉自己？

带着疑问，杨天明立刻买了一张高铁票赶到天海市，又坐当晚的轮渡上了长风岛。

岛上找人并不是一件容易的事情，所以他上岛后就开始找熟悉当地的老人聊天，了解岛上的风土人情。

通过聊天，杨天明了解到长风岛上有一个菜市场，可以买到食材以及衣食住行所需的日用杂货，如果一个人长居在此地，几乎不可能不去菜市场，所以与其漫无目的地找人，不如在菜市场里守株待兔。

第二天一大早，杨天明就去了菜市场，天不过蒙蒙亮，可市场里已经热闹非凡。杨天明找了间位居市场高处的店铺，点了一碗海鲜粥当早餐，边吃边注意着市场里来来往往的人。他的运气不坏，等了大概两三个小时，还真让他等到了周美琴。

周美琴戴着黑色帽子，穿着黑色的大衣，还有一双闪闪发亮的咖啡色皮鞋。

杨天明远远就看见了她，立刻出了店铺，想要出其不意地抓住她，把事情问个清楚。

可他进了菜市场，却失去了周美琴的踪影，来往的人流阻挡了他的视线，他一路问了几个摊贩，有没有看见一个穿黑色大衣的女人，可他们大多摇头。

正在焦急的时候，忽然一个小女孩拉了拉他的衣服，他回过头，有些疑惑地看着女孩。

女孩看起来大概六七岁的样子，嘴里含着一根棒棒糖，稚气地看着杨天明。

"小朋友，有什么事吗？"杨天明拉了拉脸上的口罩，把脸遮挡好。

"你是杨天明吗？"

杨天明点点头："不错，我就是。"

"有个阿姨让我给你一张纸条。"小女孩说着把一张纸塞给杨天明，然后转身就跑了。

他叹口气，打开已经揉成团的纸，纸上写着：明天下午一点十四分，长风路178号，最后的魔法。

"最后的魔法……"杨天明认得这是周美琴的笔迹，看来自己已经被她发现了。

"那张纸条呢？"刘文昊问道。

杨天明把纸条拿出来，递给刘文昊。

刘文昊研究过周美琴的笔迹，一眼就认出纸条上的字是她亲笔所写。

"最后的魔法是什么意思？"

杨天明摇摇头，他也不明白。

"我就知道，是她把我们引到这里来的。"刘文昊皱了皱眉头。

"看起来是这样，凭东县那么小，能住人的旅馆就那么两家，周美琴买通老板倒也不是什么难事，要不要进去？"杨天明看着刘文昊，离一点十四分还有十分钟的时间。

刘文昊把枪从怀里取出来，检查了一下弹药，然后打开了保险。

"进去之前，我还有一个问题。"杨天明忽然说道。

"什么问题？"

"关于火灾发生当日的事，你说的是全部的真相吗？"杨天明问道。

刘文昊一愣，脸色有些难看："你想要怎样的真相？对张奕兰来说，真相就是你见死不救，但对你自己而言，真相是你要第一时间救自己的儿子。你们各执一词，那么谁说的才是真相？我只能告诉你，我说的就是我见到的，就是我的真相。"

杨天明沉默不语，没有继续追问下去。

刘文昊也不再多说什么，眼下他们需要齐心协力应对周美琴。

她的所作所为可谓丧心病狂，囚禁前夫崔光强、杀害林雪瑶，也是谋杀熊星淇的最大嫌疑人，还涉嫌从旁协助张奕兰一伙的复仇。

老宅围墙外的大门果然开着，进去后是一个院子，院子看起来荒废了很久，在暴雨的侵袭下更显得一片狼藉。

整个建筑的面积不小，外观像是西方的哥特风格。

他们快步穿过院子，来到老宅正门，这里曾经被改建为酒店，所以门口还挂着酒店的招牌和一些早已过时的装饰。

杨天明用力推开厚重的木门，刘文昊警惕地举起枪。

门后是一条阴暗的走廊，走廊两旁挂着仿制的油画，顶上吊着水晶灯。狂风抢先灌入宅内，吹得画框和水晶灯摇摆不已，发出"咣咣"的声音。

刘文昊和杨天明缓步走进老宅，身后的门"啪"一声合上，《蓝色多瑙河》的曲调忽然响起，屋子里的灯全亮了，整个屋子仿佛活了过来。

走廊的尽头是一个圆形大厅，大厅里全是"人"，男女老少，穿着各异，脸上洋溢着令人毛骨悚然的笑容。

"周美琴，这里已经被警方包围，立刻出来自首，争取宽大处理！"刘文昊举着枪，穿过走廊，来到圆形大厅，才看清这些都是惟妙惟肖的木偶人。

它们穿着考究，脸上的表情也有微妙的不同，显得极为阴森可怖。刘文昊和杨天明顺着木偶人注视的方向看去，是一个铺着红地毯的楼梯，楼梯上挂着红色的帷幔，看起来就像剧场的入口。

正当他们准备上楼的时候，木偶人动了起来，它们动作机械，随着音乐的节奏迈开步子，齐刷刷往楼梯上涌去。

"装神弄鬼！"刘文昊一脚踹出，一个木偶人倒在了地上。

"有意思的魔术。"杨天明这时却露出了笑容，作为一个魔术师，他遇到新奇的魔术总会忍不住兴奋起来。

刘文昊就没那份闲心了，他只想尽快抓住周美琴。

两人不再理会这些木偶人，径直上了楼梯，扯开帷幔，正中的墙上挂着一幅巨型油画，楼梯也分成左右两边，通向二楼。

油画是哥特风格，画里一个面目狰狞的魔法师跪倒在地，在他的背上站着一个挥动黑色翅膀的天使。天使的面容高傲而冷漠，目光似乎就盯着刘文昊和杨天明两个人。

刘文昊打量了一眼，发现魔法师的头似乎扭动了一下，正当他以为是自己眼花的时候，油画里的人仿佛活了过来，飞出画面，直扑向他。

刘文昊本能地闪避，却是虚惊一场，天使和魔法师在空中消失得无影无踪。

"这是全息投影。"杨天明看着有些惊慌的刘文昊说道。

"这……未免也太真实了。"

"往哪边走？"

刘文昊左右看了看，正常来说，这样的楼梯，左右两边都能到二楼，可以说是殊途同归。他迟疑了片刻，还是决定包抄上去："我从左边上去，你从右边上去，小心一点。"

杨天明右转上了楼梯，刘文昊又看了一眼油画，莫名地叹口气，向左转也上了楼梯。

刘文昊握紧了手里的枪，他不需要了解这些魔术背后的秘密，他只知道子弹可以让行凶者伏法。

二楼没有了明亮的灯光，欢快的音乐也戛然而止，这里仿佛宇宙里的黑洞，连那些木偶人走进去之后也被吞噬，不见了踪影。

"杨天明！"刘文昊深吸一口气，呼喊他的同伴。

可二楼的走廊里只有他自己的回音，看不见杨天明的人影。

这实在令人匪夷所思，他们本是一前一后上的二楼。但他没顾得上深究这件事情。

二楼是十几间客房，楼梯设在正中间，把走廊分成两段。

刘文昊走到最近的一间客房前，扭动门锁，门应声而开。

刺眼的光芒射来，晃得刘文昊几乎睁不开眼睛。等他睁开眼睛后，发现无数个"自己"正看着他。

这是一个镜子的世界，刘文昊就好像走进了万花筒，但奇特的地方在于他找不到镜子的边界在哪里。

刘文昊找不到刚才进来的门，也找不出出口，他每移动一步，四周的镜面也随之变化，反射出万千个他。

"刘文昊……"一个女人的声音飘荡在屋子里。

"周美琴，别再搞这些毫无意义的事情，立刻出来自首。"无数个刘文昊举着枪，环顾四周。

"刘警官，你又何必苦苦相逼呢？"周美琴的声音就像在空谷里回荡。

"苦苦相逼？你这些话应该去跟大火里的受害者说！"刘文昊此时留意到脚下的地板在轻微震动，眼前这些镜子的机关很有可能就在地板下。

"刘警官，你别把自己说得那么正义凛然，那天我可看见你了，你做了什么事，自己心里没数吗？"周美琴的语气中满是轻蔑。

刘文昊身体微微一颤："你以为胡言乱语就可以脱罪吗？"

"如今你们手上铁证如山，我怕是脱不了这个罪了。"

"你知道就好，不要再负隅顽抗，自首是你唯一的选择。"

"我可以自首，但是有个条件，你帮我杀了杨天明。"周美琴一字一句地说道。

刘文昊闻言愣了一下，随即忍不住笑了起来，说道："你要杀他，他早就死了好几次了，何必来找我。少说这些废话，你究竟为什么要在国际马戏剧院放火，你想过你这么做会害死多少人吗？"

"你太低估杨天明了！"周美琴的语气里透着恐惧。

"好，那你说说我怎么低估他了？"刘文昊现在倒不急着出去了，他想知道周美琴究竟想干什么。

"长话短说，那个魔法屋困不了杨天明太久，火是我放的，林雪瑶也是我杀的，但是熊星淇是杨天明杀的，他……"

周美琴尖叫了一声，她的声音消失了，只剩下一脸愕然的刘文昊。

"杨天明，周美琴！"刘文昊大声呼喊，但没有人再理会他。

他举起枪对着地板连开数枪，地板碎裂，露出了下面的机关装置。

几十台机器不断滚动，滚轴上是厚厚的镜面反光纸。刘文昊这才恍然大悟，他立刻断开机器的电源，屋子里的奇幻景象消失了，原来真正的镜子只有七八块，其余全是镜面反光纸。

刘文昊扯开那些反光纸，这个房间比想象中大得多，头顶上全是各种线缆和机关，虽然他不知道这些东西是如何运作的，但是看它们的接线和布局也能知道十分精密。

刘文昊猜测杨天明和周美琴就在不远处，他四处搜索查看，屋内结构已经被改建得乱七八糟，一些房间从内部被打通了，一些房间的天花板被拆除了，刘文昊像无头苍蝇一样在各个房间内乱窜，终于找到了控制室。

控制室内全是电子设备和监控显示器，就像公安局里的监控中心，但屋内却没看到周美琴和杨天明的人影。

刘文昊立刻跑到监控显示器前，这里有九台排列整齐的显示器，显示着这栋建筑内各个角落的情况。因为办案，他经常接触这种监控设备，倒也不陌生，立刻用操作台上的键盘切换摄像头。

画面不断变换，最终刘文昊找到了周美琴，她的身影在监视器里一闪而过，不在屋子里，而是在屋顶钟楼旁边的天台上。

刘文昊打开屋门，看到顶部有一个天窗，那里还残留着水渍，很显然刚才有人从那里出去过。他观察了一下，发现要爬过去并不难。

刘文昊迅速爬上房梁，推开天窗，灌入的风雨打湿了他的面庞。

他一鼓作气爬出天窗，外面狂风暴雨，几乎让人无法站立。

他打量了一下四周，找到钟楼的位置，顶着风雨前行。转到钟楼后面，他一眼就看见了杨天明和周美琴。

周美琴跪倒在地，双手紧紧抓住自己脖子上的线缆，面色苍白，生死只在一线之间。杨天明站在她的背后，面目狰狞，宛如恶鬼罗刹，他正不断地收紧电缆。

"杨天明，放手！"刘文昊急得大喊，并向天鸣枪示警。

杨天明看到突然出现的刘文昊，手上的力道一松，周美琴得到喘息的机会，大口大口地把混着雨水的空气吸入肺里。

第十八章

谜底

"放手，杨天明，不然我开枪了！"刘文昊再次警告道，他双手握枪，正一步步靠近杨天明和周美琴。

"我要杀了她，杀了她，为乐乐，为芳秀报仇！"杨天明眼睛通红，脸上流淌的不知道是雨水还是泪水，整个人已经完全处于癫狂的状态。

刘文昊知道自己不能有半点犹豫，否则周美琴必死无疑，而太多的秘密也将随之埋葬，他深吸一口气，扣动了扳机。

"砰"的一声枪响，子弹穿透了杨天明的肩膀，在漫天的狂风和暴雨之中，杨天明的眼睛渐渐模糊，最终陷入一片黑暗。

杨天明再次醒来的时候，发现自己躺在床上，眼前是白色的天花板，空气中飘散着消毒水的味道，他想挪动一下身体，却发现自己的手脚都被铐住了。

一个陌生的声音在耳边响起："人醒了，通知刘警官。"

没一会儿，一个医生过来，检查了他的身体，又查看了他的伤口，他疼得清醒了几分。

他向医生要了口水喝，问自己昏迷了多久。医生告诉他已经昏迷了三天。他又问自己在哪家医院，医生告诉他这里是天海市人民医院。他这才知道自己已经离开了海岛，被转移到了市区。

大约一个小时后，刘文昊来到了病房，跟他一起来的还有曹力和两位民警，狭小的病房里一下子挤满了人。

医生简单介绍了杨天明的病情，并提醒警方问话时间不要太长，病人还处于恢复期。

曹力安排其他民警到外面等候，只留下他跟刘文昊两个人，病房里又安静下来。

杨天明躺在床上，撇过头，看到曹力和刘文昊两个人就站在他身边，一脸严肃的表情。恍惚间，他想起不久前，也是他们两个去垃圾处理厂找的自己。

"杨天明，我们的政策你是知道的，关于熊星淇一事，你老实交代。"

杨天明没有说话，沉默了一会儿，突然长长叹口气，说道："我怎么感觉一切都在她的算计之中。"

刘文昊脸色微微一变，眼角抽动了一下。

"别故弄玄虚，周美琴交代了，国际马戏剧院大火案已经真相大白了，你也老老实实把事情说清楚，争取宽大处理。"曹力的语气略微缓和了一些。

"周美琴说我杀了熊星淇吗？"

"难道不是吗？"曹力反问道。

杨天明沉默了。

"你在老宅屋顶为什么要杀周美琴？你跟我在楼梯分开之后，究竟发生了什么？"一直没说话的刘文昊此时开了口。

"那天……"杨天明的思绪一下子就回到了暴雨那天。

他上了右手边的楼梯，却没看到刘文昊，一瞬间就明白了周美琴在空间上做了文章，把二楼用双面镜子分成了两个独立的空间。只是他没想到，当他随意打开一扇房间门的时候，被带入了一个近乎海底的梦幻世界。

他记得自己曾和崔光强讨论过一个魔术，一个让人仿佛置身于海底世界的魔术。不过当时他们的设想过于大胆，始终无法营造出真实感。

可如今，崔光强显然找到了解决问题的办法。

杨天明想起上次见到崔光强的时候，他曾说过一句话："我这几年设计了几个魔术，就算是你也无法超越的魔术。"

周美琴真的实现了崔光强的魔术设计，制造出了这个令人惊叹的"魔法屋"，这恐怕就是纸条上"最后的魔法"的含义吧。

这个海底世界里，利用光线模拟出的水流效果是如此真实，他身边不时游过一群群五彩斑斓的海鱼，远处还可以看到珊瑚和海星。他伸出手想去摸那些海鱼，可手刚一靠近，海鱼就四散逃开。

他当然知道这是周美琴利用光影效果制造的"迷宫"，自己不过是在一个屋子里打转而已。如果不是为了尽快找到周美琴，他真希望在这个梦幻的海底世界里多停留一会儿。

他出了屋子，在二楼转了好半天，终于在一个隐蔽的房间里找到了楼梯，来到了三楼的控制室，同时也看到了身在其中的周美琴。他想过去抓周美琴。

周美琴却爬上了横梁，犹如一只优雅的猫在独木桥上漫步。

"周美琴，不要跑！"杨天明追了上去。

周美琴打开天窗，爬了出去。

杨天明也上了横梁，追着周美琴来到了天台。

周美琴站在天台上，没有再跑。

"你为什么要放火？"杨天明看着周美琴，一字一句地问道。

"想看到你现在身败名裂的样子。"周美琴冷笑道。

"你为什么这么恨我？"

"这还用问吗？你和崔光强一起研发魔术，出名赚钱的都是你，崔光强却欠了一屁股债，连女儿治病的钱都拿不出来，如果不是我……"说到这里，周美琴忽然停住，身体忍不住地颤抖。

"小蓉生病那会儿，我们还在马戏团，每个月都领差不多的工资，这个你怎么能埋怨崔哥，更怪不到我头上来。"

"总而言之，就是你不对！"

"就算我千错万错，但是那些观众何其无辜，芳秀和乐乐他们……他们为什么要遭遇这样的事情？"杨天明说到这里，气得浑身发抖。

　　"吴芳秀该死，天天在我们面前趾高气昂的，至于杨乐乐，有你们这样的父母，死了也是命不好！"周美琴语气冰冷，这些话语彻底激怒了杨天明。

　　"我要你偿命！"杨天明一个箭步冲上去，顺手就抄起旁边的电缆，狠命勒住周美琴……

　　"你说的这些和周美琴交代的基本吻合。"刘文昊若有所思地点点头。

　　"熊星淇呢？你为什么杀她？"曹力继续追问道。

　　"我想先知道林雪瑶为什么被杀？"杨天明躺在床上，声音虽然有气无力，语气却十分坚定。

　　"你敢跟我们谈条件……"曹力一听火气立刻来了，上前想去抓杨天明的衣领，却被刘文昊轻轻拉住。

　　"周美琴承认是她杀了林雪瑶，因为林雪瑶查到了火灾的真相，随后便一直以此威胁她，不断索取崔光强的魔术设计图，长风岛上的魔术屋也是以筹备新魔术为由，在星光娱乐的资助下完成的，这一点警方调查后已经确认，也在林雪瑶的办公室里搜查到大量由崔光强亲笔绘制的魔术设计图。周美琴不堪其扰，为了断绝后患，她绑架了林雪瑶的情人叶波，把林雪瑶诱骗到洞穴中杀害。"刘文昊长话短说，把周美琴杀害林雪瑶的前因后果告诉了杨天明。

　　杨天明听了后，长叹一口气，又问道："王爱国是怎么回事呢？"

　　"周美琴知道警方调查崔光强迟早会找到王爱国，因为王爱国与崔光强之间有矛盾是人尽皆知的，周美琴利用王爱国来误导警方调查是再合适不过的事情。而且她的手里有王爱国贪污的证据，王爱国担心自己会坐牢，不敢不听她的安排。可是后来，周美琴想让王爱国为自己背锅，王爱国哪肯承担杀人罪名？于是她索性杀了他，又伪造了认罪书，还自作聪明地写上是受她指使，来增加可信度。"

杨天明听了却摇摇头，说道："不是这样的，你们，我们，都被骗了，都被利用了！周美琴从来没想过要杀我，还有诬陷王爱国那种拙劣的布局，傻子也能拆穿！她和崔光强都在说谎，王爱国可能一开始根本不知道崔光强还活着。从头到尾，我、王爱国，还有你们，都是周美琴的棋子，她想的就是利用我们一步步走到今天这个局面。你们经过这么多艰难险阻，终于找到了'凶手'，怕是再不会有任何怀疑了吧……"

"有谁会做这种事，把自己送上'断头台'？你别浑水摸鱼，想着脱罪，老老实实交代你杀害熊星淇的经过。"曹力忍不住打断杨天明的话。

"一个完美的局。"杨天明深吸了一口气，"让我猜猜，周美琴她是怎么说的？她为熊星淇偿还贷款并拿回视频，但条件是熊星淇要帮她一个忙。如果我没猜错，周美琴可能还给了你们一个'可信'的证据，对吗？"

曹力和刘文昊对视了一眼，他们没想到杨天明会说出这番话。

曹力也不再藏着掖着，直接拿出手机，放到杨天明眼前，说道："不错，如今证据确凿，你就别想着抵赖了，老实交代，争取宽大处理。"

那是一段监控视频，没有声音，时间是在清晨，天还没完全亮，一个穿着风衣戴着帽子和口罩的男人和熊星淇在公园的湖边说话，突然两个人起了争执，男人抓住熊星淇的头，把她按到了湖水里。熊星淇奋力挣扎，但无济于事，过了一会儿就一动不动了。最后男人拖着熊星淇的尸体走出了监控画面。

"熊星淇的死因是溺水，但其实她在进入水箱之前就已经死了！你杀害了熊星淇，为了掩人耳目，故意重演水遁的魔术，还引刘文昊到梁河肉食品公司的废弃厂区，让所有人都误认为这是连环凶杀案中的一宗，再甩锅给张奕兰他们。"

"录像里的人不是我，只是身形打扮和我很相似，我没有杀害熊星淇，周美琴是在诬陷我。"

"周美琴不惜牺牲自己也要把你拖下水？她都已经将国际马戏剧院一事认罪，为什么单独将熊星淇一案推到你头上？这显然不合常理，但如果是你为了复仇，搞出这些事情来，就理所当然了。"曹力显然不相信杨天明的话。

"我们都相信常理，所以才上了周美琴的当，魔术所做的事情正是利用了观众相信常理的心态……"

"少跟我说魔术，现在是命案！"曹力怒斥道。

"周美琴给了你们录像，肯定也准备好了台词，你们要问我没做过的事情，我说不出来，但真相总有大白的一天。"说完杨天明把眼睛闭上，也不再说话，他心里已经有了决定，便不再多说什么。

"杨天明，你不要以为你不说话，我们就没办法！"曹力威吓道。

杨天明这时候故意扯掉了一根血压监测线，机器立刻发出"嘟嘟"的警报声，医生和护士匆忙推门进来。

"麻烦你们先出去一下，病人情况还不是很稳定。"

曹力他们无奈地退出了病房。

"刘哥，杨天明说的话，你怎么看？"

"周美琴这个时候忽然抛出杨天明杀害熊星淇的证据，确实有些奇怪，她大可以早点向我们检举揭发，一旦杨天明被捕，她也不用做后面那些事情了，为什么要等到自己被捕后？"刘文昊感觉自己心里压着块石头，"而且我有个感觉……周美琴就没想过跑……她似乎一直在扰乱我们的视线……"

"刘哥，你也被那个杨天明带偏了，他说这么多都是为了脱罪，以现在的证据看，就是铁案如山！"曹力对刘文昊的担心不以为然。

"录像很模糊，虽然里面的人看起来很像杨天明，但究竟是不是他，还需要进一步鉴定。而且杨天明杀熊星淇的动机是什么呢？"刘文昊不相信周美琴，而且他能感觉到曹力正承受着如期破案的巨大压力，所以才显得不够冷静和专业。

"动机吗？杨天明很可能怀疑熊星淇与大火有关，逼问之下一时失手杀人，然后害怕事情暴露，就设计了'水遁'来脱罪……只要等鉴定结果出来，证实视频里的人就是杨天明，你看他还能不能这么嘴硬。"曹力认为周美琴没有必要做这么多只为诬陷杨天明，这么做对她没有任何好处。

刘文昊知道现在再说什么也没用，便不再多说。但他想不明白周美琴为什么要这么做，这令他感到十分不安，他忍不住皱皱眉头，从口袋里拿出一颗牛轧糖，塞进了嘴里。

杨天明躺在病床上，离他大约两米的地方，靠墙坐着两个民警。他们看起来有些无聊，一个小个子民警正拿着手机刷新闻，另一个高个子民警则在发短信。

"曹队也太紧张了，这家伙手脚都被铐住了，还有伤在身，没必要两个人贴身看管吧。"高个民警收起手机，悄声说道。

"你不知道吗，这人可是魔术师，而且是很厉害的那种，他们对开锁都很熟悉的。"小个子民警在视频网站上点开杨天明以前的魔术表演视频。

高个民警瞟了一眼，说道："都是假的，给你几个月时间，再弄点机关，你也一样能演。大张他们什么时候来换班？"

"早着呢，还有差不多三个小时。"小个民警漫不经心地回道。

"我去外面买两杯咖啡，你一个人没问题吧？"

小个民警看了一眼睡着的杨天明，说道："没问题，顺便帮我带个三明治。"

高个民警离开病房，带上了门。

小个民警收起手机，站起来，走到杨天明的病床前查看。手铐都完好无损，杨天明也睡得挺沉，床头的那些医疗仪器虽然看不懂，但数值都是绿色的，应该没多大问题。他稍微松了口气，走到旁边的开水台，准备打一杯水喝。

他正准备倒水，就听到"啪"一声，紧接着，屋里的灯忽然全灭了。

小个民警吓一跳，立刻摸出手机，打开电筒照亮。

"杨天明！"小个民警快步上前，可病床上哪里还有人。

此时窗户开着，冷风灌入，民警倒吸一口凉气，一边追下楼，一边打电话向上级汇报。

杨天明并没有跳窗，他去了隔壁房间，从隔壁顺了一件外套、一双鞋子、一个钱包和一部手机。他的枪伤没有完全愈合，这一连串的高难度动作已经让伤口撕裂，淡淡的血迹透过纱布渗了出来。他用手轻轻碰了碰纱布，一阵钻心的疼痛立刻传来，让他额头冷汗直冒。

医院外警笛声大作，七八辆警车已经从远处呼啸而来。

杨天明不敢继续停留，如今他必须逃离天海市。他知道自己马上就会变成通缉犯，所以公共交通不能坐，唯一的办法是偷一辆汽车，然后驾车从省道离开。

偷车对杨天明来说并不算是难事，他很快就锁定了一辆满是灰尘的小轿车。这辆车的主人看起来已经很久没有动过车了，这意味着车主不会很快发现自己的车被盗。

杨天明迅速打开车门，进去后接驳电线打火，顺利发动了汽车，车里还有半箱油，足够开两三百公里。他在夜色的掩护下，逃离了天海市。

手机导航上显示着他此行的目的地：凭东县。

刘文昊接到曹力的电话，得知杨天明逃跑了，立刻赶到了医院。

他们在医院的监控室里碰了头，此时距离杨天明逃走已经过了一个多小时。曹力正在监控里搜索杨天明的踪迹，但暂时一无所获。

协查通报已经下发到了机场、高铁站、长途汽车站和高速路收费站，但到目前为止，没有发现杨天明的踪迹。

刘文昊看了看手表，已经十一点多了。

"曹队，我再去病房看看。"

"好，有什么发现立刻联络。"

刘文昊来到病房里，床架上的手铐还在，窗户也保持开启的状态。他走到窗口，往下看了一眼，这里是三楼，要跳下去倒也不是不可能。可杨天明穿着医院的病号服，未免太扎眼，而且楼下监控也没有拍到人。

他探头向外看去，外面有可以落脚的地方，可以沿着外墙凸出的部分移动。

杨天明的病房是304号，两边的病房分别是302号和306号，如果他不是跳窗逃跑，那么有可能是去了隔壁房间。

刘文昊分别来到302号和306号病房查看，这层楼都是重症区，两个病房的病人都是刚做完手术不久，还在昏迷之中，也没有家属陪护。

可惜病房里面没有监控，一时间也很难判断杨天明是否去过隔壁病房。

刘文昊通过医院联系到了两间病房病患的家属，让他们尽快来一趟医院。直到差不多十二点，家属们才来，经过一番盘问细查，这才找到线索。306号病房患者的衣服、鞋子、钱包和手机都不翼而飞。钱包里就两三百块钱，手机也是便宜货，所以家属并没有放在心上，而是随手放在了病人的床头柜里。

刘文昊立刻查到了机主的身份信息，让技侦部门设法确定手机的位置，又根据遗失的衣服和鞋子款式在监控里找到了杨天明的踪迹。

不过这些线索都是好几个小时以前的，如今只能期望杨天明还在使用那部手机了。

技侦部门用了一个多小时的时间，终于在凌晨两点发来了消息。手机信号的移动轨迹显示杨天明从天海市人民医院出来后上了国道G209，根据移动速度判断他是驾车逃跑，不过一个多小时前，手机就没有再移动过，很可能被遗弃在了路边。

曹力和刘文昊立刻找来地图，查看杨天明的去向。他们也联系了报案中心，核查杨天明逃跑的时间段内有没有车辆被盗的案件。

"杨天明能逃去哪里呢？"曹力看着地图，和G209国道交汇的各条省道、县道和乡村小路可以说是不计其数。

"我们要是能确认他驾驶的车辆信息，也就好查了。"

"车主这么久没报案，只能是没发现车辆被盗，有可能是一辆长期未使用的轿车。"曹力分析道。

刘文昊忽然想起了什么，重新把目光投向屏幕上的地图，他站起来，用手指着手机信号最后出现的地方，问道："他为什么到了这里才把手机扔掉？"

"他拿手机又不打电话，又用不了里面的钱，只能是用来导航。"曹力想也不想就说道，"他要避开高速路，又不熟悉出城的道路，只能借助手机里的导航软件。"

"那就对了，也就是说他到这里已经知道接下来该怎么走了，那附近应该有什么标志。"

"我们立刻出发，去实地看看。"曹力迫不及待地说道。

事不宜迟，他们连夜驱车，根据技侦部门发来的定位，果然在国道边找到了那部手机。这台手机如今已被严重破坏，要想复原里面的信息恐怕不是短时间内可以做到的。

手机发现地附近有一块硕大的路牌。路牌在一个分岔路口，上面蓝底白字标记着左拐去往汉昌市，右拐则是去凭东县。

刘文昊和曹力不约而同地说道："凭东县！"

少女穿着一件花格呢的长款大衣，一头秀发上扎着漂亮的蝴蝶结，橘红色的阳光洒在她的身上，看起来就是一个朝气蓬勃的高中女生。

她今天是值日班长，要第一个到班里，所以起得特别早。父母虽然不在她身边，但她一如既往地独立、自律和优秀。许多父母为了孩子的学习操碎了心，可是崔光强和周美琴非常幸运，生了一个聪慧的女儿，他们从没有为孩子的学习操过心。

"这孩子真是太聪明了""你家闺女真有天赋""真懂事"类似这样的话，从来没在周晓蓉的耳边消失过。

她是父母和师长的骄傲，也是同龄人羡慕的对象。

周晓蓉目不斜视，沿着碎石路，往学校的方向走去。她看到远处自己经常光顾的包子铺已经冒起了炊烟，不由加快了脚步，打算买上一笼热腾腾的包子带去学校当早餐。

不知谁家的狗叫了两声，她循声望去却什么也没看到。

就在这个时候，她背后忽然窜出一个人来，一只手捂住她的嘴巴，另一手搂住她的腰，把她往巷子里拖。

周晓蓉极力挣扎，可鼻子里传来一股特殊的味道，顿时晕了过去。

当她再次醒来的时候，发现自己躺在一辆轿车的后座上。她慌忙坐起来，车里没有其他人，她推门下了车。

车停在悬崖边，下面是川流不息、奔腾咆哮的母子河。

悬崖高处站着一个人，大风吹着他凌乱的头发，不过那人似乎浑然不觉，只是看着下面浑黄的河水。

"杨叔叔，是你抓我……带我到这儿来的吗？"周晓蓉一眼就认出站在悬崖边上的人是杨天明。

"我现在是通缉犯，所以只能用这种办法来找你聊聊了。"杨天明往下走，在离周晓蓉一米多的位置停下了脚步。

"通缉犯，你犯什么罪了？"周晓蓉一脸天真地看着杨天明，大眼睛一眨一眨。

杨天明没有回答她这个问题，而是把目光转向下面的河水，问道："这条河叫母子河，你听过它的传说吗？"

"母子河？没有。"周晓蓉走到杨天明身边，探头往下看了一眼。

"传说很久很久以前，河边住着一对母子，两个人相依为命，一天孩子在河边玩耍的时候不幸溺水，尸骨无存。母亲悲痛欲绝，日夜在河边哭泣，搜索孩子的踪影，这一找就是十几年。母亲的举动感动了河神，于是河神许诺母亲，只要她献祭自己最珍贵的东西，就会让她的孩子回来。母亲首先献祭了所有的财产，但是儿子没有回来。她又献祭了自己的眼睛，孩子依旧没有回来，最后她献祭了自己的生命，儿子这才回来了。回来后的儿子，知道母亲用自己的命换了他的命，悲伤不已，没过多长时间，也投了河。人们为了纪念这对母子，把这条河叫作母子河。"

"这故事真变态！"周晓蓉吐吐舌头。

杨天明转过身，看着周晓蓉说道："解锁球和魔法屋都设计得很棒，已经完全超越了我，也超越了你的父亲，你这样的天才，是我们这些普通人无论多努力都无法企及的。"

周晓蓉不以为意地伸了伸胳膊，语气平淡地说道："杨叔叔，您今天怎么讲了这么多我听不懂的话。"

杨天明没有理会周晓蓉的调侃，只是自顾自地继续说道："我一直想不明白周美琴的行为动机，还有崔光强所说的那些事情，他们都为自己的所作所为找到了合适的理由，单独来看似乎还挺有道理，但放到一起就充满了矛盾。"

"杨叔叔你当着我的面说我父母的坏话，不太合适吧。"

"你看，你也认同我说的话，前几天，我跟着线索去了长风岛，在那个魔法屋的天台上，你妈妈也故意说了我妻儿的坏话，让我觉得她就是凶手，而我当时也被愤怒冲昏了头脑，差一点儿就杀了她。"

"谢天谢地，看来你没有成功。"

"我现在想明白了，周美琴那时候激怒我，她是真心希望我能当着刘文昊的面杀了她，那么所有事情便简单了。她放火杀人的罪名坐实了，我复仇杀人的罪名也洗不掉了，这事再也翻不了案了。"

"可惜了。"周晓蓉叹了口气。

"周美琴显然也考虑过如果计划失败怎么办，首先把熊星淇的死嫁祸给我，警方要查明这件事不是一天两天就能办到，但是这也不耽误法院来定她的罪。在铁证如山的情况下，她怕是死罪难逃。总而言之，她是无论如何都要揽下所有罪名，只为了一个人，也就是你，她的女儿。"

"杨叔叔，我也给你讲个故事吧，或许比你那个更变态。"周晓蓉回望着杨天明，脸上露出一个僵硬的笑容。

很多年前，有一个漂亮的小女孩，和她的母亲相依为命。小女孩不仅漂亮，也很聪明，人见人爱。母亲在工厂做工，薪水微薄，但几乎所有的收入都用在了培养女儿身上。

女孩也很争气，她学习十分努力，以优异的成绩考取了大学，开启了美好人生。大学开学后不久的一个周末，她去商场逛街，看到了一双十分美丽的咖啡色皮鞋，她忍不住走进店里试穿。这是一双名牌羊皮皮鞋，她实在喜欢，店员也一个劲儿地鼓动她买，还答应给她打个八折。可一问价格，打完折还要两千多块，这可抵得上她半年的伙食费了。就在她打算把鞋脱下来的时候，店员忽然接到老板电话，匆忙去店铺后面的仓库找东西去了，也没理会还在试鞋的女孩。那一瞬间，不知道是不是魔鬼附了身，女孩脑子一热，竟然穿着这双皮鞋走了。她走出店铺，跑出商场，然后一路疾奔回了学校宿舍。

没过两天，警察就找到了学校，学校把女孩开除了。女孩回了老家，小地方，这一点事便立刻传开了。女孩的母亲受不了刺激，跳了楼，当场死在女孩面前。

女孩在那天反反复复哭喊着一句话："我就做错了一次，不能再给我一次机会吗？"

女孩慢慢变成了女人，草草结了婚，也生了一个女儿。她把重新活一次的希望全部寄托在女儿身上，从小就对女儿极度苛刻和严格。几点起床、吃什么东西、穿什么衣服、看什么书、学什么知识……任何一件事都有严格的要求，必须按照科学的方式进行。女儿刚会说话不久，她就开始督促女儿背唐诗，每天背一首，背不会就要打手板。三岁多一点的女儿在众人面前背诵唐诗，倒背如流，观者无不称奇，都说这女儿是天才。等再大一点，绘画、舞蹈、音乐，再到数理化等内容，无不在母亲的高压下由入门到精通。女儿从记事起，睡觉时间从来没有超过七个小时，即使是周末和节假日。外人称赞的天才少女，其实是用时间、汗水和血泪滋养的"怪物"。女儿不仅要在学习上出类拔萃，还要学习做人，拥有完美的道德品质，稍有不对的地方必然会遭到一顿毒打。

唯一疼爱女儿的只有爸爸，爸爸总是偷偷带女儿出去玩，偷偷给女儿买那些妈妈不允许吃的"垃圾食品"，偷偷调闹钟、偷偷给女儿抹眼泪……有时候爸爸也会站出来抵抗妈妈，但每次都会败下阵来，虽然如此，爸爸还是女儿温暖的港湾。女儿爱爸爸，也爱上了爸爸的最爱——魔术，那也是她唯一的兴趣。

　　女人总是数落丈夫没出息、赚不到钱、被人欺负、窝囊……女儿看到这些，心里为爸爸难受。有一次女儿病了，病得很重，躺在医院里，需要一大笔钱做手术。爸爸急得团团转，到处借钱，但是依旧凑不齐手术费。女人咬着牙出去，过了几天，拿回来一笔钱，救了女儿。丈夫问女人哪里借的钱？女人恶狠狠地说了一句："你放心，不用还，我陪人睡赚来的钱。"

　　女人终究和丈夫离了婚，但她把女儿留在了身边，其他东西什么也不要。女儿见到爸爸的机会越来越少，她天真地以为只要爸爸赚钱了，就能解救她。女儿知道爸爸是魔术师，她希望自己能设计许多厉害的魔术来帮爸爸。

　　除此之外，当务之急是帮爸爸铲除竞争对手，那个妈妈嘴里的恶魔，总是偷走爸爸成果和荣誉的恶魔。

　　"你猜，那个女儿有没有除掉恶魔？"周晓蓉笑盈盈地问道。

　　这是杨天明有生以来见过的最恐怖的笑容，他一把抓住周晓蓉的肩膀，声音颤抖地说道："你……你……"

　　"杨叔叔，听个故事，你干吗这么激动？"周晓蓉依旧是那副天真无邪的表情。

　　"我来找你自然是有证据，你跟我去公安局自首，那样还能救你妈妈，你还有回头的机会。"杨天明努力控制住自己的情绪，劝说道。

　　这一次，周晓蓉收起了笑容，慢慢靠近杨天明，在他耳边轻声说道："我再告诉你一个秘密，我恨她犹胜过恨你！"

　　杨天明闻言只感觉头皮发麻，耳边"嗡嗡"作响。

就在这个时候，十几个警察已经暗中上山，包围了这里，领头的正是曹力和刘文昊。

　　"杨天明，你已经被包围了，立刻放开人质！"曹力举枪示警，大声呵斥道。

　　周晓蓉脸色一变，故意钻进杨天明怀里，双手抱头，大喊道："警察叔叔，救命啊！他要杀我！"

　　杨天明急忙摆手，说道："不是，不是这样的……"

　　周晓蓉脚下使力，推着杨天明往悬崖边退了两步。

　　曹力以为杨天明要抱着周晓蓉跳崖，眼见两人离悬崖只有一步之遥，果断瞄准了杨天明，扣动了扳机。

　　"别……"刘文昊感觉有些不对劲，想要出言劝阻，但为时已晚。

　　"砰"一声枪响，子弹穿过杨天明的身体，他整个人宛如失去平衡的立柱，坠入了波涛汹涌的母子河。

　　周晓蓉苍白的脸上沾着热血，蹲在地上，痛哭不已。

　　曹力和刘文昊迅速上前查看。

　　"孩子，有没有受伤？"曹力抱住周晓蓉。

　　周晓蓉不说话，只是哭，看起来惊魂未定。

　　曹力招手，让两位民警过来，立刻带周晓蓉去医院检查。

　　刘文昊在悬崖边探头寻找杨天明的下落，但滔滔河水，奔流不息，无论落入其间的是什么，都会被无情带走。

　　警方耗费了大量人力物力，但没有找到杨天明的尸体。

　　河水湍急，乱石林立，想要找到尸体的可能性并不大。三天后，警方搜索行动结束，宣告杨天明死亡。

　　警方认定杀死熊星淇的凶手就是杨天明，不过人已经死了，无法再追究，作销案处理。

　　警方对张奕兰、吴淑涵等犯罪嫌疑人已审查完毕，所有案卷材料已移交检察院，检察院并案起诉中，但因为涉案人员众多，法院审理还需要一段时间。

另一方面，周美琴积极配合警方调查，对所犯罪行供认不讳，相关口供和证据也已经齐备，警方已开始办理移交手续。洗脱嫌疑的崔光强被释放，回到老家，见到了老母亲和女儿。

叶波没有回美国，他决定留下来，他还是没弄明白林雪瑶为什么要接近他，为什么要针对刘文昊。他不查清楚这件事，寝食难安。

青秀分局刑侦大队立了大功，曹力终于转正，可队里开庆功会的时候，唯独少了刘文昊。有同事看到他们在这之前，发生了激烈冲突。

刘文昊确实不能接受这个结果。

从杨天明绑架周晓蓉到警方找到他们之间，足足隔了一个多小时，他真要杀人为什么拖这么久？至于周美琴提供的视频，技术处只能证明视频没有经过技术处理，但也不能肯定画面中那个人就是杨天明！

他不服，不信，不甘，他总觉得杨天明死前，那一双眼睛是看着他的，是有什么想要告诉他的。

他知道现在时间紧迫，一旦周美琴被正式宣判死刑，那件事就再无真相可言。他想再继续查此案，难度也比现在大千百倍。

"杨天明，你找周晓蓉究竟是为了什么？"刘文昊长叹一口气，自言自语道。

一个星期后。

刘文昊的借调正式结束，被重新安排回档案室。生活恢复如常，人们来来去去，没有人记得那些已经远去的人和事。

刘文昊已经好久没来档案室了，他简单打扫了一下卫生，又用大半天时间把移交来的档案全部归类入档。忙完后，他坐下来泡了杯茶，随手翻起身边的报纸。

这几天报纸和网络上铺天盖地的新闻全是有关当年国际马戏剧院火灾的，像《五年前国际马戏剧院失火案惊天逆转》《昔日著名魔术师杨天明绑架少女被警方击毙》，诸如此类的标题赚足了人们的眼球和流量。

刘文昊厌烦这些夸大其词的新闻，他把报纸折起来扔到了一边的废纸箱里。这时候他才注意到桌面上有一封快件，刚才被压在报纸下，他都没看见。

快件上面没写发件人，他好奇地拆开，里面放了一个信封，信封上的字迹他一眼就认出来了。

刘文昊连忙拆开信封，里面有一封信，信上只有简简单单的一句话。

刘警官：

真正放火的人是周晓蓉，可以证实这件事的只有一个人——赵蕾。

杨天明

看到赵蕾这个名字，刘文昊的手抖了一下，手里的茶杯倾斜，茶水洒了一桌子。他立刻把信收进口袋，抄起桌上的车钥匙，冲出了办公室。

赵蕾是程浩江的前妻，而程浩江是叶亚丹的情人，刘文昊确实下意识想避开这个人，以避免不必要的尴尬，但他也确实想不到赵蕾和周美琴母女之间有什么关系。

也许是杨天明差点儿错手杀了周美琴之后，才明白周美琴是故意激怒自己，如此反常的行为令他重新思考了整个事件，因而想到了问题的关键所在。但杨天明没有再去找赵蕾核实调查，而是选择直接跟周晓蓉对质。他又担心会有意外，于是留下一封信给刘文昊，以防不测。

信中内容言简意赅，想来杨天明认为刘文昊能够找出背后的真相。

刘文昊震惊之余，一些原本困扰他的问题也豁然开朗，但这只是他的推测，他与杨天明不一样，他需要扎实可靠的证据来把罪犯送上法庭，而杨天明或许只是求一个心安。

刘文昊一直不明白在国际马戏剧院跟踪他并拍下照片的人是谁，他曾经怀疑过林雪瑶，但那时候他和林雪瑶毫无瓜葛，她实在没有理由跟踪自己。在杨天明的提醒下，他立刻想到了拍照片的人极有可能是赵蕾。

　　赵蕾并不难找，她大多数时间都在自己的西餐厅里打理生意，今天也不例外。看到刘文昊进来，她有些意外。

　　"刘警官……"

　　"我来想找你问点事情，方便吗？"刘文昊面无表情，淡淡问道。

　　"当然。"

　　赵蕾带着刘文昊来到一个小包间里，这里无人打扰，格外安静，适宜交谈。

　　刘文昊从手机里找出那张照片，放到赵蕾面前。

　　赵蕾看了一眼，脸上露出尴尬的神色。

　　"这张照片是你拍的吗？"

　　赵蕾点点头，反问了一句："你怎么会有这张照片？"

　　"这个我们一会儿再说，我想先问问你为什么要跟踪我？"

　　赵蕾闻言连连摆手，解释道："我不是跟踪你，我是在跟踪老程和叶亚丹。那时候我不是在和老程闹离婚吗？我听说要是有对方出轨的证据，就会……有更大的主动权……你明白的……只是恰巧碰到你在那里，所以就拍了下来，并没有别的意思。"

　　再次听到叶亚丹和程浩江的名字，刘文昊脸上的肌肉也不禁跳动了几下。

　　"这张照片你给谁看过吗？"

　　"我也没想到剧院会出这么大的事，那些照片本打算都删了，但是后来老程的妹妹拿去了。"

　　"妹妹？据我所知他是独生子。"

　　"是同父异母的妹妹，说起来算是程家的家丑，所以知道的人不多，当年老程的父亲在外面包养了一个女人，这个妹妹就是外面的女人生的。不过他们兄妹感情不错，老爷子过世后，老程为这个妹妹花了不少钱，不然她也不会有如今的事业。"

　　刘文昊心中一紧，脱口问道："他妹妹是不是叫林雪瑶，随母姓。"

"你知道啊，是啊，看来这照片是林雪瑶给你的，她现在还好吗？"赵蕾随口问道。

林雪瑶被杀一事警方并未对外公布，只有少部分人知道，所以赵蕾不知情。

刘文昊没有回答赵蕾的问题，而是继续问道："这么说来，林雪瑶有一段时间欠过一大笔钱，也是程浩江帮她还的吗？"

"是啊，老程生前签订了一份信托合同，林雪瑶也是受益人之一。"

刘文昊如今才明白林雪瑶为什么会针对自己、为什么会去找叶波，但他还是不明白，林雪瑶为什么会和周美琴合作，周美琴杀她的真实原因又是什么。

"那张照片你还有吗？"

"这可真没有了，拷贝给林雪瑶后我就删除了，不过那台笔记本电脑还在，不知道你们能不能恢复……"

"再好不过，一会儿请你把电脑拿给我。"

"电脑在家里，需要我现在过去拿吗？"

"不急，我还有几个问题。"刘文昊知道恢复电脑数据也不是一时半会儿能解决的事情，"你对那张照片还有印象吗？"

"还有一些，毕竟是我自己拍的。"

"除了林雪瑶，还有其他人知道你拍过这些照片吗？"

"那就是刘警官你了，应该没有其他人知道。"

刘文昊深吸一口气，拿出一张周晓蓉十四岁时的照片，放在赵蕾面前。

"你回忆一下，你拍的照片里，有没有这个女孩？"

赵蕾拿起照片，仔细看了看，说道："嗯，有的，我印象特别深，这女孩刚好和老程撞了一下，她有个包掉在了地上。我记得当时老程和叶亚丹还去扶她，可她拿起包就跑了。"

刘文昊现在基本确认当年去国际马戏剧院的人不是周美琴，而是周晓蓉。他推测周美琴和崔光强两个人是为了帮女儿隐瞒放火的真相，才合谋演了这一场大戏，而林雪瑶多半是在为哥哥调查大火真相的过程中，发现了放火的人是周晓蓉，这才招来杀身之祸。

"刘警官，你来问这些事，是不是和当年那场大火有关？"

刘文昊没有否认，点了点头。

"前不久杨天明也来找过我，他也问了不少事。"赵蕾忽然说道。

"他来问什么？"刘文昊立刻紧张起来。

"他倒是没问照片的事情，只是问你、叶亚丹和老程之间的事情。"赵蕾有些尴尬地说道。

刘文昊闻言沉默了片刻，然后才说道："麻烦你跑一趟，把那台笔记本电脑拿给我。"

这几天，是周晓蓉记事以来过得最开心的日子。

爸爸每天给她做饭，送她上下学，他们一起练习魔术，一起看书，一起逛超市。

再没有人强迫她做自己不喜欢的事情，到了周末，她还睡了个懒觉，哪怕睡到日上三竿，奶奶和爸爸也没有责怪她一句。

睡醒后，崔光强骑着一辆自行车，带着周晓蓉去商场购物。

阳光明媚，周晓蓉抱着爸爸的腰，把头靠在他的背上，她期望生活能永远这样。两个人偶尔说笑两句，但他们似乎很有默契，两个人都没有再提周美琴的名字。

商场离他们家并不远，两个人很快就到了。崔光强停好车，周晓蓉挽着他的手，两人有说有笑地往商场大门走去。这时候，一个人忽然出现在他们身前，正是刘文昊。

崔光强本能地上前一步，把周晓蓉护在身后。这个动作在刘文昊看来，却是极不正常的。

"刘警官，有什么事吗？"崔光强问道。

刘文昊沉默地看着崔光强，把目光投向他身后的周晓蓉，这让崔光强感觉浑身不自在。

"如果你同意的话，我想和周晓蓉单独谈谈。"刘文昊不紧不慢地说道。

"她还是个孩子，有什么事情跟我说就行了。"崔光强拒绝道。

"没事，爸爸，让我跟刘警官单独聊聊。"这时候周晓蓉从崔光强的身后走出来，轻轻拉了一下爸爸的衣袖。

崔光强一愣，不过看着女儿不容置疑的目光，终究还是点了点头。

"爸爸就在那边，有什么事情你就叫我！"崔光强这句话明显是警告刘文昊。

刘文昊和周晓蓉来到一边，坐到一家咖啡馆门外的椅子上，天气冷，户外区域基本没什么人，因此十分安静。

崔光强站在远处，紧紧盯着女儿，好像一不留神她就会飞走，再也不属于自己了。

刘文昊把手上的包往桌子上一放，看着一脸怯生生的周晓蓉，内心感慨万千，这孩子可真不一般，就现在她的表情，比起奥斯卡影后也丝毫不逊色。

"喝点什么东西吗？"刘文昊客气地问道。

"谢谢叔叔，我不渴。"周晓蓉抬起头，腼腆一笑。

刘文昊如果不是知道真相，也会觉得眼前的女孩是如此的乖巧可爱。

"你当时有没有想过，弹弓打出去的那一刻，会死很多人？"刘文昊深吸一口气，终于言归正传。

周晓蓉看着刘文昊，脸上始终带着微笑，她没有立刻回答这个问题，沉默片刻后，忽然说道："你是不是找到证据了，能给我看看吗？"

周晓蓉伸出手，就像一个要糖的小女孩。

刘文昊拿出原本准备出其不意放出的证据，那张程浩江和周晓蓉撞到一起的照片。

照片上的背景是国际马戏剧院，程浩江弯腰想去扶女孩，女孩半蹲着，包掉在地上，一个弹弓从包里滑了出来。

赵蕾刚好抓拍下这一瞬间。

"这个世界真奇妙，人与人之间的命运或是羁绊总是超出预料，照片里的人，和坐在这里的人，就这样在不同的时空重逢了。"周晓蓉轻轻拿起照片，"可一张照片能说明什么呢？"

"弹弓能躲过安检，也可以射出包裹氢氟酸的蜡质弹丸，更重要的是，你是知道如何破坏'魔球'的人之一。"

"叔叔你最多说我有嫌疑，现在的证据不足以证明犯罪的人是我。"周晓蓉身体向后靠了靠，脸上依旧带着甜美的笑容。

刘文昊皱皱眉头，说道："你知道吗，那么多人因你而死，今年你已经十九岁了，不是小孩子了，难道还不知道忏悔吗？"

"你今天一个人来，不是想听我忏悔的吧？"周晓蓉身体微微前倾，盯着刘文昊一字一句地问道，"是想让我自首？"

刘文昊知道自己此时的脸色一定很难看："你别以为我们拿你没办法。"

"叔叔，算你运气好，我选择自首。"

"什么意思？"刘文昊有些意外。

"我都这么坦诚了，刘叔叔，你也别装了，那天我看到了，我在二楼看到你、叶亚丹和程浩江之间发生的事情……"周晓蓉一边说，一边用手指着照片上的叶亚丹和程浩江，"我亲眼看到你推倒了程浩江，接着他就被掉下的灯球砸中，叶亚丹冲上去救他，而你呢？逃之夭夭了！"

"胡说八道！"刘文昊怒道。

"我没有证据，所以法律或许制裁不了当年的你，但是今年你已经这么大岁数了，难道还不知道忏悔吗？"周晓蓉把刚才那句话几乎原封不动地还给了刘文昊。

刘文昊身体抖了一下，他觉得嗓子有些干，摸了摸口袋。

"是在找这个吗？"周晓蓉递上一颗刘文昊常吃的牛轧糖，白色的包装纸，接口处镶了金丝。

"你怎么有？"刘文昊脱口问道。

"照片里你看到了我掉落的弹弓，但是在那一天，我也看到了程浩江口袋里掉出的牛轧糖。"周晓蓉把糖塞进了刘文昊手里。

刘文昊没有剥开糖纸，他直视着周晓蓉的眼睛："从你的视角和我的视角出发，看到的事情是截然不同的。"

"你一直在追查真相，也一直在隐瞒真相，所以才能被我们牵着鼻子走，不是吗？"

刘文昊太阳穴的青筋微微跳动，不过他没有回答周晓蓉的问题，只是抬起手，早就埋伏在附近的便衣警察一拥而上，把远处的崔光强带走了。

周晓蓉见父亲被警察抓走，依旧面不改色，反而笑出了声。

"我想你误会了，其实我非常期待你来的这一刻。"

刘文昊不再跟她纠缠自己的话题，而是问道："你这么聪慧，何至于走到这一步，你牺牲你的妈妈，不会觉得不安？"

"牺牲我的妈妈？"周晓蓉的笑容凝固了，"你对她的疯狂程度一无所知。国际马戏剧院的那场大火是我放的，但是后面的一切却是她一意孤行，只是我看不下她那拙劣的手法，才顺水推舟帮她一把，你以为她现在会难受、会悲伤、会痛苦？不，大错特错！她现在一定在监狱里为自己感动到泪流满面。"

"你既然如此痛恨你的母亲，那完全可以站出来自首，就不会有这场持续五年的悲剧和闹剧！"

"我不让她登上云霄，她又怎么知道坠落的感觉？"周晓蓉冷酷的声音令人不寒而栗。

"你真是一个怪物！"刘文昊说着给周晓蓉戴上了手铐。

"我是周美琴创造出来的怪物，现在我要毁灭这个创造我的人。"刘文昊这一刻终于明白了，周晓蓉并没想过逃罪，她只是在等待这一刻，等待周美琴以为自己成功为女儿脱罪的这一刻。

尾声

　　周美琴在看守所里等待着法院开庭，她每天的作息极有规律，哪怕囚室里根本没有时钟。她每天六点准时起床，整理好自己的床铺，然后洗漱，把自己打理得干干净净的。她的一头秀发在进来后就被剪掉，如今是短发。大部分像她这样犯下重罪的犯罪嫌疑人都会精神紧张不安，但她却异常安静。

　　看守所的民警小陆见过不少杀人放火的凶徒，哪怕是残暴的连环杀人犯，他也从未感到不安，但是美丽安静的周美琴却让他不寒而栗。

　　周美琴时常会笑，那种笑是心满意足的笑，是心安理得的笑。普通人当然没有问题，但她是一个放火杀死了三十七人，并为了掩盖罪行又相继谋杀多人的连环杀人犯，就算她不忏悔，也该为自己的落网感到郁郁寡欢吧？周美琴那意味不明的笑容着实让人汗毛直竖。

　　周美琴偶尔还会主动和负责看守的民警说上几句话，声音柔美动听，就像是知心大姐姐。

　　"小陆，你知道今年华文杯作文大赛的第一名是谁吗？"

　　"这个我没关注过。"

　　"是我女儿，我跟你讲，她还是全国物理竞赛的第一名。"

　　"你有自首认罪的情节，争取宽大处理，你女儿也会为你高兴。"

　　周美琴这个时候会沉默片刻，然后摆手说道："她不像我，不会犯错，她是好孩子，我还跟你讲，她是不用高考的，一定会保送……"

周美琴只要说起女儿，就没完没了，在这儿上班的民警几乎耳朵都听出了老茧。

有位老民警实在受不了，问了她一句："你怎么不关心一下自己？"

可周美琴仿佛听不懂这句话，或许早在她母亲从楼上跳下来的那一刻，她就丢失了自己。

这一天，周美琴被带到讯问室，她看到两个她不认识的警察坐在她对面，气氛凝重。

"我还有什么没交代清楚的吗？"周美琴最终把目光落在对面的警察身上，询问道。

"我们想先给你看一下视频。"

屏幕上出现了周晓蓉的身影。

"我叫周晓蓉，今年十九岁，我愿意向警方说明国际马戏剧院火灾的真相……"

周美琴看到视频上的周晓蓉，瞬间脸色苍白，额头冷汗直冒，她突然失声尖叫起来："假的，她说的是假话！领导同志，不能信！是我放的火，是我杀的人……"

视频还在继续播放，没有人理会周美琴。

"我为了报复爸爸的竞争对手杨天明，设计了复仇计划。我经常看爸爸设计魔术，所以知道'火精灵之舞'的关键所在，经过反复实验以及现场勘察，我确定了破坏魔术的方法。那天我混进了国际马戏剧院，利用弹弓和氢氟酸击碎了"魔球"，从而造成了国际马戏剧院的火灾。可这件事无意中被爸爸看到了，他知道是我放的火，他本想带我去自首，但是却被周美琴阻止了。他们俩最后达成一致，拼死也要保护我，绝不能让人知道这事情和我有关系。他们无时无刻不留意着警方、社会层面以及受害者家属对真相的追查。为了制造更多的疑点，爸爸决定让自己失踪，他住进了鱼塘木屋的地下室里……"

讯问刑警："为什么要这么做？"

"因为我爸觉得他曾经威胁过杨天明，这样可以让人们以为是他放的火。本来他们以为随着时间的推移，便不会有人再继续追查真相，但后来发生了两件事，让周美琴乱了手脚。"

讯问刑警："发生了什么事情，让周美琴不惜铤而走险？"

"一件事是林阿姨发现了我曾在国际马戏剧院出现过，不知道她从哪里弄来了一张照片，这张照片恰巧拍下了我和一个男人撞到一起。"

讯问刑警："林阿姨是指林雪瑶吗？星光娱乐公司的CEO。"

"是的，她以前跟着我爸和杨天明学过魔术，也做过他们的助理，我叫她林阿姨。她怀疑放火的人就是我，所以找到了周美琴。周美琴慌了神，不过在我的指点下，她稳住了林雪瑶。"

讯问刑警："你让周美琴怎么做？"

"一是为林雪瑶提供她梦寐以求的魔术设计图，那个时候她的公司刚起步，亏得一塌糊涂；二是告诉她程浩江并非单纯死于火灾，而是死于刘文昊之手，我们可以帮她复仇，就这么简单。"

讯问刑警："你说的刘文昊是青秀分局民警刘文昊吗？你看到他杀程浩江了吗？你有没有证据？"

"我亲眼看到他推倒了程浩江，证据肯定没有了，你们爱信不信。"

讯问刑警："这个我们会做内部调查，第二件事你继续说。"

"第二件事就是受害者家属在张奕兰的组织下，结成了一个复仇联盟，他们计划进行报复，并寻找大火真相。我觉得这是一个机会，于是在网上为这些人提供杨天明的魔术资料，并引导他们展开行动。这样无疑是一石二鸟，一来可以借助警方把这些人一网打尽，他们就没办法继续往下查了，二来可以'引导'杨天明和刘文昊他们两个人，让他们一步一步走近'真相'，也就让周美琴走向了深渊。"

讯问刑警："是你们把杨天明、刘文昊和熊星淇绑架到肉食品公司废弃冷库里的吗？为什么杀熊星淇，却放过了杨天明和刘文昊？"

周晓蓉在镜头里忍不住又笑了："猫逗老鼠，他们还没有完成使命怎么能死呢？至于杀熊星淇那还用说吗？如果没有这出戏，曹队长怎么会为了保护我，开枪杀了杨天明呢？"

讯问刑警："为什么选择熊星淇？"

"她欠了一屁股债，又被那伙人逼着出去卖，早就不想活了，我们帮她删除了录像，为她在父母亲人面前保住了颜面，而且也引导你们去抓了放高利贷的人，算是为她报仇了。这是做善事吧。"

讯问刑警："杨天明杀熊星淇的那段录像呢？"

"那是周美琴穿了男装和增高鞋和熊星淇一起演的戏。"

讯问刑警："你父亲崔光强有参与这些事吗？"

"你们不要冤枉我爸，他虽然想保护我，但一直反对周美琴的做法，他也不知道我在暗中帮周美琴策划的这些事，更没有参与杀人。"

讯问刑警："崔光强有没有涉案，我们会调查。但你为什么要这么做，周美琴毕竟是你的亲生母亲，她为了你几乎牺牲了一切，而你却要毁了她？"

周晓蓉没有回答这个问题，她低头看向自己的身体……

录像放到这里，戛然而止。

一直浑身发抖的周美琴暴跳而起，声嘶力竭地喊道："她只是一个孩子，你们怎么就不能给她一次机会呢，她只是一个孩子啊……"

"不错，她是一个孩子，但她也是被你逼出来的怪物。我们给她检查过身体，她的身上遍布针孔和伤痕，你还配做一个母亲吗？"

周美琴瞬间失去了所有气力，瘫倒在地上，嘴里反复说着："我是为她好啊，我是为她好啊……"

（全书完）

番外

　　有一件事，刘文昊始终没有放下，那就是国际马戏剧院的无名死者究竟是谁，为何而死？事到如今，他隐约有些推测，不过为了验证这个问题，还需要见一些人，首先就是吴淑涵。

　　刘文昊并不想见对方，当然，吴淑涵也并不想见他。如今，两人终于再次相见，只是这一次他们不再是并肩查案的同事。

　　吴淑涵的脸色有些苍白，看起来比以前更加消瘦了。

　　刘文昊虽然知道吴淑涵那时候是有意接近他，但同事一场，看到她的样子，内心还是涌起一阵惋惜。

　　"我来是想向你求证一些事情，关于你哥哥吴铭。"

　　吴淑涵盯着刘文昊，眼神中竟然有几分恍惚，片刻后，反问道："真的是一个孩子放的火吗？"

　　国际马戏剧院大火一案再起波澜，早已闹得沸沸扬扬，这件事传进监狱倒也不稀奇。

　　"法院已经在审理此案了。"

　　吴淑涵笑了起来，跟着又哭了，连说了三句"荒唐"，也不知她说的荒唐是指放火的人，还是指整个案子。

　　"你想问什么？"吴淑涵擦干了眼泪，问道。

　　"我那天正在调查一起贩毒案，吴铭和另外一个人从借贷公司出来，他手里拿着一个包。我当时怀疑这个包里有毒品，不过吴铭把包扔到了后台的吊灯上，后来舞台起火，就没有人看到过这个包了……"

"那么大的火别说一个包了，就是铁都烧化了。"吴淑涵有点不耐烦地打断了他。

刘文昊点点头，继续说道："我刚开始也是这么想的，但后来觉得有些不对劲，刚起火的时候，我就把手铐钥匙给了吴铭，从他所在的位置逃出去并不费力，为什么他没能第一时间逃出去？我去医院查看过记录，吴铭获救的时候手上并没有手铐，说明他确实打开了手铐，那是什么事情让他冒着生命危险也要留下来？"

"你想说我哥是为了包里的毒品才留下来的，跟你没有关系，对吗？"吴淑涵冷哼了一声。

"你别误会，我是认为大火中那位身份不明的死者可能与你哥有关系。"刘文昊知道会有这样的误解，吴淑涵的回应并不令他感到意外。

吴淑涵没有说话，她也在思考刘文昊的话，抛开恩怨不谈，刘文昊的推测是合理的。

"我之所以这么怀疑，是因为最近缉毒大队破获了一起大案，捣毁了一个贩毒集团。"刘文昊继续解释自己的想法，"这伙毒贩很狡猾，他们专门利用一些没有案底的年轻人帮忙运毒，根据毒贩的交代，五年前，他们遗失了一批货，负责运货的两个人都消失了，其中一个正是你哥哥吴铭，另一个则是名叫霍东的男人。"

刘文昊拿出霍东的照片，递给吴淑涵。

"你认识他吗？"

吴淑涵看了看照片，摇了摇头，她对哥哥的朋友并不熟悉。

"霍东是孤儿，没有案底，五年前那场大火后就失踪了。我去了趟孤儿院，在那里找到了他的档案，经过多重对比，证实大火中的不明死者就是霍东。"

"既然已经查清楚了，你还找我问什么呢？"吴淑涵费解地问道。

刘文昊坐正了一些，认真地问道："你真的认为你哥疯了吗？"

吴淑涵闻言就像被电击了一下，汗毛都竖了起来。

第二天，刘文昊来到精神病院，准备为国际马戏剧院大火案中的最后一个谜团画上句号。

吴铭的手脚依旧被束缚着，脸上的表情也依旧呆滞。

刘文昊敲了敲玻璃，说道："以陈道安为首的贩毒集团已经被警方一网打尽，他们再也威胁不了你了，你也不用再装疯卖傻了。"

吴铭还是面无表情，不过却变换了一下姿势。

"当时霍东也来到了剧院，他想在混乱中拿走那包毒品，所以你们发生了争执，你杀了他。可人算不如天算，火势太猛，等你想走的时候已经晚了，才落得今天这个下场。"

吴铭脸上的肌肉抽动了一下，嘴里发出"啊呜"的声音，开始用头撞隔板，看起来情绪很失控。

医护人员拉住了吴铭，想把他带离会见室。

刘文昊拦住了医护人员，他拿出手机，播放了一条视频，正是吴淑涵昨天录制的。

"哥，你还好吗？我最近又胖了几斤，你怕是又要嘲笑我了，你看看我，脸是不是圆了？"吴淑涵说到这里笑了笑，摸了摸自己的脸。可她哪里有半点长胖的样子？吴铭死死盯着手机屏幕，眼眶渐渐湿润了。

"哥，我好想你啊，你答应我的那些事，还一件都没兑现呢。"吴淑涵嘟嘟嘴，就像是往日跟哥哥撒娇一样，"你要早点好起来，我在监狱里找了很多医书看，我想自学，等我出来，我一定能把你的病治好。还有，昨晚我梦见妈妈了，她把我臭骂了一顿，说我没照顾好你，真是重男轻女，明明是你没照顾好我……我让平姨帮我们去扫墓，爸妈应该是想我们了，如果你好一点，就替我去看看他们……"

"妹妹……哥哥对不起你……"吴铭再也忍不住，扭曲的脸上挂满了泪水。

他们的父母在一场车祸中去世，走得突然，那时候吴铭十六岁读高一，妹妹吴淑涵才八岁，突如其来的变故让吴铭过早地承担起成年人的责任。

他从学校退了学，后来为了赚钱养家开始混社会。可没有学历、经验和技能，一个十六岁的孩子想要赚钱养家，除了做苦力和捞偏门，实在没有太多选择。

　　吴淑涵高考那年，为了给她多攒些钱，吴铭决定博一把大的——运毒，赚取高额佣金。可他们一出来就遇见了刘文昊。

　　后面的事情正如刘文昊所说，吴铭本来有机会离开剧院，可他难以承担丢货的责任，想要拿回那包摇头丸，便铤而走险，再次爬上脚手架，准备趁乱取包。

　　吴铭拿到包的那一刻，脚手架忽然坍塌，他摔倒在地。

　　这时候霍东出现了，伸手就去抢吴铭怀里的包。原来霍东担心摇头丸被收走，自己血本无归，所以大着胆子也翻进了剧院。

　　吴铭的腿摔伤了，他以为霍东会带他一起走，可霍东抢了包便准备离开，丝毫没有搀扶他的打算。吴铭一把抓住霍东的胳膊，说道："兄弟，我腿伤了，带我一起走。"

　　"去你妈的！"霍东一脚把吴铭踢倒在地。

　　吴铭如梦初醒，霍东这是想独吞佣金，于是他强忍着伤痛，从地上爬起来，摸出口袋里的刀，追上了霍东……